HEYNE <

Das Buch

Frankfurt um 1900. Der Tuchhändler Johann Isidor Sternberg und seine Familie sind in das Haus in der Rothschildallee 9 eingezogen. Seine Frau Betsy ist zum zweiten Mal schwanger. Auf ihrem erstgeborenen Sohn Otto lastet der elterliche Ehrgeiz und der Stolz eines Vaters, dessen Träume er verwirklichen soll.

Als die Familie sich 1914 zur Kur in Baden-Baden aufhält, wird in Sarajevo der österreichische Thronfolger Franz Ferdinand ermordet. Die Familie reist eilig zurück nach Frankfurt. Am 1. August ist Deutschland im Krieg. Alle glauben, dass er Weihnachten schon zu Ende sein wird. Als des Kaisers »Balkonrede« bei Kriegsausbruch in Frankfurt publik wird, hat Johann Isidor Sternberg Tränen in den Augen: »Das ist der Tag, auf den wir immer gewartet haben. Endlich ruft das Vaterland seine jüdischen Söhne.«

Mit wunderbaren Bildern schildert Stefanie Zweig das Leben dieser gutbürgerlichen Familie; es gelingt ihr auf meisterhafte Weise, die Tragik der Zeit durch Wärme und eine gute Portion Humor zu einem Lesevergnügen zu machen.

»Eine Erfolgsschriftstellerin.« *Frankfurter Allgemeine Zeitung*

Die Autorin

Stefanie Zweig wurde 1932 in Leobschütz (Oberschlesien) geboren. Im Jahr 1938 zwang die Verfolgung der Nationalsozialisten die jüdische Familie zur Flucht. Sie emigrierte nach Kenia. Dort wurde der Vater, ein Jurist, ein schlecht bezahlter Angestellter auf einer Farm im Hochland. Seine Tochter hat Kenia nie vergessen können. Ihre Romane *Nirgendwo in Afrika* und *Nur die Liebe bleibt* schildern diese Zeit. Nach der Rückkehr im Jahre 1947 nach Frankfurt, die Stefanie Zweig in dem Roman *Irgendwo in Deutschland* schildert, zog ihre Familie schon bald in das Haus in der Rothschildallee, Schauplatz ihres neuen Romans.

Stefanie Zweigs Romane stehen wochenlang auf den Bestsellerlisten, erreichen eine Gesamtauflage von über sieben Millionen Exemplaren und wurden in fünfzehn Sprachen übersetzt.

Außerdem lieferbar: *Nirgendwo in Afrika – Irgendwo in Deutschland – Und das Glück ist anderswo – Doch die Träume blieben in Afrika – Nur die Liebe bleibt – Katze fürs Leben*

Stefanie Zweig

Das Haus in der Rothschildallee

Roman

WILHELM HEYNE VERLAG
MÜNCHEN

FSC
Mix
Produktgruppe aus vorbildlich
bewirtschafteten Wäldern und
anderen kontrollierten Herkünften

Zert.-Nr. SGS-COC-1940
www.fsc.org
© 1996 Forest Stewardship Council

Verlagsgruppe Random House FSC-DEU-0100
Das für dieses Buch verwendete FSC-zertifizierte Papier
Super Snowbright liefert Hellefoss AS, Hokksund, Norwegen.

Vollständige Taschenbuchausgabe 12/2008

Printed in Germany 2008
Umschlagfoto: © SV-Bilderdienst / Scherl;
Umschlaggestaltung: Nele Schütz Design, München
Druck und Bindung: GGP Media GmbH, Pößneck
ISBN: 978-3-453-40617-9

www.heyne.de

Nur wer der Generation vertraut,
die nach ihm kommt, hat begriffen,
was Leben heißt.

1
Es ist erreicht
Frankfurt, 27. Januar 1900

Strahlende Sonne am 27. Januar war seit zwölf Jahren eine Berliner Tradition. Am Geburtstag von Kaiser Wilhelm II. strahlten die Sonne und die Bürger der Reichshauptstadt um die Wette. Selbstbewusst flanierten sie auf ihren Prachtstraßen und ein jeder wusste, dass »Kaiserwetter« eine Berliner Spezialität war.

Weit weniger kaisertreu zeigten sich die Januarwinde, die von den Bergen im Taunus nach Frankfurt wehten. In der ehemaligen Freien Reichsstadt waren die Leute zu bürgerstolz und skeptisch, um auf neumodische monarchistische Mythen zu setzen. Die Frankfurter empfanden den kaiserlichen Geburtstag als einen Tag, der sich nicht von den übrigen dreißig im Monat unterschied – übellaunig schimpften sie den Januar einen rücksichtslosen Wüstling. Mit eiserner Faust vergalt ihnen der garstige Geselle seinen schlechten Leumund; häufig übertraf er mit Wetterkatastrophen, die zu Tragödien führten, noch seinen fürchterlichen Ruf.

Der 27. Januar 1900 war allerdings in der schönen Stadt am Main der strahlende Beweis, dass in der Meteorologie noch weniger Verlass auf Verallgemeinerungen ist als auf besser überschaubaren Gebieten. An diesem letzten Samstag im Januar war das Frankfurter Wetter, wie die Leute einander aufgeräumt versicherten, wenn sie am Flussufer spazieren gingen und die Kirchturmspitzen in der Wintersonne wie die vergoldeten Kuppeln in Märchenbüchern glitzerten, »zum Eier Legen«. Der volkstümliche Ausdruck entstammte der Sommersprache, eignete sich aber trefflich, um am einundvierzigsten Geburtstag Seiner Majestät Kaiser Wilhelms II. das Lebensgefühl der Menschen zwischen den Ebbelweinwirtschafen in Sachsenhausen und den Feldern auf dem Lohrberg zu beschreiben. Der Himmel über den Frankfurtern, die dafür bekannt waren, dass sie nur glaubten, was sie sahen, anfassen und schmecken konnten, war am 27. Januar 1900 so klar und blau wie seit Wochen nicht mehr.

Solch rares Wetterglück erhellte die dunkelste Gesindestube. Die Sonne erreichte feuchtes Gemäuer in engen Gassen und strahlte mit Titanenkraft auf Herrenhäuser und die weiträumigen Plätze, von denen es immer mehr in der Stadt gab. Hell im Licht der Hoffnung leuchteten die Schwanzfedern der Wetterhähne. Die alten Stadttürme wirkten, als wären sie in der Nacht geputzt worden. Auf der Zeil und in der Kaiserstraße pfiffen vorwitzige Spatzen von allen Dächern, dass es bald Frühling werden würde. Frisch gestriegelt waren die Pferde vor den geputzten Kutschen.

Es war ein buntes Völkchen, das am letzten Januarwochenende des noch taufrischen neuen Jahrhunderts in Frankfurt die Welt bejubelte, als wäre sie soeben erschaffen worden. Selbst Griesgrame lächelten, wenn sie den Hut lüfteten, um Bekannten einen Gruß zu entbieten. Alte Damen lockerten den Schal, hielten ihre Stirn verlangend in die Sonne und erinnerten sich an die Zeit, als die Frühlingsträume auch zu ihnen gekommen waren.

Eine junge Blumenverkäuferin im karierten Rock und knapp sitzendem Mieder bot auf dem Platz vor dem Dom Frühlingsblumen aus dem Gewächshaus an. Ein junger Mann kaufte eine langstielige rote Rose. Die Verkäuferin deutete einen Knicks an, der Rosenkavalier errötete und ging eilig weiter. In der Auslage einer beliebten Konditorei zwischen Mainufer und Römerberg glitzerten auf einer hohen Torte kandierte, rote Kirschen und Blätter aus grasgrünem Marzipan. Auf einer niedrigen Mauer gegenüber dem Café saßen zwei Katzen. Sie putzten ihre Barthaare und schauten mit halb geschlossenen Augen den Flanierenden nach. Junge Hunde jagten ihren Schwanz; die alten lahmten im gleichen Tempo wie ihre betagten Herrchen. Heitere Klänge einer Drehorgel kamen aus einem Hinterhof und reisten zu den Baumwipfeln am Fluss.

Dass der kaiserliche Jubeltag auf einen Samstag fiel, war auch für eingeschworene Republikaner ein Grund zur Freude. In der Regel war der Samstag ja ebenso ein Tag von Arbeit und Pflicht wie alle anderen. Selbst Hausfrauen mit Personal hatten so viele Sonntagsvorbereitungen, dass es Abend wurde, ehe sie die Zeit fanden, sich den ersten Seufzer des Tages zu gönnen. Am 27. Januar 1900 reichte allerdings ein zufälliger Blick aus dem Fenster, um aus einer fleißigen Hüterin von Heim und Herd eine Zeit verschwendende Träumerin zu machen.

»Ich kann schon den Frühling riechen«, jubelte Betsy Sternberg, als sie morgens um neun in ihrer neuen Küche den ersten der beiden Sonntagskuchen in den funkelnagelneuen Herd schob. Ein extrafeiner Mandelkuchen war es, nach einem Rezept ihrer Wiener Großtante Julia mit Sultaninen gebacken und mit kandierten Veilchen verziert. Das hilfsbereite Julchen pflegte die Köstlichkeit zu besonderen Anlässen aus Wien zu schicken – der erste Kuchen, der in einer neuen Küche gebacken wurde, war eine solche Gelegenheit.

Betsys Gatte erachtete Nüchternheit für die Schwester der Klugheit. So dämpfte er umgehend den verfrühten Frühlingsrausch. »Ich glaube«, sagte er, »du riechst eher die Sultaninen, die du in meinem guten Rum getränkt hast, meine liebe Betsy. Rum zwickt nämlich in der Nase. Hast du das zu Hause nicht gelernt? Komm, vergiss für einen Augenblick deinen Kuchen. Dein Mann ist dabei, ins Leben zu ziehen.«

»Aber nicht ins feindliche«, lachte seine Frau; sie hatte eine gute Erziehung genossen und kannte sich mit der klassischen Literatur aus. Schiller rezitierte sie, so oft sich die Gelegenheit erbot.

Johann Isidor Sternberg, bald vierzig Jahre alt, ein Geschäftsmann mit Fortüne, angesehen und strebsam, seit vier Wochen Hausbesitzer, Vater eines Sohns, zog seinen schweren schwarzen Mantel mit dem grauen Pelzkragen an und holte seinen am Vortag von Betsy gedämpften Hut vom Ständer. Er ging nicht regelmäßig am Samstag in die Synagoge, doch an einem Sabbat, der mit Kaisers Geburtstag zusammenfiel, hatte er doch das Bedürfnis, für dessen und der deutschen Nation Wohl zu beten. »Ein exzeptioneller Tag«, sagte er, als er sich anschickte, das Haus zu verlassen, »ganz exzeptionell.« Johann Isidor strich seiner Frau über das Haar und sagte, sie möge nicht vergessen, sich zu schonen. »Du trägst«, mahnte er, »die Verantwortung für zwei.«

Frau Betsys Wangen erglühten. Ob ihr Mann ahnte, wie sehr es sie erregte, wenn er auf Körperliches anspielte? Ihre Gedanken waren zärtlich, als sie ihm nachsah. Ihre Linke berührte ihren Leib, ihr Mund formte ein Wort, das sie in seiner Gegenwart nie auszusprechen wagen würde.

Johann Isidor, längst nicht mehr nur Tuchhändler en détail und en gros, war nicht nur in den Augen seiner liebenden Gattin ein bemerkenswerter Mann. In vielerlei Beziehung war er seiner Zeit voraus. Er war tolerant, wissbegierig, gerecht im Urteil, überlegt in der Tat und allzeit gemessen im Ton – selbst, wenn er mit Untergebenen und Kindern sprach. Sogar in Gegenwart von Gästen genierte er sich nicht zu zeigen, dass ihm Frau und Sohn mehr bedeuteten als Ruhm und Ehre. Der »junge Herr Sternberg«, wie er immer noch vielerorts genannt wurde, war großzügig, wenn es die Gelegenheit gebot. Verschwenderisch war er nie. Schon als Bub hatte er genau Buch über den Bestand seiner Klicker geführt.

Zum Umzug in die Rothschildallee hatte Johann Isidor seiner Betsy einen Überwurf für die Leiste mit den Küchenhandtüchern geschenkt – hellblaues Leinen, in feinem Kreuzstich gearbeitet und mit dem Text »Beklage nicht den Morgen, der Müh und Arbeit bringt, es ist so schön zu sorgen für Menschen, die man liebt« bestickt. Das Geschenk hatte er in feines Seidenpapier packen lassen und Betsy mit den Worten »Zur Erinnerung an unser erstes gemeinsames Frühstück in der Rothschildallee« überreicht. »Ach, wie das Papier raschelt«, hatte sie gesagt.

Der Gedanke, dass seine junge Frau sich sichtbar an einem so bescheidenen Geschenk zu erfreuen vermochte, machte ihren Mann noch froh, als er das schwarze schmiedeeiserne Hoftor auf der Straßenseite des Hauses hinter sich zuzog. Die Harmonie der kleinen Szene, die er soeben erlebt hatte, erfüllte sein Herz mit Zuversicht. Eine genügsame Ehefrau war ein Geschenk des Himmels, das Unterpfand von

Männerglück, Halt und Trost in trüben Tagen. Die Jahre, die da kommen würden, erschienen Johann Isidor voller Sonnenschein. Wie der Tag, der vor ihm lag. »Danke«, murmelte er.

Verlegen schaute er sich um. Es war Äonen her, seitdem er auf der Straße ein Dankgebet gesprochen hatte.

Obwohl das Lied vom fröhlichen Wandersmann sich wahrhaftig nicht für einen ernsthaften Bürger eignete, der dabei war, in die Synagoge zu gehen und den himmlischen Segen für den deutschen Kaiser zu erbitten, pfiff er immer wieder die Melodie vor sich hin und kam sich wie ein Schuljunge vor, den sein zufriedener Lehrer mit einem Sonderauftrag bedacht hat. In einer überschäumend guten Laune, die seiner Art überhaupt nicht entsprach, malte er sich aus, wie überwältigt seine liebe Betsy erst am Abend sein würde, wenn sie beim Nachtmahl neben ihrem Teller das winzige Päckchen mit der kirschroten Seidenschleife entdeckte. Zur Erinnerung an den Umzug ins eigene Haus hatte Johann Isidor in dem neuen Antiquitätengeschäft J. & S. Goldschmidt in der Kaiserstraße eine goldene Brosche mit fünf Granatsteinen gekauft. Schön groß. »Und sehr repräsentativ«, hatte der jüngere der beiden Goldschmidts bestätigt.

Auch Betsy war am Träumen. Im Detail und lächelnd malte sie sich aus, ihr Mann hätte ihr zur Wohnungseinweihung nicht einen praktischen Überwurf für die Küchenhandtücher geschenkt, sondern das dunkelgrüne Hütchen mit der cremefarbenen Straußenfeder, das sie schon seit zwei Wochen in einem neu eröffneten Putzmachergeschäft auf der Kaiserstraße bewunderte. Sie rief sich zur Räson – derlei Eitelkeit stand allenfalls einem jungen Mädchen zu, das noch nichts von Lebensernst und Verzicht wusste. Mit mehr als ihrer üblichen Energie riss die reuige Tagträumerin das Fenster auf. In tiefen Zügen zog sie die beißende Winterluft ein und schaute sehnsuchtsvoll hinüber zu den Bäumen in der Mitte der breiten Allee. Mit einem Mal verlangte es sie, zu rennen und zu springen und dabei zu singen, wie sie es zu Hause bei ihrem Vater getan hatte, wenn der Apfelbaum im Garten blühte und in der Küche die dralle Köchin Auguste die Sahne für den Kuchen schlug.

»Ich will nie erwachsen werden«, hechelte das Mädchen mit den Ringellocken.

»Willst du als Kind sterben?«, fragte der Vater. Seine Tochter wusste immer noch nicht, ob er sie streng angeschaut oder gelächelt hatte.

»Ach«, seufzte Frau Betsy. Mit beiden Händen strich sie über ihren gewölbten Leib und wartete auf den Moment der Erlösung. Die Erinnerungen verblassten. Sie beschloss, sich um die Mittagszeit eine Viertelstunde an der Luft zu gönnen. Doktor Wolf, der als sehr modern und ebenso unkonventionell in seinen Behandlungsmethoden bekannt war, hatte tägliche Spaziergänge empfohlen.

»Grüß mir alle«, rief sie ihrem Mann nach, doch er hörte sie nicht mehr. Seine Schritte waren, sobald er keine Rücksicht auf Frau und Kind zu nehmen hatte, lang und kräftig.

Die Äste der Bäume trugen immer noch an der Last des Schnees, der in der vergangenen Woche in einer einzigen Nacht gefallen war. Umso größer war nun das Vergnügen, die Sonnenflecken auf dem gefrorenen Boden zu beobachten. Mit jedem Schritt, den er tat, genoss Johann Isidor die plötzliche Verwandlung der Winterwelt in eine der Zuversicht und Zukunftshoffnung. Noch letzten Montag hatten Sturm, Nebel und Eis das Leben bestimmt. Empfindsame Damen der besseren Gesellschaft hatten tagelang das Haus hüten müssen; junge Mädchen, die sich trotz aller Warnungen auf die Straße gewagt hatten, lagen nun mit verknackstem Knöchel auf dem Diwan und machten kalte Umschläge. In so mancher Herrschaftswohnung roch es nach Essig und Langeweile, und vom Eisregen, der binnen fünf Minuten das Leben in der ganzen Stadt paralysiert hatte, redeten die Männer noch am dritten Tag.

Es war zu furchtbaren Karambolagen gekommen. Ein besonders tragischer Zwischenfall hatte sich am Eschenheimer Tor ereignet – zwei Pferde einer schweren Kutsche, die auf dem Glatteis umgekippt war, als wäre sie aus Blech, hatten notgeschlachtet werden müssen. Die drei weiblichen Insassen waren mit dem Schrecken davongekommen, nur den Fahrgast aus Bad Homburg, der bereits bei der Belagerung von Paris sein linkes Bein verloren hatte, hatte es hart getroffen: Der Mann musste mit schweren Verletzungen ins Spital gebracht werden.

Nun hatte der Winter wenigstens für kurze Zeit seine Gewalt verloren. Zum kaiserlichen Geburtstag entfaltete sich bereits um zehn Uhr morgens die Lust des Lebens. Aufgeputzte Bonnen, wie schwatzhafte Dienstmädchen ins Gespräch vertieft, schoben ihre Kinderwagen in die verschneiten Parks und Anlagen. Selbst im feinen Westend freuten sich wohlerzogene Knaben so ausgelassen an ihrem schulfreien Tag, als wären sie Gassenbuben und hätten keinen, dem sie zu Hause Rede und Antwort stehen müssten. Mit ihren teuren Matrosenmützen spielten sie Ball, drückten auf fremde Haustürklingeln und rannten johlend davon, ehe die aufgestörten Bewohner Gelegenheit fanden, den Frevel zu ahnden. Kleine Mädchen in Samtmänteln

und mit farblich passender Haube, begleitet von ängstlich mahnenden Müttern, waren ebenso wild wie die Jungen. Sie rannten, dass ihre Zöpfe flogen, schlugen kreischend auf ihre hölzernen Reifen ein und peitschten mit Männerschwung ihre bunten Holzkreisel aus.
An der Eisbahn herrschte Hochbetrieb. Hübsche junge Damen drehten graziöse Pirouetten. Ihre schwarzen, knöchelhohen Stiefel und die bunten Schals ihrer Kavaliere leuchteten in der Sonne, ebenso die roten Dächer von hastig aufgestellten Zelten, in denen tüchtige Handelsfrauen Glühwein und heiße Maronen feilboten. Es duftete wieder nach Weihnachten und ein stadtbekannter Hagestolz wurde dabei beobachtet, wie er zwei ärmlich gekleideten Kindern einen Groschen zusteckte.
Die Sonne machte Arm und Reich fröhlich. Ein findiger Zehnjähriger kam zu einer eigenen Eisbahn, indem er einen großen Wasserkrug auf dem Bürgersteig ausleerte.
»Die Preußen kommen«, rief der schlaue Kecke. Er wusste nicht, was der Satz bedeutete. Der Großvater, der die Preußen in Frankfurt erlebt hatte, pflegte den Enkel entsprechend zu bedrohen.
»Die Preußen können mich mal«, konterte sein Freund. Er hatte weder Großvater noch Vater. Nur ein Fräulein Mutter und, wie sein Gesicht wissen ließ, den Mut, den die zu kurz Gekommenen brauchen, um den Kopf nicht bei jeder Kränkung zu senken.
Auch auf der Rothschildallee regten sich Treiben und Leben. Ein roter Ball mit gelben Punkten flog auf die Straße. Ein Kutscher musste abbremsen und fluchte so laut, dass sein Gezeter noch in der Burgstraße zu hören war. Fernab vom wirbelnden Trubel stand Otto Wilhelm Samuel Sternberg. Der schwarzhaarige Junge mit kräftigen

Beinen und einem Ansatz von Locken, die seine Mutter entzückend fand und sein Vater insgeheim ein wenig weibisch, stand am Fenster des Wohnzimmers, in dem die neuen Möbel aus dunkelgrünem Velour vorerst durch weiße Tücher geschützt waren. Kein Fussel lag auf dem wertvollen Perserteppich mit den akkurat ausgekämmten Fransen. Eine besonders sorgsam angefertigte Kopie von Böcklins »Toteninsel«, das Prunkstück der alten Wohnung, hing bereits wieder an der Wand – in dem herrlichen goldenen Rahmen, den der kleine Otto immer dann berührte, wenn ihn niemand sah und mit Arrest im Kohlenkeller ängstigte. Akkurat waren die bordeauxroten Samtgardinen für die beiden hohen Wohnzimmerfenster gelegt, die Schabracken hatte die Hausherrin mit goldfarbener Borte einfassen lassen. Im Stoff steckten noch die Nadeln, um die Falten zu halten. Die Scheiben des Bücherschranks glänzten so, dass Otto sich in ihnen hätte spiegeln können. Gerade das wollte der Kleine nicht. Obwohl ihn niemand gescholten hatte, fühlte er sich verloren und traurig. Ihm war, als wäre er bei Tisch ohne Pudding in sein Zimmer geschickt worden.

Der Vierjährige wusste nichts vom Kaisergeburtstag. Er bejubelte weder die Sonne am Himmel noch den Schnee auf den Bäumen. In der Wohnung, die noch nach Tapetenkleister und schon nach Bohnerwachs roch, flossen Tränen. Kindliche Schwermut lastete auf seinem Gemüt. Ahnte der Knabe, dass seine Welt nie mehr so unbeschwert sein würde wie in der alten Wohnung? Otto drückte seine Stirn gegen die frisch gewienerte Fensterscheibe. Jenseits der Straße, unter den Bäumen, spielten vier Knaben. Der Kleine seufzte, als wüsste er über das Leben Bescheid. Die Buben, alle mit grauen Strickmützen, balgten sich um den

Ball, der eben erst den Rädern der Kutsche entkommen war. »Du Depp«, hörte Otto den größten der vier Jungen rufen.

»Selber Depp«, wehrten sich die übrigen drei.

Das jüngste Mitglied der Familie Sternberg hielt mit der Rechten sein linkes Ohr zu und seufzte noch lauter als zuvor. Wäre seine Mutter nicht durch die kandierten Veilchen abgelenkt gewesen, die auf den Mandelkuchen mussten, wäre sie herbeigeeilt, um nach ihrem Sohn zu schauen.

Das Quartett der sich munter balgenden Jungen trug kurze graue Hosen, eine jede mit farbigen Stoffresten geflickt, die von Frauenkleidern stammten. Zum Schutz vor der Kälte steckten die dürren Kinderbeine in braunen Wollstrümpfen, die an Leibchen aus Kattun befestigt waren. Zwei der Jungen waren, wie Otto trotz der mütterlichen Restriktionen bald erfahren sollte, die Söhne des Hausmeisters, der das gegenüberliegende Anwesen versorgte. Die anderen beiden waren die Kinder eines Fuhrmanns aus der benachbarten Egenolffstraße.

»Ich auch«, rief der erstgeborene Sohn von Johann Isidor Sternberg verlangend. Er stampfte mit seinem linken Bein auf und trommelte mit beiden Händen gegen die Scheibe. Es war ihm erst beim Frühstück verboten worden, aus eigener Entschlusskraft in der neuen Wohnung Fenster und Türen zu öffnen. Noch nicht erfasst hatte Otto, dass es ihm für alle Zeiten verwehrt sein würde, spontan auf die Straße zu laufen und dort mit Gleichaltrigen zu spielen. Von nun an würde seine Mutter bestimmen, wer auf der gleichen gesellschaftlichen Stufe wie ihr Sohn stand und mit wem er »verkehren« durfte. Ebenso wenig konnte dem Jungen bewusst sein, weshalb die Welt seinen strebsamen, allseits geschätzten Vater noch ehrerbietiger grüßen würde denn zuvor.

Unmittelbar nachdem Johann Isidor Sternberg den Kaufvertrag für das Grundstück in der Rothschildallee 9 unterzeichnet hatte, war mit dem Bau des vierstöckigen Mietshauses begonnen worden. Architekt war der stadtbekannte Waldemar Josef Busch, von dem man sich erzählte, er würde selbst aus einer Hundehütte eine Herrschaftswohnung machen. Mit dem Anwesen der Sternbergs war der junge Baumeister seinem Ruf absolut gerecht geworden. Allerdings hatte ihm sein Auftraggeber freie Hand gelassen und weder mit Talern noch mit Einsicht geknausert. Nun war sein Haus bester Ausdruck von solider Wertarbeit und Bürgerstolz geworden. Es hatte cremefarbene Mauern, was zwar als ein wenig gewagt galt, aber doch als zeitgemäß und künstlerisch, auffallend hohe Fenster mit ocker gestrichenen Rahmen, schöne breite Simse, geräumige Balkons und eine recht bombastisch gestaltete Haustür aus dunklem Holz und sonnengelbem Glas. Sie war eigentlich charakteristischer für das wohlhabende Westend als für das noch zurückhaltende Nordend, doch gerade bei der Tür hatte Baumeister Busch nicht mit sich reden lassen.

»Viel Glanz, viel Ehr'«, pflegte er zu zitieren, wenn sein Auftraggeber bezweifelte, ob es klug wäre, den eigenen Wohlstand zur Schau zu tragen.

Waldemar Josef Busch lagen die Wohnungen in den Häusern, die er baute, ebenso am Herzen wie Außenfront, Mauerwerk und Fensterzier. Der ehrgeizige junge Mann beschäftigte sich sogar mit den Vorgärten, Waschküchen und Kellerräumen. Die Wohn- und Esszimmer, die er konzipierte, waren veritable Salons. Die Schlafzimmer machten einen herrschaftlichen Eindruck, auch die Kinderzimmer zeugten vom berauschenden Selbstbewusstsein der Gründerzeit. In der Rothschildallee 9 war das beste Parkett gelegt worden, das im Handel war; der Deckenstuck mit dem Rokokodekor war eine Augenfreude, die teuren Seidentapeten in der Wohnung des Hausbesitzers würden Jahrzehnte und jede Moderichtung überdauern. Für die Ofennische im Sternberg'schen Salon schlug Busch die berühmten Kacheln aus der holländischen Stadt Delft vor.

»Ich bin nicht Rothschild«, wagte Johann Isidor schließlich doch zu widersprechen.

»Der«, beschied ihm Waldemar der Kühne, »bezieht seine Kachelöfen vom Hoflieferanten der Königin Victoria.«

Der ambitionierte junge Mann hatte sich weitere Extravaganzen geleistet: Er war ein strikter Gegner von Zinkbadewannen hinter dem Vorhang des Schlafzimmers und entwarf Badezimmer, in denen sich sowohl eine Wanne als auch ein Waschbecken unterbringen ließen. Für die Toilette gab es einen eigenen kleinen Raum mit einem Handwaschbecken. Die Trennung von Badezimmer und Toilette war selbst im Westend nicht allgemeiner Brauch. Im Hausflur war auf jeder Etage eine winzige Besenkammer eingebaut worden, die an die Küche angrenzende Speisekammer war fast so groß wie die Küche selbst. Sogar in den Mansarden für das Dienstpersonal ließ sich ein kleiner Ofen unterbringen. Zudem boten sie Platz für Bett, Schrank und Waschtisch.

»Man kann nie wissen«, orakelte Waldemar Josef Busch prophetisch, »was die Zukunft bringt. Vielleicht kommt eine Zeit, in der man statt Dienstboten zahlende Mieter für Mansarden sucht.«

Der von einer Gaslaterne auf der Straße beleuchtete vordere Hof war so breit, dass drei Erwachsene nebeneinander herlaufen konnten. Die unschönen Eisenstangen zum Ausklopfen von Bettzeug und Teppichen, die so manches Haus verunstalteten, waren in einer Ecke des Hinterhofs angebracht. Dort wuchs ein mächtiger Sauerkirschbaum, von dem sich der Hausherr nicht hatte trennen wollen. »Wo man Vögel singen hört«, hatte er gesagt, »bleibt das Glück im Haus.«

Es gab auch einen Bleichplatz, den direkten Zugang zur großen Waschküche und die Möglichkeit, im Sommer eventuell einen Sandkasten und ein Planschbecken für Otto und seine künftigen Geschwister unterzubringen. Im Frühling sollte im Vorgarten ein Fliederbaum gepflanzt und ein Rosenrondell angelegt werden.

»Darf ich jetzt raus?«, rief das gelangweilte Kind. Weil es sich in der fremden Umgebung noch nicht auskannte, jammerte es versehentlich in Richtung des elterlichen Schlafzimmers.

»Nein, nicht bis Josepha Zeit hat, dich zu begleiten«, entschied die Mutter. Sie klapperte kurz mit der Kuchenform. »Du weißt doch hier überhaupt nicht Bescheid, Junge. Das fehlt mir noch, dass du gleich am ersten Tag verloren gehst.«

»Josepha«, begehrte der schniefende Rebell auf, »weiß hier doch auch nicht Bescheid. Und mich«, fügte er in einem Anfall von Trotz hinzu, von dem sein Vater mindestens einmal am Tag sagte, der müsse dem Buben schleunigst ausgetrieben werden, »kennt die Josepha auch nicht. Kein bisschen nicht.«

Otto trug nicht zufällig den Namen des Reichsgründers. Sein Vater verehrte Bismarck noch mehr als sämtliche drei deutschen Kaiser. Dass der kleine Otto mit seinen knapp vier Jahren sehr eigensinnig und ein wenig verzogen war, galt vorerst als typische Bubenkrankheit. Hermine, die väterliche Großtante aus Oberhessen, die als unangenehm direkt und ein wenig roh galt, hatte bei ihrem letzten Besuch im Sommer prophezeit: »Der wird sich noch wundern, der kleine Teufel.« Wie so oft hatte die Entwicklung ihr im Nachhinein recht gegeben. Wenn Gott seinen Eltern wohlwollte, würde Otto in vier Monaten die Liebe von Vater und Mutter teilen müssen. Noch war der Kronprinz ahnungslos. Es galt in guten Kreisen als unschicklich, mit Kindern, besonders mit den Söhnen, vom Zustand einer Mutter in guter Hoffnung zu sprechen.

»Warum«, versuchte es Otto zum zweiten Mal, »darf ich nicht mit denen Kindern da draußen spielen?« Er hatte den Weg in die Küche gefunden und versperrte nun, die Hände hinter dem Rücken verschränkt, den Weg zum Backofen.

»Darum«, fasste seine Mutter zusammen. Mit einer Hand schob sie ihren Sohn aus dem Weg. »Man sagt nicht denen Kindern. Wo hast du so was bloß her?«

Es war höchste Zeit, Otto Wilhelm Samuel Sternberg klarzumachen, dass auch kleine Kinder gesellschaftliche Spielregeln zu beachten hatten. Hausmeisters Söhne und Kutschers Kinder fielen nach Frau Betsys Dafürhalten für ihren Erstgeborenen, der ja nun in einer Fünfzimmerwohnung mit zwei Balkons logierte und der künftig auch wochentags Matrosenanzüge tragen würde, nicht länger in die Klasse der Akzeptierten. Für die Sternbergs galt es, nach neuen Spielkameraden für ihren Augapfel Ausschau zu halten.

»Sage mir, mit wem du umgehst, und ich sage dir, wer du bist«, murmelte die vorausschauende Mutter über Ottos Kopf hinweg.

Am Sandweg im Frankfurter Ostend, wo er zur Welt gekommen war, war man nicht heikel gewesen. Dort trafen sich die Frauen zum Schwatz auf der Straße und die Männer zum Schoppen. Kinder waren wie junge Hunde zu behandeln. Man ließ sie gewähren und schlug zu, wenn sie nicht sofort parierten, doch die Kleinen mussten sich nicht um gesellschaftliche Konventionen scheren. Sie durften auf der Straße spielen, und sie durften sich aussuchen, mit wem sie es taten. Klein Otto hatte im Ostend das Leben ausschließlich von der unbeschwerten Seite kennengelernt. Wer ihn babbeln hörte, zweifelte nicht, dass er ein Frankfurter Bub war, und zwar einer, der sich nichts vormachen ließ. Wenn er mit dem Karlchen aus dem Baumweg und dem Heiner von der Ingolstädter Straße Ball gespielt hatte, bebten die Scheiben und jubelten die Herzen. Keiner der Erwachsenen redete von Manieren oder Tradition. Die Mütter von Ottos Freunden besorgten für feine Leute die große Wäsche, die Väter waren vor der Geburt ihrer Söhne verschwunden. In den kleinen Wohnungen roch es nach Kohl und Mehlsuppe, und am Samstagabend wurde man von Kopf bis Fuß abgeschrubbt, in einer kleinen Zinkwanne, die auf einem Stuhl in der Küche stand.

»Heute ist der Tag der Wende«, verkündete Ottos Vater am Morgen des Umzugs. Das breite Ehebett aus Eiche, der Esstisch samt Stühlen und Vertiko, Ottos Bett und Schaukelpferd, der weiß lackierte Kinderschrank, die Kommoden mit den gedrechselten Beinen, zwei Couchtische mit Marmorplatte und Löwenfüßen, Bücher, Bilder und der Regulator, der jede halbe und jede volle Stunde schlug, wurden auf einen riesigen Wagen geladen. Die Schlafzimmermöbel, die Kücheneinrichtung, das Geschirr und die wuchtigen Ohrensessel samt den Kisten mit Kleidung kamen auf einen zweiten. Die kräftigen Zugpferde wieherten. Passanten blieben stehen, eine Frau in blauer Kittelschürze schüttelte den Kopf und ächzte: »So viel Zeugs möchte ich auch mal haben.«

»Donnerwetter«, sagte der kleine Otto.

»So«, rügte der Vater, den es zu neuen Ufern zog, »spricht nur ein Kutscher, mein Sohn.«

»Ich will Kutscher werden.«

»Ich will hat ein Kind nicht zu sagen.«

Das Oberhaupt der kleinen Familie Sternberg hatte sich ungewöhnlich früh seinen Traum von Ehre und Wohlstand erfüllt. Zum Teil verdankte er dies einer zum Zeitpunkt des Geschehens absolut noch nicht erwarteten Zuwendung von seiner Großtante Luise. Der taktlosen Hermine liebenswerte Schwester war eine vermögende und kinderlose Witwe. Vor allem war sie der ungewöhnlichen Ansicht, Besitz bringe Sorgen. »Es ist«, sagte sie in Johann Isidors Glücksstunde, »schöner, mit warmen als mit kalten Händen zu geben.«

Im Gegensatz zu seinem Bruder Samy und seinen drei Schwestern, die schon als junge Mädchen altjüngferlich wirkten und die ebenso missgünstig wie nachtragend waren, erschien Luise ihr Lieblingsneffe furchtlos, aufrichtig und klug. Die Erbtante bedachte ihn so reichlich, als wäre er der eigene Sohn. Seitdem verbrachte sie die hohen jüdischen Feiertage und ihre Geburtstage nicht mehr mit ihrem Mops und einer Migräne zu Hause in Kassel, sondern kerngesund und quietschfidel bei Johann und seiner kleinen Familie in Frankfurt. »Mainwasser«, pflegte sie bei jedem Abschied zu sagen, »ist wirklich Medizin für eine verrückte alte Schachtel.«

»Und Ebbelwein«, wusste Otto. Er hatte zu seinem Kinderdrang zur Wahrheit ein ebenso aufmerksames Auge wie sein Vater entwickelt.
Johann Isidor hatte nicht den Charakter, es sich auf Kosten einer reichen alten Dame bequem zu machen. Er war fleißig, energisch und wagemutig, nur zufrieden, wenn er neue Ideen entwickelte, und besessen von seinem Aufstieg. Selbst am Freitagabend, den er trotz aller Assimilationsbestrebungen auf die traditionelle Art seiner Vorfahren ehrte, und auch an den übrigen religiösen Feiertagen kam er nicht zur Ruhe. Wenn er mit seinem Sohn zur Synagoge an der Friedberger Anlage spazierte und er dort allen Grund gehabt hätte, für das zu danken, was ihm beschieden worden war, grübelte er, welche Ziele er noch erreichen wollte.
Der Tuchhändler Sternberg war ein geschickter Schmied seines Schicksals. Stets hatte er mehrere Eisen im Feuer, beobachtete aufmerksam die Börse und wusste nicht nur dort im richtigen Moment zuzugreifen. In einem neu erbauten Haus eröffnete er ein Geschäft für Kurzwaren, Knöpfe und Posamente in der Hasengasse. Sie galt als kommende Gegend und war im Falle der Posamenterie Sternberg noch besser als ihr Ruf. Zu den Kundinnen gehörten die Damen der besten Gesellschaft, Beamtengattinnen und Gouvernanten, Schneiderinnen aller Provenienz und manch ein bescheidenes Fräulein, das sein Geld zusammenhielt und einen Sinn für das Besondere hatte. Schon nach einem Vierteljahr musste der Chef eine zweite Verkaufskraft und einen Lehrjungen einstellen.
»Was hältst du von einem Hutgeschäft?«, fragte er seine Frau eines Tages beim Abendessen.
»Wo ist denn eins zu haben?«

»Keine Ahnung, aber Hüte trägt man immer.«
»Nach der Theorie kannst du auch Uniformschneider werden«, befand die skeptische Gattin. »Kriege wird es auch immer geben.«
Hutgeschäfte überließ er dann doch den Putzmacherinnen, doch wurde die Firma Sternberg bald für die besten Filzstoffe und das eleganteste Zubehör für feine Damenhüte bekannt.
Im Jahr 1898 kaufte sich Johann Isidor in einen Verlag ein. Der machte außergewöhnlich gute und sehr zeitgemäße Geschäfte mit Ansichtskarten – es kamen jedes Jahr mehr Fremde in die Stadt, entsprechend groß wurde der Bedarf an Erinnerungsstücken. Kurz vor der Jahrhundertwende nahm der tätige Handelsmann Kontakt mit einer Privatbank auf. Von den Verhandlungen, sich dort zu beteiligen, wusste noch nicht mal sein Jugendfreund Salomon, ein Rechtsanwalt, dessen Ratschlägen er rückhaltlos vertraute. Frau Betsy bekam immer öfters zu hören, ihr Mann hätte »ein goldenes Händchen«.
Solche Komplimente zauberten stets ein Lächeln auf das Gesicht der Klugen, doch nie ließ sie wissen, dass sie im Bilde war. Als ihr Gatte Hausbesitzer wurde, fehlten ihm noch sechs Monate zu seinem vierzigsten Geburtstag. Kam in späteren Jahren die Rede auf seinen Wohlstand, erzählte er, ohne sich eine Spur zu genieren, dass er ursprünglich nur an ein bescheidenes Häuschen am Frankfurter Stadtrand gedacht, »meine kluge Gattin« aber den großen Wurf gelandet hätte. »Sie werden ihren Entschluss nicht bereuen«, sagte der Notar beim Protokollieren des Kaufvertrags. »Die Fachleute versprechen sich viel vom Nordend.«
»Ich bereue nie etwas«, erklärte Johann Isidor. Nur wer ihn

nicht kannte, hätte sein Selbstbewusstsein mit Hochmut verwechselt.
Er überließ, was sie ein Leben lang freute, seiner Frau die Wahl der Wohnung im eigenen Haus. Auch da entschied sie mit der Weitsicht einer Kennerin. »Im ersten Stock kriegt man weder den Staub noch den Lärm der Pferdehufe und auch nicht die Bettler ab,« erklärte sie. »Und außerdem rennt das Personal nicht jeden Moment auf die Straße, um zu tratschen.«
Die Wohnungen im Parterre und im zweiten Stock des Anwesens waren bereits gut vermietet, allerdings noch nicht bezogen. Für den dritten und vierten gab es ernst zu nehmende Interessenten. Sternberg bedachte auch als Vermieter jeden Einfall zweimal. Bei der ersten Mahlzeit im neuen Heim fragte Betsy mit der vermeintlichen Unschuld, die Johanns Herz fast immer zum Schmelzen brachte, ob leer stehende Wohnungen nicht einen Verlust bedeuteten. »Mieter«, belehrte er sie, »kann man ja nicht auswechseln wie den Rock oder die Hose. Nur wer vorher genau Maß nimmt, trifft ins Schwarze, meine Liebe.« Der kluge Geschäftsmann wollte die Mansarden und die Räumlichkeiten im Dachstuhl zusammen mit den Wohnungen vermieten – in guten Gegenden war es ja nicht standesgemäß, das Personal in der eigenen Wohnung unterzubringen oder sich gar mit einer Zugehfrau zu begnügen.
Mit dem Umzug in die Rothschildallee veränderte sich auch Madame Sternbergs Status. Im Sandweg war es nach bewährtem Bürgerbrauch »bescheiden, aber reinlich« zugegangen. Jeden vierten Montag war eine Waschfrau gekommen, und es gab Maria, die Magd fürs Grobe. Der allerdings konnte die Hausfrau noch nicht einmal das All-

tagsgeschirr zum Spülen anvertrauen, schon gar nicht Kristallgläser, Porzellanvasen und den teuren Kachelofen im Wohnzimmer. Auch die Oberhemden ihres Gatten und die eigenen feinen Seidenblusen bügelte Betsy selbst. Sie putzte freitags das Silber und die ganze Woche lang das Gemüse, sorgte für die Pflege der Möbel und schickte Maria nur dann zum Milchmann, wenn sie selbst zu unpässlich war, um aus dem Haus zu gehen. Trotz aller Vorbehalte wollte sich Betsy nicht von dem Mädchen trennen. Sie behielt auch die Waschfrau. Neu engagiert wurde Josepha, die bereits nach sechs Wochen den Neid von Frau Betsys sämtlichen Freundinnen, Verwandten und Bekannten erregte. »Eine Perle«, schwärmte die Hausfrau schon an Josephas drittem Arbeitstag.

»Auch Perlen verlieren manchmal ihren Glanz«, dämpfte Johann Isidor. Vorschusslorbeeren misstraute er noch mehr als dem großen Wort.

Josepha Krause, erst ab dem Umzugstag engagiert, half bereits beim Packen, putzte jede Ecke der neuen Wohnung und jeden Winkel des Kellers; sie gab sich besondere Mühe mit dem Hof und dem neuen schmiedeeisernen Tor. »Die Leute sollen gleich sehen, dass wir wissen, was sich gehört«, sagte sie. Josepha unternahm auch erste Versuche, den etwas schwierigen Sohn ihrer Arbeitgeberin kennenzulernen. Hierbei war sie ebenso taktvoll wie tüchtig. Mehr als einmal widerstand sie dem Drang, ihre kräftige Rechte in Richtung von Klein Ottos Hintern zu schwingen.

Josepha stammte aus einem Dorf in der Wetterau. Wenn sie Kartoffeln schälte oder Erbsen pulte und die gnädige Frau auch in der Küche war, konnte sie lange und anschaulich von den Äpfeln erzählen, die dort wuchsen und immer nach Bad Nauheim geliefert wurden, sobald die Gattin des Zaren mit ihren hübschen Töchtern und die Geschwister aus Darmstadt zu Besuch kamen. Nach ihrer eigenen Familie, der ein kleiner landwirtschaftlicher Betrieb gehörte, hatte Josepha keine Sehnsucht. Selbst zu Weihnachten zog es sie nicht nach Hause. Sie war in jeder Beziehung genau das, was Damen der vornehmen Gesellschaft zu schätzen wussten: ein Hausmädchen mit Kochkenntnissen, ohne Anhang und ohne eigene Bedürfnisse. Mit so einer ließ sich sehr viel angenehmer Zukunft planen als mit einem Springinsfeld, der noch Rosinen im Kopf und Pfeffer in den Beinen hatte.

Josepha war nicht mehr im Heiratsalter. Sie hatte einen leichten Ansatz zum Kropf und dicke Beine, und sie trug auch sonntags dunkle Kittelschürzen. Nach allgemeiner Erfahrung würde sie keine Gefährdung für die Tugendhaftigkeit des Hausherrn sein, und wenn der kleine Otto heranwuchs, würde es auch keinen Grund geben, um seine Unschuld zu fürchten. Kräftig und gesund war die Josepha, dazu ehrlich, bescheiden, fleißig und fromm. Sie beklagte sich selten und stellte keine Ansprüche beim Essen. Dies alles war der Referenz zu entnehmen, die sie den Sternbergs vorlegte und die auf einer eng beschriebenen Seite bekundete, Fräulein Josepha Walburga Krause wäre ein überaus treues Dienstmädchen gewesen, von dem »man sich nur ungern« trenne. Sie hatte über fünf Jahre in einem Arzthaushalt auf der vornehmen Forsthausstraße im Frankfurter Stadtteil Sachsenhausen gearbeitet. Als sie sich vorstellte, erzählte sie, sie hätte »bei Doktors«, die sich zu ihrem Kummer an die Bergstraße zurückgezogen hatten, sehr oft die gallenkranke Köchin vertreten und so umfassende Kenntnisse in der feinen Küche erwor-

ben. Backen, Obst und Gemüse einwecken, Pflaumenmus kochen und Hühner rupfen könne sie auch. »Der Herr Doktor«, plauderte sie schon am zweiten Tag im Hause Sternberg aus, »war ein Vielfraß. Für meinen Schweinebraten hätte der die eigene Mutter verkauft.«
»Das wird Ihnen hier nicht passieren«, beschied ihr Frau Betsy, »wir sind jüdisch und essen kein Schweinefleisch.«
Josepha war erstaunt, jedoch flexibel und gutmütig. Sie nahm keinen Anstoß. »Macht nichts«, entschied sie, »ihr seid's ja auch Menschen.«
Maria, die Magd mit den zwei linken Händen, stammte aus dem Vogelsberg. In der alten Wohnung hatte sie auf einer Matratze in der Küche geschlafen und sich im Putzeimer gewaschen; sie war absolut darauf eingestellt gewesen, nach Sternbergs Umzug entlassen zu werden. Als sie erfuhr, dass sie mit in die Rothschildallee ziehen und gar eine eigene Kammer bewohnen sollte, war sie überwältigt. Einen halben Tag lang konnte sie nicht mehr als »Ja« und »Nein« sagen. Ihr Mittagessen rührte sie kaum an, obgleich es Linsensuppe gab, die sie besonders gern aß, und zweimal hatte sie Nasenbluten. Das Mädchen mit Zöpfen dick und lang wie die von Rapunzel, war das uneheliche Kind einer Bauernmagd und entsprechend knapp vom Leben bedacht worden. Mit der Aussicht auf eine eigene Stube fühlte sich Maria wie die Prinzessin, die sie einmal in Klein Ottos Märchenbuch gesehen hatte. Fortan träumte sie allerdings nicht mehr von Gold und Geschmeide, sondern von der Ehe mit einem gewissen Werner Hasslinger und einer Wohnküche mit fließendem Wasser. Seit sechs Monaten wurde Maria nämlich an ihren freien Sonntagnachmittagen von Wachtmeister Werner zum Tanzen abgeholt und neuerdings vor Verlassen des Hauses von ihrer

schwangeren Dienstherrin streng ermahnt, sich »bloß kein Kind andrehen zu lassen«.

Betsy Sternberg, als Bertha Luise Strauß geboren, neigte nicht oft zu den Ausdrücken, die dem Klassenbewusstsein ihrer Zeit und Gesellschaftsklasse entsprachen. Sie war weder arrogant noch dominant, und sie scheute es, mehr Aufmerksamkeit als nötig zu erregen. Frau Betsy wehrte sich gegen schnelles Lob und oberflächliche Schmeicheleien. Rücksichtnahmen, die ausschließlich ihrem Geschlecht galten, waren ihr nicht genehm. Das änderte sich noch nicht einmal in ihren Schwangerschaften. Gerade in der Zeit der Erwartung war die Hausherrin von auffallend guter Kondition und in bester Laune, tatenfroh und entschlussfreudig.

Betsy war die älteste Tochter des früh verwitweten Preziosenhändlers und Juweliers Siegfried Strauß aus Pforzheim. Er hatte das Mädchen einwandfrei erzogen, allerdings, wie man sich erzählte, ziemlich frei. Zum Befremden der Verwandtschaft hatte Vater Siegfried seine gescheite Tochter angehalten, sich nicht nur manuell zu beschäftigen, sondern sich auch geistig zu entwickeln. Betsy spielte gut Geige und ordentlich Klavier. Sie las jedes Buch über Musik, das ihr Lehrer ihr brachte, rezitierte bei Familienfesten Gedichte von Eichendorff und manch lange Ballade von Schiller. »Und malen tut sie wie Rembrandt«, schwärmte der Großvater.

Dank ihm konnte seine Enkeltochter bereits mit acht Jahren fließend Hebräisch lesen. Von der Großmutter lernte die Zwölfjährige, für den Sabbatabend den traditionellen Mohnzopf zu backen. Französisch parlierte »Straußens Betsy« besser als die vielen Anbeter, die um sie warben. Sie hatte einen Sinn für die Relativität des Lebens und einen analytischen Verstand, der sie davor bewahrte, Ursache und Wirkung zu verwechseln. So war ihr als Ehefrau allzeit bewusst, dass sie den Glanz, der sie umgab, zu einem großen Teil ihrem strebsamen Mann zu verdanken hatte.

Bei jedem Blick in den Spiegel war Johann Isidors Gattin dem Schicksal dankbar, dass die Zeit gnädig mit ihren Reizen umging. Noch mit achtundzwanzig und in den ersten Monaten der zweiten Schwangerschaft wirkte sie wie das junge Mädchen, das zu Hause in Pforzheim mit den Schwestern unter dem Apfelbaum Blindekuh gespielt hatte. Ihr Teint blieb rein, das nussbraune Haar glänzte, die grünen Augen strahlten Lebensfreude aus. Ihr Talent zur guten Laune war Betsys größte Gabe. Drei Brüder hatte sie, die alle studierten, und zwei Schwestern, die schön waren wie Schneewittchen und beide einen Mann mit Doktortitel heirateten, aber sie blieb ein Leben lang Vaters Liebling.

Sie war eine sparsame Hausfrau, in der Ehe fügsam, als Mutter aufopfernd und immer geduldig. Nur wenn es um ihre Kinder ging, wurde sie kühn. Nach der Geburt des zweiten Kindes sollte ein Kindermädchen ins Haus, später eine Gouvernante. »Und irgendwann«, vertraute sie ihrem Mann an, »vielleicht ein Reitlehrer für Otto. Der Kaiser hat schon als ganz kleines Kind auf dem Pferd gesessen.«

»Wir haben ein Haus gebaut, kein Schloss. Merk dir das, mein liebes Kind. Wer zufrieden ist mit dem Ei, braucht die Henne nicht dabei.«

Nicht nur zufrieden, sondern pfauenstolz war dieser maßvolle Ehemann, wenn er zum Diner einlud. Da galt die üppige Tafel als selbstverständliches Recht der Gäste und nicht als Herausforderung des Schicksals. Frau Betsy kochte superb, sehr viel raffinierter als dies in Hessen üblich war, und stets auf höchstem kulinarischen Niveau. Auch das verdankte sie ihrem Vater – Juwelier Siegfried Strauß hatte eben in jeder Lebenslage bedacht, dass es bei einem kostbaren Stein auf den perfekten Schliff ankommt. Als sein Herzensjuwel die Schule für höhere Töchter absolviert hatte, schickte er es für ein Jahr auf ein berühmtes Etablissement nach Montreux. Dessen Schülerinnen wurden zu perfekten Hausfrauen und zu Gastgeberinnen erzogen, die sich ebenso gut zu unterhalten wussten, wie sie kochen und backen und mit ihrem Personal umgehen konnten; so manche Achtzehnjährige wurde direkt von der Schulbank weg geheiratet. Von feinen Herren, die es sich finanziell leisten konnten, die präsumtive Braut erst anzuschauen und dann nach der Höhe der Mitgift zu fragen.

Der orthodoxe Teil der Familie Strauß schüttelte den Kopf. Man war sich einig, der »meschuggene Siegfried« würde »das arme Mädchen mit seinem goischen Getue« der eigenen Familie und dem Glauben der Väter entfremden. Indes nahm Betsy auch nicht einen Hauch von Schaden durch die Begegnung mit der Welt jenseits des eigenen Tellerrands. Beim Abschied von der Schweiz empfand sie Kochen nicht als Verpflichtung und Bürde einer Ehefrau, sondern als Kunst. Die feine französische Cuisine war ihr ebenso vertraut wie die schmackhafte Küche ihrer badischen Heimat. Sie kannte Rezepte, die noch in keinem deutschsprachigen Kochbuch standen. Freunde und Bekannte, die im Hause Sternberg dinierten, berichteten beeindruckt von sautierten Lendenschnitten, Boeuf à la bourguignonne und Gänseleberkrustaden.

»Und das an einem gewöhnlichen Mittwoch«, wusste Frau

Rose zu berichten. Ihr Mann hatte eine Fabrik für Lederwaren, und sie verbrachte jeden Sommer in Karlsbad und kannte sich mit dem Leben der feinen Leute aus.

Frau Betsy war es selbstverständlich, sich von ihrem Mann leiten zu lassen. Nur ein einziges Mal in ihrer Ehe ergriff sie die Initiative, als sie von dem Häuschen vor den Toren der Stadt erfuhr, das Johann Isidor zu kaufen beabsichtigte. Wenn er sich abends, ermüdet von einem langen Tag, zu Tisch setzte, wurde die Hüterin des Hauses aktiv. Sie hatte immer wieder neue Argumente zur Hand, die für ein Mietshaus in der Stadt sprachen. An einem Freitagabend, zwischen gefülltem Hecht und Hühnersuppe, erwähnte die Taktikerin ihren seligen Onkel Heinrich. Dies tat sie mit Kalkül. Der Unvergessene hatte es zu einem Vermögen gebracht, das noch zehn Jahre nach seinem Tod von der gesamten Verwandtschaft als außergewöhnlich bezeichnet wurde. »Nur Dumme und Träumer verwohnen ihr Kapital«, hatte Onkel Heinrich den Seinigen gepredigt, wann immer einer ein Haus hatte kaufen wollen, das lediglich der eigenen Familie Platz bot. Noch als ihm zwei Häuser in Pforzheim gehörten und eins in Baden-Baden und er es sich hätte leisten können, auch montags Hühnchen zu essen, vermietete er zwei Zimmer in seiner eigenen Wohnung.

Johann Isidor Sternberg betrachtete das Porträt von Betsys seligem Onkel; vom ersten Tag seiner Ehe hatte es an der Wand des Esszimmers gehangen. Lange dachte der Hausherr nach, knapp sagte er: »So!« Seine Stirn rötete sich ein wenig. Zehn Minuten später gab er nach, wobei erstmals die Vermutung in ihm keimte, dass er eine mehrfach gesegnete Frau zur Gattin erwählt hatte. Gott hatte die Schöne nicht nur mit geschickten Händen, einer vor-

sichtigen Zunge und einem sonnigen Gemüt bedacht, sondern auch mit einem Kopf, der auf Männerschultern gehörte.
Zum ersten Mal seit ihrem siebten Geburtstag, als sie eine lang ersehnte blond gelockte Puppe bekommen und prompt versucht hatte, für die noch ein Samtcape herauszuschlagen, begnügte sich diese Prachtfrau nicht mit einem Sieg. Drei Tage nach dem denkwürdigen Abendessen begann sie, von einem Anwesen in der Günthersburgallee zu reden. Die Straße zweigte von beiden Seiten der Rothschildallee ab. Das Haus, das es Betsy angetan hatte, war im neoklassizistischen Stil aus rotem Sandstein erbaut und glich einer Burg. Es hatte Erker, Fenster in verschiedenen Größen, Türmchen und Balkons mit kleinen griechischen Säulen. Diese architektonische Schönheit, vor einem Jahr erbaut, war nur deshalb zu haben, weil der präsumtive Käufer in Bad Homburg einen schweren Reitunfall gehabt hatte und seitdem nicht mehr handlungsfähig war.
Betsy hatte das Haus auf einem Spaziergang mit Otto entdeckt. »Ein solches Haus putzt den Besitzer heraus«, reimte sie, als sie bei Sonntagskaffee und Zwetschgenkuchen davon erzählte. »Was würden uns die Leute beneiden.« Noch ehe sie theatralisch seufzte, brannten ihre Wangen; sie senkte beschämt den Kopf. Ihr Mann sah sie befremdet an.
»Hochmut kommt vor dem Fall«, rügte er, »das beste Geschäft ist das, von dem man nicht spricht.« Obwohl er verärgert war, zeigte sich der Ehemann großzügig und führte Betsys momentane Unbescheidenheit auf ihren Zustand zurück. Aufgeschlossene Männer akzeptierten, dass Frauen in Hoffnung dazu neigten, ihre Grenzen zu überschreiten. »Ich werde mal sehen«, lächelte der Kluge, »ob

es nicht doch noch etwas mit deinem Wunsch wird, das Esszimmer und den Salon mit Parkett zu versehen.«

»Wie schön«, sagte Betsy. Ihr zweiter Seufzer war einer der Erleichterung.

Übrigens hatte sich Johann Isidor Sternberg das zum Verkauf stehende Haus in der Günthersburgallee tatsächlich angesehen. Es entsprach weder seinem Geschmack noch Naturell. »Das ist etwas für Leute, die nicht gelernt haben, den Schein vom Sein zu trennen«, hatte er dem anbietenden Makler erklärt. Ein wenig schroff und sehr bestimmt. Von seinem seligen Vater, einem Viehhändler aus Schotten in Oberhessen, hatte Johann Isidor rechtzeitig gelernt, dass ein Mann nie als wohlhabend auffallen sollte. »Ein bescheidener Rahmen«, hatte der Vater seinem Sohn eingetrichtert, »ist wichtiger als ein neuer Überzieher.«

So hatte der Weitsichtige sich für den Bau des Hauses in der Rothschildallee entschieden.

Der Sohn, der die Lektionen des Vaters nie vergaß, regte auch an, die erste Mahlzeit im neuen Heim bescheiden zu halten. »Der Kaiser hat Geburtstag«, mahnte er, als Betsy dabei war, das Menü für den Samstagabend zu planen, »nicht ich.«

»Wir haben doch extra Tante Luise eingeladen, mit uns zu feiern.«

»Gerade die hat nichts übrig für Leute, die ihr Geld nicht zusammenhalten können. Wäre es anders, wären wir noch einige Jahre im Sandweg wohnen geblieben. Das kannst du mir glauben.«

Gegen Stolz und Hausfrauenehre kämpfen selbst Despoten vergebens. Es gab Hechtklöße als Vorspeise, Florentiner Kraftbrühe nach dem Rezept von Madame Suzette im Pensionat in Montreux, Kalbfleisch in Madeira, Hähnchen in Burgunder und Pommes de terre dauphine, zum Nachtisch den Mandelkranz, dem Tante Luise nie widerstehen konnte. Frau Betsy war in bestem Einvernehmen mit der reich gedeckten Tafel, blendender Laune und hoffnungsfroh wie eine junge Braut.

Die Witwe Luise Dreifuß hob ihr Glas. Der Rotwein funkelte im Licht des neuen Lüsters. Verzückt sah die alte Dame ihren Lieblingsneffen an. Eine Nacht im Mai, von der außer ihr niemand mehr wusste, fiel ihr ein. »Zum Wohl«, sagte sie. »Durch Weisheit wird ein Haus gebaut und durch Verstand erhalten. Mich macht der Gedanke überglücklich, dass deine Enkel noch um diesen Tisch sitzen und sich am Mandelkranz ihrer Großmutter erfreuen werden.«

Johann Isidor Sternberg war weder abergläubisch noch fromm. Trotzdem widerstrebte es ihm, Zukunft zu beschwören. Er schaute erst auf den gewölbten Leib seiner Frau und dann zum Stuck an der Zimmerdecke. »So Gott will«, sagte er leise.

2
Frühlingserwachen
Frankfurt, 21. März 1910

Frau Betsy saß auf der mit kirschrotem Plüsch bezogenen Récamière vor dem weiß lackierten Wiener Kaffeehaustisch, den ihr Mann ihr zum fünfzehnten Hochzeitstag für den Wintergarten geschenkt hatte. Mit einem Anflug von schlechtem Gewissen klappte sie das Buch zu, in dem sie die letzte halbe Stunde mehr geblättert denn gelesen hatte. In jeder Gesellschaft kam neuerdings einer auf »Königliche Hoheit« von Thomas Mann zu sprechen. Der Roman war im Vorjahr erschienen, und Betsys Freundin Margot Einstein, die als ein Blaustrumpf galt und deshalb ledig geblieben war, hatte beim Dienstagskränzchen im Café Hauptwache wieder einmal von der »raffinierten Romankonstruktion« geschwärmt. Obwohl Betsy durchaus für moderne Literatur empfänglich war, fand sie den Roman weit weniger animierend als den Titel; dass der Autor ein fiktives deutsches Fürstentum zum Schauplatz seiner Geschichte genommen hatte, irritierte sie. Gerade weil sich Madame Sternberg für den deutschen Adel interessierte, legte sie Wert auf Authentizität.

Ihrer Meinung nach war »Königliche Hoheit« jedenfalls nicht mit den »Buddenbrooks« zu vergleichen, die sogar Johann Isidor gelesen hatte, obgleich er Romane nicht mochte und Männer, die solche lasen, für verweichlicht hielt. Betsy schauderte, als sie sich erinnerte, dass sie Johann Isidor nur mit der allergrößten Mühe davon hatte abhalten können, bei einem Diner im Hause des Germanistikprofessors Dr. Dr. Eduard Sohle allen Anwesenden seine Meinung über Literatur und Heldennaturen mitzuteilen.

Der hoch angesehene Handelsmann Sternberg, der seine Erfolge der Eigenschaft verdankte, dass er im richtigen Moment schweigen konnte und dies meistens auch tat, hatte zum Abschluss des sechsgängigen Menüs reichlich Camembert gegessen und vier Gläser Burgunder getrunken – er vertrug weder das eine noch das andere; die warnenden Blicke seiner Frau hatten ihn nicht mehr erreicht, und sie hatte den enervierenden Redefluss nur mit einer abrupten Unterbrechung stoppen können, die nicht nur allen Anwesenden, sondern auch ihr selbst als besonders unweiblich missfiel. Trotzdem hatte Betsy ihren Gatten zu Hause mit kalten Kompressen auf dem Kopf und warmen Tüchern auf dem Leib behandelt und ihm selbstverständlich keine Vorhaltungen gemacht.

Betsy schaute ins Esszimmer. Dort hing seit drei Tagen der stolze Hausherr in Öl und modernem Holzrahmen, neben dem Bild vom seligen Onkel Heinrich. Johann Isidor selbst war am frühen Morgen zu wichtigen Bankgeschäften und Verhandlungen mit einer aufstrebenden Textilmanufaktur nach Paris abgereist. Für seine Frau bedeutete das, sie würde vier Tage lang nur ihre Kinder, das Hauspersonal und die Nachbarinnen sehen, die gleich ihr auf der Höhenstraße und der Bergerstraße einkauften. Obwohl ein solches Programm kaum Abwechslung versprach, war Betsy in gehobener Stimmung. Sowohl das Wetter als auch der Kalender zeigten Frühjahrsanfang an.

Die Natur hatte früh begonnen, den alljährlichen Zauber einzuläuten. Im Vorgarten blühten Buschwindröschen, in der chinesischen Vase auf dem kleinen Empiretisch dufteten die ersten Veilchen, die Blumenfrauen in der Stadt boten Narzissen und Vergissmeinnicht an und herrliche langstielige Rosen aus dem Treibhaus. Die kleinen Mädchen trugen weiße Strümpfe und mutige Buben nackte Knie.

Die Vögel waren wieder in den Hinterhof eingezogen. Die Herrin des Hauses Rothschildallee 9 hörte die Meisen zwitschern und die Tauben gurren. Sie öffnete das große Wintergartenfenster, schaute hinunter, atmete tief ein und spürte den alten Kinderdrang, eine Wolke vom Himmel zu holen. Der Sauerkirschbaum hatte Knospen. Ein Forsythienstrauch flaggte butterblumengelb, die Wäschebleiche leuchtete hoffnungsgrün. Betsy summte das Lied »Jetzt fängt das schöne Frühjahr an, und alles fängt zu blühen an«. Sie erinnerte sich an ein rosa Flügelkleid und einen Jüngling namens Carl Theodor, der ihren Namen in eine Birke geritzt hatte. Mit dem Hauch eines Seufzers kehrte sie aus der alten Heimat zurück und nahm sich vor, das gute Wetter zu nutzen, um die seidenen Sofakissen gründlich zu lüften, die Teppiche im Hof ausklopfen und die Sonntagskleider ihrer Töchter waschen zu lassen. Außerdem war es höchste Zeit, Johann Isisdor klarzumachen, dass sein Stammhalter einen neuen Anzug brauchte und die Zwillinge Jacken und Schuhe.

»Und deine Frau«, sagte Betsy, »wünscht sich einen schönen Hut, so groß wie ein Wagenrad und moosgrün, geschmückt mit Federn und Blumen. Und ein lila Kleid mit Taillenschärpe.« Wie immer, wenn sie Selbstgespräche führte, war ihr Ton ironisch. Neu war, dass sie spürte, wie sie errötete. Etwa schon wie eine Matrone, die einen

Moment vergessen hat, wie alt sie ist? Seit einiger Zeit fiel Frau Betsy nämlich auf, dass das treu sorgende Familienoberhaupt trotz des Wohlstands im Hause Sternberg der allgemeinen Männermeinung war, eine Frau von achtunddreißig Jahren brauche sich nicht mehr modisch zu kleiden. »Hauptsache solide und reinlich«, hatte er tatsächlich vor zwei Wochen gesagt.

»Nicht auf dem Parkett«, rief Betsy in Richtung Salon. Die Zwillinge waren dabei, einen riesigen Eisbären auf Rädern, über den nur ihre kleine Schwester zu gebieten hatte und der nur im Kinderzimmer rollen durfte, um die Möbel zu ziehen. Die fiebrige Halsentzündung, die Clara und Erwin eine Woche lang den Appetit und die Kraft der Stimme geraubt hatte, war ihnen nicht mehr anzumerken. Trotzdem hatte Doktor Meyerbeer striktes Ausgangsverbot bis zum Sonntag verhängt. Anna, das Kindermädchen, hatte ihren freien Nachmittag und konnte nicht mit der Jüngsten spazieren gehen. Weshalb Otto sich ohne Auftrag mit seinen Geschwistern abgab, als wären ihm sein Bruder und die beiden Schwestern lieb und teuer, beschäftigte seine Mutter schon seit einer Stunde, ohne dass sie eine Antwort fand. Wie immer, wenn der Vater verreist war, durften die Kinder im Salon spielen. An diesem ersten Frühlingstag schienen sie das seltene Privileg besonders zu genießen. Mindestens seit einer halben Stunde hatte es weder einen Streit um Besitz noch einen plötzlichen Zornesausbruch gegeben, noch nicht einmal ein lautes Wort. Die lauschende Mutter, die einer langen Friedensphase aus Erfahrung zu misstrauen pflegte, runzelte die Stirn. Sie hörte ihren Ältesten etwas sagen, unmittelbar danach die Zwillinge klatschen und »Hurra« kreischen. Die kleine Victoria krähte. Otto brummte bärentief.

»Warte nur ab«, warnte er seine kleine Schwester, »dir wird das Lachen noch vergehen, wenn sie dir an deinem sechsten Geburtstag mit großem Getue einen Griffel in die Hand drücken und einen Ranzen umhängen.« Zum hörbaren Vergnügen des jüngsten Familienmitglieds ahmte er ein grunzendes Ferkel nach. Wieder jubelten die Zwillinge. Ihre Mutter lächelte, obgleich die Kostprobe jugendlicher Lebenserfahrung ihre Sinne schärfte.

Mit ihrem üblichen Argwohn für Abweichungen von der Norm grübelte sie, ob Otto mit seiner unerwartet entflammten Geschwisterliebe wohl etwas im Schilde führte und, wenn ja, wen er beeindrucken wollte und weshalb. Nach fast achtzehn Monaten Eingewöhnungszeit war ihrem Ältesten das jüngste Familienmitglied noch immer nicht geheuer, und er gab sich nicht viel Mühe, seine Seelenverwandtschaft mit dem biblischen Kain zu verleugnen. Jedenfalls erschien es seiner Mutter verdächtig, dass Otto, der Meistertaktiker, nicht unmittelbar nach dem Mittagessen Verhandlungen aufgenommen hatte, um den Nachmittag außer Haus zu verbringen. Dass es ihn an einem solch prächtigen Tag nicht lockte, das Abenteuer des Lebens zu suchen, und er stattdessen seine Geschwister unterhielt und sie auch noch behandelte, als wären sie ihm willkommene Kameraden, verwirrte Betsy mehr, als dass es sie entzückte.

»Nicht so grob, Otto«, rief sie prophylaktisch.

»Nein«, versprach der Sohn.

Die Märzsonne brannte die Glasfront im Wintergarten sommerheiß. Das Licht schimmerte violett. Der intime kleine Raum war vom ersten Tag an Frau Betsys Refugium und Paradies gewesen. Wenn sie in Stimmung war, die Segnungen zu bilanzieren, die ihr Leben bestimmten, vergaß sie nie den Wintergarten. Auch nun schaute sie sich um und ließ ihre Augen das Glück des eigenen Heims trinken. Die Blätter des Gummibaums, am Vortag von ihr selbst mit schwarzem Tee abgewaschen, glänzten in tiefem Grün. Die kostbare Zwergbanane, die erst seit Kurzem von deutschen Gärtnern gezüchtet wurde, hatte ein neues Blatt, dem Korallenmoos war das Umtopfen ausgezeichnet bekommen, und die Duftpelargonie roch nach Eukalyptus und machte ihrem Namen alle Ehre. In einem weißen Porzellantopf, der mit winzigen Goldputten verziert war, leuchtete die rosa Blüte eines Hibiskus. Die empfindliche Pflanze war vor zwei Jahren ins Haus gekommen, hatte jedoch noch nie geblüht. Jetzt hatte sie sich über Nacht von einer gewöhnlichen Grünpflanze in eine atemberaubende Schönheit verwandelt. Betsy empfand das als gutes Omen für einen langen Frühling.

Einen belebenden Augenblick dachte die pflichtbewusste Hausfrau nicht an Frühjahrsputz und neue Küchengardinen, nicht an die ersten Radieschen und dass es bald Pessach sein würde und sie beizeiten die Matze und den Hecht bestellen müsste. Frau Betsy träumte von einer Sommerreise – ohne die Kinder und ohne Verpflichtungen, nur mit ihrem Mann, vielleicht nach Karlsbad, wohin sie schon lange wollte, weil man sich Wunderdinge von der dortigen Küche und der Kur erzählte. Oder nach Bad Gastein, wohin jetzt etliche fuhren, die gut zu leben wussten. Betsy war zwar gesund an Leib und Seele und bedurfte keiner Kur, doch sie gab ihrer Phantasie gern Nahrung und konnte dies am besten tun, wenn sie auf den Spuren der Berühmten wandelte. Meran fiel ihr ein. Dort hatte selbst die rastlose österreichische Kaiserin Elisabeth Ruhe gefunden. Fontanes Effi Briest, mit der Frau Betsy immer noch zu leiden beliebte, wenn sie Geschmack beweisen wollte, war nach Ems gefahren.

»Ach«, seufzte sie, »Ems wird es wohl sein.« Sie schämte sich ihrer Unzufriedenheit. Johann Isidor hielt nicht viel von Sommerreisen und noch weniger von Frauen, die in berühmten Heilbädern Kur machten und ihre Ehemänner eine Stange Geld kosteten. Seine Frau hatte manchmal die Vermutung, die Jugendzeit auf dem Dorf und ein Vater, der nie weiter als bis nach Frankfurt gekommen war, hätten gewisse Spuren bei ihrem Mann hinterlassen. Sie stand auf und schaute in die Hinterhöfe der gegenüberliegenden Wohnungen. Wie immer um zwei Uhr mittags saß ein grauhaariger Schneider mit gekreuzten Beinen auf einem langen Tisch, ein Maßband um seinen Hals, ein rotbrauner Dackel zu seinen Füßen. Betsy winkte dem Nachbarn zu, doch der blickte nicht hoch, der Dackel schlief. Sie nahm sich vor, gleich am nächsten Tag sämtliche Oberhemden von Johann Isidor hinüberzutragen und ihnen neue Kragen machen zu lassen. Der gut betuchte Handelsmann Sternberg mochte sich von keinem Kleidungsstück trennen. »Ich hab nur ein Haus«, pflegte er zu sagen, wenn seine Frau ihm den Kauf eines neuen Überziehers oder eines modischen Sakkos vorschlug.

Die Berufung auf ein Haus als Besitz entsprach nicht mehr der Realität. Johann Isidor Sternberg, Handelsherr, Partner in einem Verlag mit Renommee und in höchst einträgliche Bankgeschäfte involviert, hatte vor einem halben Jahr ein Doppelhaus in der Glauburgstraße erworben und das Gebäude von Grund auf renovieren lassen. Die stadtbekannte Posamenterie Sternberg in der Hasengasse gab es immer noch.

»Von seinen Anfängen trennt man sich nicht«, sagte Johann

Isidor, wenn es die Gelegenheit erforderte, »sonst verliert man den Boden.«
Madame Betsy ließ sich ebenso wenig wie ihr Gatte vom Wohlstand zu Extravaganzen hinreißen. Ihr wäre es nie eingefallen, ihrer Freundin Henriette nachzueifern. Deren Mann hatte ein Vermögen mit dem Import französischer Weine und mit Sherry aus Spanien gemacht. Sie trug sogar zu Hause Blusen aus Honanseide und dekolletierte Roben aus Paris und ließ auch an Werktagen den Kuchen auf einer Tortenplatte von Hutschenreuther servieren.
Wenn Betsy mit den Kindern allein war, wurde die Nachmittagsschokolade in der Küche eingenommen. Josepha servierte dazu flämische Waffeln mit rheinischem Apfelkraut und neue Geschichten von der Zarenfamilie, die immer noch nach Bad Nauheim kam. Die fünfzehnjährige Olga und die dreizehnjährige Tatjana machten bereits Trinkkuren, die Zarin hatte Doktor Georg Grote zu ihrem Badearzt erkoren; bei dem arbeitete eine gewisse Hedwig, die wiederum eine Cousine zweiten Grades von Josepha war. Also kamen alle Nachrichten vom Zarenhaus aus fast erster Hand.
Betsy hatte sich an diesem entspannenden Frühlingstag noch nicht einmal für den Nachmittag umgezogen. Sie trug ein blau-weiß gewürfeltes Kleid, das sie, was sie niemandem eingestanden hätte, an ihre Jungmädchenzeit im Pensionat in Montreux erinnerte. Es hatte einen kleinen Spitzenkragen, einen breiten Stoffgürtel und einen bauschigen Rock, der es ihr gestattete, wenn sie in halb sitzender Stellung auf der Récamière ruhte, ihre Beine anzuziehen, ohne dass es zu freizügig wirkte. Obgleich sie vier Kinder geboren hatte und die kleine Victoria erst knapp achtzehn Monate alt war, war Betsy immer noch schlank und be-

weglich. Einige ihrer Freundinnen fanden allerdings, Betsy schulde sowohl ihrer gesellschaftlichen Stellung als auch ihrem Alter ein wenig mehr von der Körperlichkeit, die in guten Kreisen als stattlich bezeichnet wurde. Um ihr frisches Aussehen und dass sie immer guter Stimmung war, wurde sie indes allerorten beneidet.
Vor allem wenn sie sich unbeobachtet fühlte, wirkte Betsy Sternberg so lebensfroh wie das junge Mädchen, das sie gewesen war. »Deine Schwestern«, hatte der Vater bei seinem letzten Besuch vor zwei Monaten festgestellt, »sind längst so breit wie hoch. Und auf den Stiegen schnaufen sie wie ein Biergaul. Dabei haben sie weniger Kinder als du.«
»Die Hälfte meiner vier Kinder«, hatte die Lieblingstochter des Preziosenhändlers Siegfried Strauß gelacht, »habe ich ja auf einen Streich erledigt. Zwillinge sind ein besonderer Himmelssegen.«
Bei Clara und Erwin galt das ausschließlich für die Zeit, in der sie ihre Wünsche noch nicht artikulieren konnten. Nur ihr Vater vermochte ihre Freude am Widerspruch zu zügeln. Gegen ihre Phantasie und die furchtlose Art, sich in der Welt der Erwachsenen zu behaupten, war kein pädagogisches Kraut gewachsen. Ihre Mutter wurde zur Entgegennahme von Beschwerden regelmäßig in Erwins Schule bestellt und hatte jedes Mal immense Mühe, Fräulein Hirt, die Lehrerin der vierten Klasse, zu beruhigen, die Erwin einen Satan nannte und ihm ein schlimmes Ende auf dem Gymnasium prophezeite. Nach solchen Diskussionen pflegte sich das Vorurteil von Fräulein Hirt zu festigen, dass Kinder, die an keinem Kommunionsunterricht teilgenommen hatten, meistens zur Renitenz neigten.
Clara, die schon mit sieben Jahren fließend hatte lesen

können und deren Gedächtnis für Zahlen selbst ihrem kritischen Vater außergewöhnlich erschien, sollte nicht auf eines der üblichen Mädchen-Lyzeen. Sie war für die Viktoriaschule im Westend angemeldet. Das bedeutete zwar, dass die künftige Sextanerin noch lange Begleitung auf ihrem Schulweg brauchen würde, doch der Aufwand erschien den Eltern lohnend. Es gefiel ihnen sehr, dass die Viktoriaschule nach der verehrten Mutter des Kaisers benannt war. Noch wichtiger: Die Viktoriaschule wurde in jüdischen Kreisen besonders geschätzt. Bei allen Assimilationsbestrebungen der Sternbergs hätten sie nicht gern gesehen, dass ihre Clara das einzige jüdische Mädchen in der Klasse gewesen wäre.

Noch zweifelten die Eltern, ob Erwin eine ebenso schnelle Auffassungsgabe hatte wie seine Schwester. Trotzdem sollte er seinem Bruder auf das humanistische Kaiser-Friedrichs-Gymnasium folgen, das von der Rothschildallee aus zu Fuß in einer Viertelstunde zu erreichen war und als eine Lehranstalt für die Elite galt. Zu Ottos geheimem Kummer hatte sein kleiner Bruder, an dem er ausschließlich den Anker Steinbaukasten schätzte und den er für einen Dummkopf hielt, die Aufnahmeprüfung für die Sexta sehr viel besser bestanden als einst er.

Noch wurde nicht viel von der schulischen Zukunft der Zwillinge gesprochen. Vorerst interessierten sich Clara und Erwin hauptsächlich für ihren zehnten Geburtstag im April. Beide wünschten sich je einen Amur-Tiger und einen Löwen. Seit einem Jahr lebte ein prächtiges, von den Frankfurtern ehrfürchtig bestauntes Tigerpaar im Zoo, und vor zwei Jahren war der Bestand des Tiergartens um zwei Löwen aus dem Senegal bereichert worden. Selbst Otto, der sich für zu erwachsen hielt, um vor den Käfigen wilder Tiere zu stehen, kannte die Löwen. »Und dies von der Mähne bis zum Schwanz«, wie er übellaunig anzumerken pflegte. Da das »Kaiser Friedrich« dem Zoo benachbart war, hatte er auf Anordnung der pädagogischen Obrigkeit viele Unterrichtsstunden im Zoo verbracht und die Senegal-Löwen sogar zeichnen müssen. Indirekt hatte dies seinen Eltern einen ersten Hinweis auf den Berufswunsch ihres Ältesten geliefert. Zu ihrem großen Missfallen hatte Betsy nämlich ihren Otto bei seinem neuen Freund Theo spotten gehört: »Als ob ein Offizier der hessischen Gardedragoner irgendwann in seinem Leben in die Lage kommt, einen Löwen zeichnen zu müssen.«

»Keiner in meiner Familie ist je auf die Idee gekommen, Soldat zu werden«, hatte die entsetzte Mutter am Abend geklagt.

»Denkst du in meiner«, erwiderte Johann Isidor. »Aber wir sollten uns nicht aufregen. Mit vierzehn wollte ich noch Staatsanwalt werden.«

»Ausgerechnet! Und was hat dich davon abgebracht?«

»Dass mein Vater immer gesagt hat, Juden nehmen die nicht.«

Die Zwillinge machten noch keine Zukunftspläne. Ihren Hang zu Capricen, dass sie frech wie Gossenkinder werden konnten, wenn man sie reizte, und dass sie allenfalls Respekt vor dem Vater und ihrem großen Bruder hatten, sah man ihnen nicht auf Anhieb an. Zumindest auf den ersten Blick sahen sie wie die munteren kleinen Engel auf den Postkarten aus, die besonders beliebt zur Weihnachtszeit und an Ostern waren.

Betsy sammelte solche Karten. Durch sie inspiriert, fing sie auch wieder zu zeichnen an, und sie versuchte – allerdings vergebens –, wenigstens Clara für Malerei zu interessieren.

Noch mehr Zeit opferte sie, um die drei Ältesten in die von ihr so sehr geliebte Welt der Musik einzuführen. Allerdings ahnte sie schon zu einem frühen Zeitpunkt, dass sie kaum Erfolg haben würde. Trotzdem setzte sie sich jeden Tag guten Mutes an den Flügel, der so berauschende Frühlingsträume in ihre Seele geträufelt hatte.
Ein wenig lustlos blätterte die pflicht- und bildungsbewusste Mutter in den Klaviernoten für Anfänger. Sie verfluchte, als sie den ersten Ton anschlug, die Klavierlehrerin der Zwillinge. Die verwelkende Jungfer, die nie lächelte und immer nach Kampfer roch und ständig erkältet war, hatte Madame Sternberg empfohlen, jeden Tag die Lieder vorzuspielen, die Clara und Erwin für die Musikstunden einzuüben hatten. »Die können dann gar nicht anders, als ihrer Mutter nachzueifern«, hatte Fräulein Schiffer behauptet.
Betsy setzte eher auf einen Backenstreich und Stubenarrest als wirksame Mittel gegen Aufmüpfigkeit und Lernunwilligkeit, doch es widerstrebte ihr, eigenmächtig gegen den neumodischen, von Fachleuten empfohlenen pädagogischen Strom zu schwimmen. Die tendierten dazu, Kinder nicht mehr wie früher zur Musik oder zum Zeichnen zu zwingen, sondern sie behutsam in die Welt der Kunst zu geleiten. Bei Otto, Clara und Erwin war die Saat der Behutsamkeit absolut nicht aufgegangen. Musik war für das träge Trio erst interessant geworden, als ihr Vater, der keiner technischen Neuerung widerstehen konnte, ein Grammophon ins Haus gebracht hatte. Hätte seine entsetzte Gattin nicht eingegriffen und die Zeit für die Benutzung des »Teufelsdings« rigoros beschränkt, wären Familienleben und guter Geschmack im Handumdrehen Opfer der albernen Schlager geworden, die neuerdings

jeder Leierkastenmann in den Hinterhöfen dudelte und die die Dienstmädchen beim Teppichklopfen trällerten.
Ohne Begeisterung spielte die entschlossene Retterin der Kultur das Lied vom treuen Paladin, das Erwin und Clara in der Klavierstunde eingeübt hatten, ehe sie krank geworden waren. Die beiden zeigten keine Spur von Erinnerungsvermögen. Ihre Mutter hörte sie im Salon kichern. Den anspornenden Rufen, mit denen sie sich gegenseitig bedachten, entnahm sie, dass sie nach wie vor mit Victorias Eisbär auf Rädern beschäftigt waren. Noch war Betsy in zu friedlicher Stimmung, um einzugreifen. Sie dachte an die Klavierlehrerin und deren Empfehlung, holte die Noten zu Engelbert Humperdincks »Hänsel und Gretel« aus der Musikkommode und fing an zu spielen.
Betsy kannte den Komponisten noch von seiner Zeit beim Hoch'schen Konservatorium in Frankfurt und schätzte ihn sehr. Lächelnd, weil sie an die erste Begegnung mit ihm dachte und noch immer ihr Geheimnis gut verwahrte, spielte sie »Suse, liebe Suse, was raschelt im Stroh?«, dann »Brüderchen und Schwesterchen« und schließlich »Der kleine Sandmann bin ich«.
Clara brüllte gellend »Hurra« und Erwin noch viel lauter »An die Gewehre, Männer«. Seufzend klappte ihre Mutter den Flügel zu und hetzte ahnungsvoll zum Kriegsschauplatz. Einige Sekunden verharrte sie erstarrt am Rundbogen, der das Esszimmer mit dem Salon verband. Sie musste sich mit aller Kraft bezwingen, ihre Kinder nicht wie einen nassen Sack durchzuschütteln und ihre Köpfe aneinanderzuschlagen. Die kleinen Teufel mit den Engelsgesichtern hatten dem horrend teuren Eisbären der Firma Steiff – ein Geschenk von Tante Luise, die in Victoria vernarrt war – mit Wasserfarben einen schwarz-weiß-

roten Sattel aufgemalt und ihm aus der Goldborte von der Samtgardine Halsband, Zaumzeug und Leine geschnitten. Die Borte, eine exquisite Handarbeit aus der Provence, war derzeit eines der kostbarsten Stücke, das in der Sternberg'schen Posamenterie angeboten wurde. Die gerade erst mit mühevollem Aufwand gereinigte Gardine hatte ein Loch in Einmeterhöhe und einen zerfetzten Saum.

Clara begriff vor ihrem Bruder, dass die Stunde der Abrechnung gekommen war. Sie knickste ungeschickt und sagte näselnd: »Pardon.« Wort und Aussprache waren die letzte Erinnerung an das kultivierte französische Kinderfräulein, das es keine sechs Wochen bei den Sternbergs ausgehalten hatte und am Tage, da sie das Haus in der Rothschildallee für immer verließ, den Schwur tat, sie würde nie wieder bei einem Handelsmann in Stellung gehen, und bei einem deutschen schon gar nicht.

»Verschwindet, ehe ich mich vergesse«, brüllte Betsy. Auch sie gedachte gerade der Mademoiselle Antoinette. Aus der sanften, pflichtbewussten, klugen Mutter wurde eine wütende Amazone, die keinen verschonen würde, der ihr den Hausfrauenstolz raubte. Mit dem linken Fuß stampfte sie auf das empfindliche Parkett. Drohend erhob sie ihre Rechte. Ein Zorn, der keine Barmherzigkeit kannte, peitschte ihre Nerven. Madame Sternberg, für die Ausgeglichenheit erste Mutterpflicht war, vergaß erst ihre Contenance und danach ihre Erziehung. Mit aller Kraft schlug sie nach Erwin, doch als sie sich schnaufen hörte, geriet die Rächerin ins Straucheln, um ein Haar hätte sie auch ihr körperliches Gleichgewicht verloren. Allerdings krümmte Betsy ihrem Kind kein Haar. Der flinke kleine Teufelskerl hatte sich dem Schutz des Personals unterstellt und war in die Küche geflüchtet. Als seine Verfolgerin ihn dort nach einiger Zeit aufspürte, tröstete Josepha gerade ihren geliebten Hätschelbuben mit einem Stück vom feinen englischen Rumkuchen, den seine Mutter für den bevorstehenden wöchentlichen Kaffeenachmittag mit ihren Freundinnen gebacken hatte. Auf der Fensterbank kauerte Clara, ein wenig bleich, vielleicht sogar eine Spur schuldbewusst, doch augenscheinlich nicht appetitlos. Auch sie ließ sich den für den Damennachmittag bestimmten Kuchen munden – auf einem zartgrünen Dessertteller aus dem Service, das ihr Vater aus Limoges hatte kommen lassen und das nur für einen auserwählten Gästekreis benutzt werden durfte.

»Wartet nur«, drohte Betsy, doch sie merkte, dass ihr Zorn verraucht war, gab die Partie geschlagen und machte sich auf den Weg zurück in den Salon.

Die kleine Victoria saß, fast ganz von der schweren Übergardine verdeckt, auf dem Fußboden und lutschte an Claras Malkasten. Ihre Schuhe fehlten, die hellblaue Zierschürze aus Voile war zerrissen, das neue beige Samtkleid mit tintenblauer Farbe beschmiert. Otto, der sich den ganzen Nachmittag rührend um seine jüngeren Geschwister gekümmert hatte und offenbar Victoria auch mit einem seiner Zinnsoldaten hatte spielen lassen, denn ein Infanterist mit dem Gewehr im Anschlag schaute aus der Tasche ihres Kleids hervor, war nirgends zu sehen. Noch während sie sich umschaute und die barfüßige Victoria hochhob, die zu weinen begonnen hatte und nun wie eine durchnässte kleine Katze aussah, entknotete die Mutter mit geübtem Griff sämtliche Fäden der häuslichen Kalamität. Der erste Frühlingstag, dieser Rausch aus Sonne, Farbe, Erinnerung und Erwartung, hatte für sie seinen Zauber verloren. Betsy versuchte – ein probates Mittel bei Missstimmung – sich mit einem

Schuss Galgenhumor zu trösten. »Du musst besser auf deinen Bruder aufpassen«, sagte sie zu der Kleinen.
»Nein«, jubelte Victoria. Es war, weil neu, ihr Lieblingswort.
Ihr großer Bruder setzte seit einiger Zeit eher auf den lautlosen Protest von Feingeistern, die das Geheimnis des Lebens ergründet haben. Bezüglich seines Nachmittagsprogramms hatte er es erst gar nicht zu den Verhandlungen mit seiner Mutter kommen lassen, die beide Parteien über die Maßen zu erschöpfen pflegten. Seit der Ankündigung, dass seine Versetzung in die Obertertia gefährdet wäre, waren nämlich seiner Freizeitgestaltung auf väterliche Anordnung hin unangenehm einengende Grenzen gesetzt worden. Gewöhnlich hielt sich Otto an die belastenden Restriktionen, obwohl er sie als eine Behandlung empfand, die eines Vierzehnjährigen unwürdig war.
Gerade am ersten Frühlingstag war ein Ausgehverbot, dessen Dauer von der mütterlichen Nachgiebigkeit und von den Hausaufgaben abhing, die der Arrestant zu erledigen hatte, dem Untertertianer Sternberg als eine Demütigung erschienen, die seine Persönlichkeit auf Dauer schädigen würde. In wechselnder Reihenfolge hatte er sein Schicksal, seinen Vater, den Lateinlehrer samt Schuldirektor und ein Bildungsideal verflucht, das immer noch auf tote Sprachen statt auf Naturwissenschaft und moderne Technik setzte.
Da das gestrenge Familienoberhaupt ja in Paris weilte und sich nach den Vorstellungen seines Erstgeborenen der Sünde hingab, gestattete sich Otto der Kühne mit besonderer Lust die Ausnahme von der tristen Regel. Vergnügt machte er sich klar, dass er weder ein Zauderer noch ein Feigling war, und beherzt nahm er die Chance wahr, Friedrich Schiller, dessen »Bürgschaft« er bis zum nächsten Tag

auswendig zu lernen hatte, zu entfliehen. Der Deserteur verließ ohne ein erklärendes Wort das Haus und die Seinigen.

Nur in dem Moment, da ihr die Übertölpelung bewusst wurde, zweifelte Betsy, wohin es ihn gezogen hatte. Als sie in den Spiegel blickte und erfolglos versuchte, sich Ermutigung zuzunicken, raste ihr Herz und pochte ihr Hirn. Hatte sie ein für alle Mal begriffen, dass die Geschichte, die sie gerade erlebte, zu den ältesten der Menschheit gehörte? Aus dem rührenden Knaben, der an Mutters Hand seine ersten Schritte getan und die Wunder des Lebens mit großen Kinderaugen bestaunt hatte, war ein Jüngling geworden, der jeden, der ihm zuhörte, wissen ließ, nichts Menschliches wäre ihm fremd. Der erste Bartflaum war gesprossen, die Stimme gebrochen. Das Heer der Zinnsoldaten schlummerte im Karton und kämpfte nur dann noch um Ruhm und Ehre, wenn dem jungen Herrn Sternberg zugemutet wurde, sich mit seinen Geschwistern abzugeben.

Er trug Schuhe in Größe vierzig, und weil er sowohl in die Höhe als auch in die Breite gewachsen war, brauchte er immerfort neue Hosen. Seinen Matrosenanzug musste nun Erwin auftragen. Clara ließ die Fische aus Zelluloid schwimmen, die einst Otto in die Badewanne begleitet hatten, Victoria suckelte sich mit dem Plüschhäschen in den Schlaf, ohne das ihr ältester Bruder nicht hatte zu Bett gehen wollen. Der wünschte sich eine automatische Repetierpistole und einen Vater, der nicht so verbitternd sarkastisch war und sagte: »Ein jüdisches Kind schießt nicht mit dem Gewehr.«

Der Vierzehnjährige interessierte sich für Rasiergarnituren, Fahrräder mit abfallendem Rahmen und Sportmüt-

zen. Er hatte die teure Dampfmaschine seiner Kindertage gegen einen billigen Muskelstärker eingetauscht, was bei der Entdeckung zu einer häuslichen Katastrophe geführt hatte. Seit dem letzten Sommer verehrte er – aus weiter Ferne – Julia von Tannenberg, die fünfzehnjährige Schwester eines Klassenkameraden, der Otto nur deshalb zu seinem Geburtstag geladen hatte, damit der ihm endlich bei Mathematikarbeiten Einblick in sein Heft gewährte. Das Fräulein von Tannenberg ritt wie eine Amazone, betrieb Bogenschießen und sprach, wenn sie es überhaupt tat, hauptsächlich von Tennis. Im Übrigen gönnte sie den Bekanntschaften ihres Bruders keinen Blick aus ihren wasserblauen Augen. Im Falle des Untertertianers Sternberg genügte ihr zur Vermeidung einer Kontaktaufnahme das Wissen, dass dieser mosaischen Glaubens war.
Über Ottos Schreibpult hing ein Bromsilberdruck in einem weiß geriffelten Rahmen. Das Bild zeigte Kaiser Wilhelm II. mit einem seiner Enkel. Sehnte sich der heranreifende Weltmann im Schutze der Nacht nach des Lebens verborgenen Schätzen, öffnete Otto den Rahmen und holte hinter seiner Majestät Rücken französische Postkarten von äußerst dürftig bekleideten Mädchen heraus. Wären sie entdeckt worden, hätte die Hüterin des Hauses ihrem Sohn den Umgang mit weiblichen Personen vorgeworfen, die in ihrem Sprachgebrauch grundsätzlich als Luder bezeichnet wurden. Ihr Mann sprach da schon eher von »appetitlichen Frauenzimmerchen« – allerdings nur in Gesellschaft Gleichgesinnter. Darüber hinaus hatte Johann Isidor nicht die Zeit, um herauszufinden, was seinen Jungen wirklich interessierte. Das viel beschäftigte Familienoberhaupt wollte am 12. Juli seinen fünfzigsten Geburtstag angemessen feiern und tat sich unerwartet schwer bei

der Auswahl der Gäste. Von Ottos nächtlicher Lektüre bekam er lediglich mit, dass dessen Zimmer häufig noch lange nach Mitternacht beleuchtet war.
Ausschließlich zur Tarnung lagen »Der Schatz im Silbersee« und der gerade erschienene vierte Band von »Winnetou« auf Ottos Nachtschränkchen. Unter der Matratze hatte der Schüler Otto S. Schätze ganz anderer Art deponiert. Eingeschlagen in die »Frankfurter Zeitung« schlummerte ein Handbuch der Frauenheilkunde. Heini Ochsenknecht, ein Klassenkamerad mit hoch entwickeltem Sinn für das Praktische, hatte es aus der väterlichen Bibliothek gestohlen und überließ es Otto gegen eine Leihgebühr von wöchentlich zwanzig Groschen und einem täglichen Tausch der Pausenbrote. Otto bezweifelte nur allzu bald, dass er ein gutes Geschäft gemacht hatte. Er vermisste seine Leberwurstbrote, vermochte die meisten Zeichnungen in dem wissenschaftlichen Nachschlagewerk nicht zu deuten und konnte die medizinischen Fachausdrücke nicht aus dem Lateinischen übersetzen. Als ebenso enttäuschend erwies sich das zweite von Heini Ochsenknecht geliehene Buch: eine ausführliche Darstellung der Prostitution in der Antike, illustriert mit Bildern aus Pompeji und versehen mit Textproben aus Ovid, die zwar den Schülern des humanistischen Frankfurter Kaiser-Friedrichs-Gymnasiums vorenthalten wurden, die für Otto aber viel zu verschlüsselt waren, um ihm zu dem Wissen zu verhelfen, nach dem es ihn verlangte. Die seltsam stockenden Andeutungen seines Vaters über Geschlechtskrankheiten und ein Referat über die gesetzliche Verpflichtung junger Männer, für außerehelich gezeugte Kinder Unterhalt zu zahlen, halfen Otto nur bedingt weiter.
Vor einem Jahr hatte er Bar-Mizwa gehabt, und somit

war er nach jüdischer Lehre ein Mann. An seiner Absicht, dass er vorhatte, gerade in dieser Beziehung den Glauben der Urväter sehr ernst zu nehmen, ließ er nicht zweifeln. Gelegentlich träumte das Kind von einst zwar noch von Schlachten, Kriegen und deutschen Siegen, doch wichtiger als die Vergangenheit war dem Jüngling nun eine Zukunft, in der schöne Frauen und kernige Männerfreundschaften, die alle Fährnisse des Lebens überdauerten, die Hauptrolle spielten.

Zu Ottos Empörung wurde er auch nach seiner Einsegnung von seinen Eltern als Kind behandelt. »Mich wundert's, dass mein Vater mir nicht noch das Denken verbietet«, beschwerte er sich bei seinem Freund. Trotzdem gelang es ihm, sich mit Geduld und Methodik einiger Fesseln zu entledigen. Zunächst gebot Otto seinen Wünschen und Träumen Mäßigung; er beschloss, die große Welt, in die es ihn zog, zu einem späteren Zeitpunkt zu erobern, seine Heimatstadt indes umgehend zu entdecken. Die Eltern, beide nicht in der Großstadt aufgewachsen, zögerten noch mehr als andere, die Zügel zu lockern. Sie waren misstrauisch und ängstlich und gaben selbst in Kleinigkeiten nicht ohne Kampf nach. Ein Vierzehnjähriger hatte in ihren Augen Gott und das Vaterland zu ehren, den Eltern zu gehorchen und seinem Glauben keine Schande zu machen. Dass Otto dann doch so viel früher als gleichaltrige Jungen seiner Gesellschaftsschicht den Weg ins Leben fand, verdankte er dem einzigen Freund, den er im Leben finden sollte.

Theodorich Rudolf Berghammer, grundsätzlich nur Theo genannt, hieß der Retter. Er war ein ungewöhnlicher junger Mann, der mit dem Selbstbewusstsein eines hellenischen Helden die Bühne betrat und ein unsichtbares

Flammenschwert in der Hand hielt. Ein Blick reichte dem Ritter, um zu wissen, woran es Otto Sternberg fehlte, und flugs öffnete er das Schloss eines goldenen Käfigs, der aus sämtlichen bürgerlichen Idealen der Zeit bestand. Theo war erst sechzehn Jahre alt, doch vom Schicksal früh zum Mann geschmiedet. Er war höflich, ohne dass er untertänig wirkte, verbindlich wie ein Diplomat, selbstlos, witzig und keck. Familiensinn und Furchtlosigkeit und die Fähigkeit zum schnellen Entschluss bestimmten seinen Weg. Nie war er um eine Antwort verlegen, aber er drängte sich auch nicht ohne Grund zu Wort.

Dass dieser sympathische Junge seinen Hauswirt in einen Konflikt brachte, aus dem der keinen Ausweg fand, war absolut nicht ihm anzulasten, sondern dem Hauswirt selbst. Johann Isidor Sternberg, gewöhnlich ein Feind der Vorurteile, stets darauf aus, klug und maßvoll zu handeln, hatte absolut nichts gegen Theo, doch er mochte ihn nicht als Freund für seinen Sohn. Nie kam er länger als eine Viertelstunde gegen seine Befürchtung an, der früh selbstständige Theo verspreche sich von einer Freundschaft mit dem jüngeren und noch sehr naiven Otto entweder finanzielle Vorteile oder einen gesellschaftlichen Aufstieg.

»Volle Schüssel findet viele Freunde«, zitierte der Vater, als sein Ältester zum ersten Mal nicht pünktlich zum Nachtessen erschien.

»Wir haben uns doch immer Sorgen gemacht, dass Otto keinen richtigen Freund hat«, sagte Betsy später. »Und außerdem«, merkte sie mit einem Lächeln an, das ihr Mann durchaus richtig deutete, »ist es zurzeit Theo, der über eine volle Schüssel verfügt. Er hat nämlich ein Fahrrad, und falls du es noch nicht mitbekommen hast, ist ein Rad bei der Jugend von heute das Salz der Erde.«

»Muss ich das wissen? Jedenfalls sieht es unserem Herrn Sohn ähnlich, sich nicht einen Freund aus dem eigenen Milieu zu suchen.«

»Warst du denn als Junge nur mit den Söhnen von Viehhändlern befreundet?«

Theos Vater, ein Gymnasiallehrer, der im Treppenhaus seinen Hauswirt mit einem Anflug von Verlegenheit zu grüßen pflegte, wohnte seit Juni 1906 im dritten Stock. Ein halbes Jahr nach dem Einzug der fünfköpfigen Familie Berghammer in die Rothschildallee 9 war eine Tragödie geschehen. Im »Frankfurter Generalanzeiger« war das entsetzliche Unglück gar mit zwanzig Zeilen registriert worden, und monatelang war es Gespräch im Viertel. Die junge Frau Berghammer, eine blonde Schönheit, immer fröhlich und zu jedermann hilfsbereit, war unter das rechte Vorderrad des einzigen Autos geraten, das an diesem Tag auf der Nibelungenallee gefahren war. Ohne das Bewusstsein noch einmal zu erlangen, war die Zweiunddreißigjährige im Bürgerspital gestorben, nur einen Steinwurf weit vom Ort des furchtbaren Unfalls entfernt. Zurück blieb ein verzweifelter Witwer mit drei Kindern. Theo, das älteste, war damals zwölf. Das jüngste Kind, knapp sechs Monate alt, war am Zahnen, hatte Fieber und Koliken und konnte keine Nahrung bei sich behalten, doch ausgerechnet die Fieberschübe der kleinen Elise trugen zur Entschlussfreudigkeit ihres verwitweten Vaters bei; er galt als eher zögerlich. Doktor Berghammer engagierte Minchen Bockmann, ein besonders williges und sehr junges Dienstmädchen. Sie war ebenso schön wie seine verunglückte Gattin, schnürte selbst bei der Arbeit ihren Busen und trug sonntags zwei Spitzenunterröcke übereinander. Bald erzählten die Frauen auf der ganzen Allee, das schöne Minchen

würde schier alles für die Kinder tun. Josepha wusste noch mehr.
»Und für den Hausherrn«, pflegte sie hinzuzufügen, wenn die Rede auf Minchens Arbeitseifer kam. Mochte Josephas Zunge auch ein wenig spitz geworden sein, sie hatte recht. Nach Ablauf des Trauerjahrs heiratete der Witwer Berghammer das Fräulein Bockmann, das so effizient dafür gesorgt hatte, dass er nachts wieder gut schlafen konnte. Sie liebte seine Kinder, als wären es die eigenen, und engagierte als Dienstmädchen eine grobschlächtige Person mit schütterem Haar und großen Füßen, die selbst an Sonntagen nicht auf die Idee kam, ihre Brust zu schnüren.
»Die Neue kann sogar die Taschentücher ihrer Vorgängerin benutzen. Das Monogramm stimmt ja noch«, sagte Josepha zu Maria, die der zweiten Frau Berghammer absolut das ihr zuteilgewordene Glück neidete. Maria war nun Ende zwanzig und hatte keine Hoffnung mehr, dass ihr Wachtmeister sich erklären würde, obwohl er sie an ihren freien Sonntagen immer noch abholte.
Als Frau Betsy, die noch so gern Schiller las wie in ihrer Jungmädchenzeit, die Vermählungsanzeige der Berghammers in ihrem Hausbriefkasten fand, erinnerte sie sich spontan an Don Carlos und an seine Liebe zu seiner jungen Stiefmutter. Madame Sternbergs erotische Phantasie war da allerdings der Zeit um Längen voraus. Theo kam erst als Sechzehnjähriger auf die Idee, dass er Minchen mit der hochgeschnürten Brust genauso verehrte wie sein Vater.
Auch ehe sich Otto und Theo anfreundeten, scheute Johann Isidor den Kontakt zu seinem Mieter im dritten Stock. Als das Unglück geschah, hatte ihn nämlich die Vorstellung geniert, ein Akademiker könnte es für aufdringlich

halten, wenn er Beileid bekundete. Im Laufe der Jahre stellte sich dann auch noch heraus, dass Doktor Berghammer, obwohl er doch Lehrer war, sehr andere – geradezu sozialistische – Erziehungsideale hatte als sein kaisertreuer Hauswirt und dessen ebenso konservative Gattin. Von Otto berichtete Details, die über Theos Gedanken und die vom Vater gewährten Freiheiten Aufschluss gaben, beunruhigten immer wieder in einer Familie, in der das väterliche Machtwort als göttliches Gebot galt.

Weiteres sprach dafür, dass es bei den Berghammers auch sonst befremdend bohemien zuging. Die Sprache der kleinen Elise, die wild wie ein Junge war, weil sie in allem ihren Brüdern nacheiferte, wurde sogar noch im Günthersburgpark diskutiert. Der Hausklatsch wusste zu berichten, Elise hätte zur Zugehfrau »Halt's Maul« gesagt, und sie würde grundsätzlich den Milchmann in der Höhenstraße und den Scherenschleifer aus dem Hintertaunus duzen. Auch ehrten die Berghammers die Hausordnung nicht so wie andere Mieter. Vor ihrer Wohnungstür stand häufig Gerümpel, selten waren Treppe und Keller befriedigend geputzt. In den Staub des Flurfensters im dritten Stock hatte Josepha einmal das Wort »Sau« geschrieben, was sie allerdings bei Gegenüberstellung mit der empörten Frau Minchen vehement abstritt. Der stockfleckige Zustand von deren großer Wäsche, am ersten Mittwoch des Monats auf dem Trockenboden zu besichtigten, fiel selbst Frau Betsy auf. Obwohl sie es gemeinhin vermied, sich mit dem Privatleben ihrer Mieter zu beschäftigen, soll sie laut Josepha »die Berghammersche« zweimal eine Schlampe genannt haben.

Am verwirrendsten für die Sternbergs war Theos Entwicklung. Noch vor Erlangen seiner mittleren Reife ging der

Sohn eines promovierten Akademikers von der Schule ab. In der Woche darauf begann er ein Volontariat bei einem Porträtfotografen in der Stadt. »Gestrauchelt«, kommentierte Betsy, als sie ihrem Mann Bericht erstattete. Bewusst unterließ sie es, auf das stadtbekannte Renommee von Theos Arbeitgeber hinzuweisen. Der Gestrauchelte erfuhr aus Ottos Mund vom harten Urteil der Hauswirtin, doch im Treppenhaus grüßte er sie so unbefangen wie zuvor. Er hatte den Schneid, jeden Morgen das Haus erhobenen Hauptes zu verlassen – in legerer Kleidung und laut pfeifend. Um den Hals trug er meistens ein rotes Tuch, und Josepha wollte ihn einmal gar in roten Strümpfen gesichtet haben. Sternbergs waren rat- und sprachlos. Sie gehörten ja noch nicht lange genug zur gehobenen Gesellschaft, um andere Lebensziele als die eigenen zu akzeptieren.

»Ein Junge aus gutem Haus hat das Abitur zu machen, zu studieren und zu promovieren. Selbst wenn sein Herr Vater sein Dienstmädchen geheiratet hat und wahrscheinlich die Sozis wählt«, pflegte Johann Isidor auf Ottos unziemlichen Einwand zu reagieren, der Kaiser hätte auch nicht promoviert. Vater Sternberg ahnte, von wem das Argument stammte. Seine Ängste, Otto könne seinem Idol nacheifern und gleichfalls vorzeitig von der Schule abgehen wollen, vermochte Johann Isidor allein Gott anzuvertrauen.

Lediglich als Geschäftsmann war er gewohnt, beide Seiten einer Medaille zu prüfen. Als Vater befahl er dem Sohn, den Verkehr mit Theo auf das Minimum zu beschränken, das »die Höflichkeit erfordert«. In der Unterredung, von der er hoffte, sie würde Otto endgültig davon überzeugen, dass es im Leben einzig auf den Umgang mit Ebenbürtigen ankomme, berief sich der Sohn des Viehhändlers Sternberg abwechselnd auf seine selige Großmutter, auf Bismarck, König Salomo und die eigene Lebenserfahrung. Wie es überhaupt zu der Freundschaft mit Theo gekommen war, fragte er nicht. Auch seine Frau begehrte keine Auskunft. So erfuhren weder Vater noch Mutter, dass ihr Sohn den einzigen Freund, den ihm das Leben bescheren sollte, einer jener demütigenden Situationen verdankte, die in Deutschland Generationen von jüdischen Kindern das Fürchten gelehrt haben. Auch der kleine Johann Isidor Sternberg aus Schotten und die niedliche Betsy Strauß aus Pforzheim waren nicht verschont geblieben.

Auf dem Nachhauseweg von der Schule war Otto in der Habsburger Allee von einer Clique Volksschüler angegriffen worden, die im ganzen Stadtteil gefürchtet wurde. Die rauflustigen Halbwüchsigen setzten alles daran, die Schüler des Kaiser-Friedrichs-Gymnasiums auf dem Heimweg zu erwischen und sie als »eingebildete Pinkel« zu verhöhnen; sie boxten ihren Opfern blutende Nasen, kaperten ihre Mützen und Taschen und bewarfen sie mit Pferdeäpfeln. An Otto hatten sie ein nachhaltiges Exempel statuieren wollen.

In dem kritischen Moment aber, da der Anführer der Bande den zappelnden Otto von hinten umklammerte, ihm die Schultasche aus der Hand und die Mütze vom Kopf riss und beide über einen zwei Meter hohen Zaun warf, tauchte Theo auf. Sämtliche Teilnehmer der Schlacht, die Rossäpfel wurfbereit, skandierten gerade aus vollem Hals: »Saujud! Saujud!« Der wohlbehütete Otto hörte das Schmähwort zum ersten Mal.

Theo reagierte spontan. Es war sein Sinn für Fairness, sein Mitgefühl mit den Schwachen, seine Anständigkeit, die ihn in den Kampf trieben, nicht Bubenlust, sich raufend zu bewähren. An Theos kleinen Bruder wagte sich keiner, der ihm sein Knabendreirad mit Pferdchen neidete. Der Puppenwagen der Schwester war allein schon durch den Ruhm des großen Bruders geschützt. So mancher roh attackierte Junge zwischen Rothschildallee, der Berger Straße und dem Prüfling verdankte Theo einen Überraschungssieg gegen einen übermächtigen Gegner, so mancher Grobian dem hilfsbereiten Goliath ein blaues Auge.

Für den schmächtigen Otto, der die Mieter seines Vaters so verlegen grüßte, als leide er an der Menschheit ganzem Jammer, hatte Theo oft Mitleid empfunden. Ab dem Zeitpunkt indes, da er ihn aus einer Notlage errettet hatte, fühlte sich der Ältere für den Jüngeren verantwortlich. Ottos Hilflosigkeit, als er von der Masse geschmäht worden war, und dass er noch nicht einmal versucht hatte, sich zu wehren, gingen Theo nie mehr aus dem Sinn. Sooft es ihm möglich war, gab er Otto Geleitschutz auf dem Schulweg.

Erst da lernten sich die Jungen wirklich kennen. Theo gefielen Ottos nachdenkliche Art und ein schlagfertiger Witz, den er nicht vermutet hatte. Ihn, der sich ausschließlich für die technische Entwicklung der Neuzeit interessierte, beeindruckte es, dass Otto täglich Zeitungen las und von den Ereignissen in der Welt berichtete, als würde er Abenteuergeschichten erzählen. Bald wurde es Brauch, dass Theo den Freund sonntags nach dem Mittagessen abholte, wobei er so höflich und geschickt um das Einverständnis von Ottos Eltern buhlte, dass es Sternbergs unangenehm war, bei ihren Vorbehalten zu verharren. Anfangs gingen die Jungen im Ostpark spazieren und sahen den kleinen Buben zu, die im Weiher ihre Schiffe vom Stapel ließen,

später flanierten sie den Röderbergweg entlang, versuchten, mit kichernden Backfischen zu schäkern, die hinter ihren Eltern herliefen, und sahen sehnsüchtig den jungen Frauen im Sonntagsstaat nach.
»Wie lernt man überhaupt so ein Mädchen kennen?«, fragte Otto.
»Ich glaube, man wartet ab, bis sie stolpert und einem vor die Füße fällt«, malte sich Theo aus.
»Das verwechselst du mit dem Apfel, der Newton auf den Kopf gefallen ist.«
Als die beiden Freunde sich besser kannten, vertrauten sie einander die Träume an, die sie nachts verstörten. In solchen Momenten vergaßen sie ihr Bemühen, sich so zu geben, als wäre ihnen nichts Männliches mehr fremd, und sie wunderten sich sehr, dass in der deutschen Sprache überhaupt Worte existierten, um Gefühle zu beschreiben, die den Körper in Brand setzten, als wäre er aus Pappe.
Durch Theos Berufstätigkeit wurde auch Otto vor der Zeit erwachsen. Es drängte ihn nach Unabhängigkeit, nach dem Leben in der Stadt, nach neuen Eindrücken und Erlebnissen jenseits des Vertrauten. Von Woche zu Woche erfand er glaubhaftere Ausreden, um dem Kokon seines Elternhauses zu entschlüpfen. Theos neue Bekannte begeisterten ihn. Sobald sie ausgelernt hatten, war es das selbst verdiente Geld, mit dem sie ihre Zigaretten und ihr Bier bezahlten und ihren Herzdamen eine Limonade spendierten. Sie waren Kellner in stadtbekannten Cafés, Angestellte in Hotels, Verkäufer in feinen Geschäften oder Volontäre in vornehmen Handelskontors. Otto erschienen sie reich und sehr klug. Auf alle Fälle waren sie reifer, spontaner, natürlicher, umgänglicher und herzlicher als seine Mitschüler. Je besser er sie kennenlernte, umso mehr

beneidete er die Berufstätigen. Sie durften sich nach eigenem Geschmack kleiden, kein Lehrer schikanierte sie mit Schillers Balladen und den Essays römischer Geschichtsschreiber, ihre Mütter zwangen sie nicht ans Klavier. Sie fuhren nicht mit ihren Eltern in die Sommerfrische und dinierten unter keinem Lüster aus böhmischem Kristall, doch die Bücher, die sie lesen wollten, mussten sie nicht unter der Matratze verstecken. Diesen Freien predigte keiner mehr, sie würden nicht für die Schule, sondern für das Leben lernen. Wann immer sie wollten, redeten sie von Frauen und der Liebe, und der Satz des Pythagoras war ihnen so gleichgültig wie Otto das mütterliche Gebot, er müsse jeden Morgen ein Glas Milch trinken.

Karl Kalubka, der Kellner vom Baseler Hof, und Willi Bleirich begeisterten Otto. Der wilde Willi balancierte im Sommergarten vom Café Hauptwache so hohe Tassentürme, dass die Damen in Federboa und Blumenhut jedes Mal applaudierten, wenn er ihnen die Schokoladentorte mit Sahnehaube brachte. Im Winter betreute er die Herrenwelt in der Billardstube, wobei er Zigarren geschenkt bekam, die sich Ottos Vater noch nicht einmal an Feiertagen gönnte. Schon der Vater vom wilden Willi war Kellner gewesen. Und was für einer! Er hatte in Bad Gastein sowohl Bismarck als auch Kaiser Wilhelm I. böhmischen Karpfen serviert, und damit man wusste, mit wem man es zu tun hatte, nannte er Blumenkohl immer noch Karfiol.

Theo und Otto verbrachten einen ganzen Sonntagnachmittag mit dem alten Bleirich. Er spendierte den Jungen im Café Hauptwache das teuerste Glace auf der Karte: Mokka mit in Rum getränkten Pistazien. Wann fand ein ehemaliger Saalkellner, dem nur seine Erinnerungen und ein kurzatmiger Dackel geblieben waren, noch Zuhörer, die ihm mit offenem Mund und starren Augen lauschten? Der Sohn hatte das Erzähltalent des Vaters geerbt. Bleirich junior wusste mehr von der gehobenen Frankfurter Gesellschaft, als der erfolgreiche Handelsmann Johann Isidor Sternberg je erfahren würde. Besonders das Schlüpfrige und Sündige beherrschte der Willi meisterhaft. Selbst Theos Ohren glühten.

Der Stern aber, der am Firmament von Ottos neuem Leben jeden anderen überstrahlte, hieß Paul Friedrich Hagen, ein Beau mit einem Schnurrbart, der wie Kaviar glänzte. Die Hand so zu küssen, dass die Damen feuchte Augen bekamen, hatte er von einem Wiener Baron gelernt, die Schlager »Schlösser, die im Monde liegen« und »Schenk mir doch ein kleines bisschen Liebe« von dem Operettenmeister Paul Lincke persönlich. Paul Hagen hatte ein goldenes Herz und eine Mutter, die ihm jede Braut ausredete, was er widerstandslos geschehen ließ. Trotzdem war er kein Hagestolz, sondern ein sehr fideler Fünfziger. Zudem war er der Vetter von Theos Vater. Theo war sein Patensohn, und in den war er so vernarrt wie andere Männer seines Alters in die blonde Soubrette auf der Bühne. Vor allem war der fesche Paul Hauptbuchhalter am Frankfurter Schumanntheater und somit König der Freikarten. Schon als Vierzehnjähriger war Theo regelmäßiger Besucher in dem prächtigen Theater mit den herrlichen Statuen und der Fassade aus weißem Sandstein gewesen.

Theo liebte den Zirkus und schwärmte für das Varieté, doch wenn das Schumann seinen Operettenmonat hatte, fehlte er bei keiner Vorstellung. Er träumte davon, ein so berühmter Fotograf zu werden wie sein Lehrmeister, und dann wollte er nur noch im Theater fotografieren. Otto hatte noch nicht einmal eine Ahnung gehabt, dass diese schöne Welt des Scheins überhaupt existierte. Seine Versäumnisse holte er in einer einzigen Nacht nach und dies nur, weil seine Mutter am ersten Frühlingstag vergessen hatte, seinen Käfig zu verriegeln, und weil der gestrenge Herr Papa seinen Geschäften in Paris nachging.

Mit Orpheus, der Thema seines letzten – mit mangelhaft benoteten – Hausaufsatzes gewesen war, machte Otto die Bekanntschaft der Muse Thalia. Dies tat er ausgerechnet mit dem Werk Jacques Offenbachs, eines Mannes, den Vater Sternberg als einen »miesen Kölner« zu beschimpfen pflegte, »der uns allen Schande macht«.

Jahrelang hatte Otto gebangt, es würde zu seinen Lebzeiten keinen Krieg mehr geben, in dem er für das Vaterland sterben durfte. Im Schumanntheater zu Frankfurt am Main, in einer Loge versteckt und mit klopfendem Herzen, opferte der kaisertreue junge Deutsche in einer einzigen Nacht seine patriotischen Ideale. Um seine Moral und Unschuld war es von der Sekunde an geschehen, da er die schöne Eurydike erblickte. Sie hatte Goldspangen im Haar und Goldschmuck um den Hals und trug ein Gewand, das jede Rundung des weiblichen Körpers offenbarte. Otto, der einst die Worte »Dulce et decorum est pro patria mori« in sein Schreibpult geritzt hatte, entdeckte das Weib und begehrte die Sünde. Als Eurydike dem Honighändler folgte, der sich als Fürst der Unterwelt entpuppte, träumte Otto bereits den kühnsten aller Männerträume. Die Beine der Cancantänzerinnen begleiteten ihn in den Schlaf.

Die Mutter fragte Otto nicht, wo er gewesen war. Zu sehr fürchtete sie, eine solche Befragung könnte ihrem Gatten nach seiner Rückkehr Erkenntnisse vermitteln, die sie ihm um des ehelichen Friedens willen vorzuenthalten gedachte. Allerdings täuschte sich Frau Betsy. Johann Isidor hatte sich in Paris nicht ausschließlich seinen Geschäften gewidmet; er hatte einem seit geraumer Zeit schwelenden Bedürfnis nachgegeben, die legendär schönen jungen Pariserinnen näher kennenzulernen. Frau Betsys zweiter Irrtum galt dem Sohn dieses vielseitig interessierten Vaters. Nur weil Otto nicht das Klavierspiel üben mochte, war er absolut nicht, wie seine Mutter voreilig angenommen hatte, musikalisch desinteressiert. Die Melodie von Jacques Offenbachs berühmtem Couplet »Als ich einst Prinz war in Arkadien« und das Höllenspektakel samt Cancan wichen nie mehr aus seinen Erinnerungen.

3
Sonntag in einem Weltbad
Baden-Baden, 28. Juni 1914

In Frankfurt erinnerten die Wolken auch im Sommer an aufgedunsene graue Schwämme. In Baden-Baden waren es flauschige Federwolken, die in den Monaten der Fülle am Mittagshimmel Reigen tanzten. »Sie sehen aus wie die Oberbetten von Frau Holle«, sagte Betsy beim Frühstück auf der Sonnenterrasse.

Ihre Tochter Clara, vierzehn Jahre und zwei Monate altklug, deutete das Schulterzucken der Besserwisser an. Sie setzte an, ihre Mutter zu fragen, wie eine Frau von zweiundvierzig Jahren auf einen so kindischen Vergleich gekommen war, doch sie wartete zu lange auf die schweigende Zustimmung ihres Zwillingsbruders und verpasste so die Chance, sich im Familienkreis als eine kritische junge Dame ohne falsch verstandene Ehrfurcht zu profilieren. Unter den letzten beiden Aufsätzen der Obertertianerin Clara Sternberg hatte der Deutschlehrer indes bemängelt: »Sprachlich einwandfrei, aber zu wenig Phantasie«.

»Zu wenig Phantasie«, grinste Erwin. Alle waren sich einig, dass er kein bisschen boshaft war und nur das Bedürfnis hatte, sein Gedächtnis zu trainieren.

Um die Mittagszeit verkündete der Baden-Badener Sommerhimmel wundersame Botschaften. Der lebenstrunkenen Jugend machte er weis, die Liebe würde ewig währen, der Mensch könne die Zeit festhalten und die Sterne vom Himmel holen. Den Alten redete ein Schalksnarr in den Wolken ein, die Sache mit dem Jungbrunnen wäre keine Erfindung von Poeten und Malern, sondern eine Wirklichkeit, nach der man nur die Hand auszustrecken brauchte, wobei es hilfreich sei, mindestens einmal im Jahr in die Quellen von Europas Kurbädern zu tauchen und ihr Wasser in kleinen Schlucken zu schlürfen.

Für den 28. Juni 1914 zeigte der Kalender Sonntag an. Ein himmelblauer Sonnentag war der, wie es vor ihm kaum einen in diesem Jahr gegeben hatte. Zwar waren die Morgenstunden bereits ein wenig schwül und schwer, doch die gelegentlich aufkommenden Brisen und der Duft von Jasmin stimmten froh und erwartungsvoll. Wie übermütige Füllen, die dünne Lederpeitsche für das beliebte Pferdchenspiel in der Hand, tollten ausgelassene Buben hinter dem Rücken ihrer flanierenden Eltern her. Ebenso übermütig gebärdeten sich die kleinen Mädchen mit den hübschen Schleifen im Haar und den zierlichen Ketten um den Hals. Trotz ihrer empfindlichen Sonntagskleider mit Rüschen und Volants und den schwarzen Spangenschuhen aus weichem Leder oder Lack hatten sie vergessen, dass edle Prinzen nur sittsame kleine Mädchen in ihre Königsschlösser führten.

Die Fremden, die im Sommer die gemütvolle Kurstadt belebten und die Badeärzte, Gastwirte und Geschäftsleute, die Musiker und Kutscher entzückten, fielen durch ihre feine Stadtkleidung auf. In vornehmer Haltung, manche so aufrecht wie Soldaten, saßen sie auf den weiß lackierten Bänken vor dem Musikpavillon und um die Blumenbeete, die Damen mit duftigen Hutgebilden, offenen Fächern

und feinstem Schuhwerk. Viele Herren trugen ebenfalls sommerlich helle Kleidung – die mit den Prinz-Heinrich-Mützen erinnerten an Schiffskapitäne, die in den grünen Jacken mit hellen Hornknöpfen an Jäger.
Ohne die körperlichen Anstrengungen der zehrenden Badekur war der Sonntag in Baden-Baden ein angenehm ruhiger Tag. Der Kopf war frei, die Gedanken waren leicht, die Herzen froh. Auch Johann Isidor und Betsy saßen auf einer Bank im Kurpark und hielten das Leben für ein Kinderspiel. Sie hatten ihre Finger ineinander verschränkt, ihre Schultern und ihre Knie berührten sich, und wenn der eine den Atem des anderen hörte, hielten sie sich für ein junges Liebespaar, das noch Flügel hat und das genau weiß, wohin die Reise geht. »So ganz ohne Kinder«, bemerkte Johann Isidor. Er seufzte leise und erleichtert, und dann sagte er ungeniert: »Wunderbar.«
»Ein Himmelssegen«, bestätigte Betsy. »Und ich hab noch nicht einmal ein schlechtes Gewissen.«
»Das kommt erst morgen, wenn wir sie alle vier im Wald aussetzen. Wie die Eltern von Aschenputtel.«
»Hänsel und Gretel«, lachte Betsy, »man merkt, dass du keinem von ihnen je ein Märchen erzählt hast.«
»Sag nur, dass tun die Ehemänner von deinen Freundinnen.«
»Nein«, gab Betsy zu, »das tun die nicht. Die erzählen die Märchen ihren Frauen.«
Otto hatte sich unmittelbar nach dem Frühstück mit der verblüffenden Ankündigung verabschiedet, er wollte sich mit einer Ausstellung von Scherenschnitten beschäftigen, die am Vortag lobend in den Mitteilungen für die Kurgäste erwähnt worden war. Erwin und Clara erklärten – gleichfalls ohne zu erröten –, sie wollten im Hotel bleiben und

mit der Pflichtlektüre für den Deutschunterricht beginnen. Nach einem Befehl des Vaters und einer diskret übergebenen geldlichen Zuwendung der Mutter hatten sie jedoch zugesagt, zwei Stunden ihrer kostbaren Studienzeit ihrer kleinen Schwester zu widmen und sie nicht umgehend mit dem Marmorkuchen ruhig zu stellen, der beim Frühstück auf den Tellern zurückgeblieben war.

»Ich könnte schwören«, sagte Johann Isidor und nickte dem Spirituosenhändler Fischmann zu, den er flüchtig aus Frankfurt kannte, »die beiden haben unseren Schatz längst bei meiner meschuggenen Großtante abgeliefert.«

»Lass mal. Die Gute ist ganz verrückt nach dem Kind.«

»Dabei müsste doch gerade sie wissen, was aus unschuldigen kleinen Kindern werden kann. Ich rede nicht allein von ihren missratenen Töchtern. Ich denke auch an meinen Bruder Samy, der sich für Rembrandt hält.«

Obwohl Johann Isidor sich gerade vorgenommen hatte, wieder einmal genau auszurechnen, wie viel er Samy schon zugesteckt hatte, damit seine bedauernswerte Frau und die beiden Kinder keine Not litten, schloss er zufrieden die Augen. Nur ein Wimpernschlag war für den Abschied von der Welt bestimmt, und doch entglitt dem Tagträumer die Wirklichkeit in Sekundenschnelle. Die Wolken verwandelten sich in die hüpfenden Lämmer auf den Frühlingswiesen seiner Kindheit, und ehe der Kurgast aus Frankfurt das Wort zum Protest fand, sah er die Bilder, roch die Düfte und hörte die beunruhigenden Klänge aus dem fernen Gestern. Als Johann Isidor gewahr wurde, dass er sich willenlos nach Hause hatte entführen lassen, versuchte er, Landschaft und Menschen wegzuschütteln, doch der Kopf gehorchte ihm nicht. Auf der Wiese hinter dem Vaterhaus stand ein Leiterwagen. Ein Ziegenbock meckerte.

Oder war es bereits Rosch Haschanah, und in der Synagoge wurde das Widderhorn geblasen, das an Neujahr jeden Juden an seine Sünden erinnert?
Der soignierte Handelsmann Sternberg, in dessen Büchern keine Ziffer aus der vorgegebenen Ordnung sprang, grub seine Hand in die Tasche seines neuen Leinenjacketts. Ihm wollte nicht in den Sinn, dass ein Mann mit Embonpoint und ergrauendem Haar, der demnächst Besitzer seines ersten Automobils sein würde und dessen ältester Sohn ihn schon lange nicht mehr nach dem Leben befragte, so deutlich die Stimme der Mutter hörte.
Hanna Sternberg geborene Wertheim aus Hanau am Main, verheiratet nach Schotten und bei der Geburt ihres fünften Kindes dort im Kindbett verstorben, hatte ihre blaue Kittelschürze an. Sie duftete nach Hühnersuppe und dem frisch gebackenen Mohnzopf, der jeden Freitag neben der Flasche Wein lag, und hielt ein dick mit gelber Butter bestrichenes Brot in der Hand. Josi müsse sich beeilen, sagte die Mutter. Der Sabbat würde bald anfangen und der Vater zürnen, wenn er schon wieder nicht pünktlich am Tisch wäre.
»Es steht kein einziger Stern am Himmel«, wandte der gescholtene Bub ein, und dann sagte Johann Isidor mit einer Stimme, die jeder, der ihn kannte, sofort als die seine erkannt hätte: »Nur die Mutter hat mich Josi genannt.«
»Das kommt von dem Bad von gestern«, beruhigte ihn seine Frau. »Alle hier sagen, die Quellen greifen die Nerven an, und sie würden selbst noch am nächsten Tag ganz verrückt träumen.«
»Ganz verrückt«, bestätigte Johann Isidor. »Wozu ist das Ganze eigentlich gut, wenn die Quellen zehren und einem erwachsenen Mann Gespenster erscheinen? Was Unbe-

kömmliches trinken kann ich ja auch zu Hause. Zum halben Preis.«

»Zu Hause kriegst du sonntags nur ein gekochtes Ei zum Frühstück und nie zwei Eier im Glas. Und den Sonntagskuchen gibt es bei Sternbergs erst nachmittags.«

»Ich beschwer' mich ja nicht. Ich stelle nur fest.«

Die Glocke der Baden-Badener Stiftskirche tat ihren zwölften Schlag. Es war ein satter Klang, der den Wünschen ihre Begierde nahm, Nörgeleien den Stachel und Ängsten ihre Bedrohlichkeit. Von dem Rundbeet mit den purpurnen Rosen stiegen die Bienen summend hoch. Über einem kleinen Teich mit Wasserlilien kreisten Libellen. Ein vorwitziger kleiner Knabe im weißen Matrosenanzug, dessen Mutter schon sehr lange in ein Gespräch mit einer jungen Frau im hellblauen Tüllkleid vertieft war, pflanzte ein Holzstöckchen mit einem schwarz-weiß-roten Papierfähnchen zwischen die Blumen. Seine Mutter holte zum strafenden Schlag aus, doch der kleine Matrose war tapfer und geschickt. Er duckte sich im genau richtigen Moment. Die Mutter strauchelte. Ihr Heldensohn lachte.

Obwohl Johann Isidor kurz die Augen öffnete, sah er die Schokoladenpflaumen in Goldpapier, die in den Konditoreien auf den Kuchentheken lagen und die Victoria jeden Tag aufs Neue um ihre Zufriedenheit brachten. Ihr war bei einwandfreiem Betragen eine versprochen worden – allerdings erst am Tag der Abfahrt. Die Goldpflaumen, stellte Johann Isidor entsetzt fest, wurden immer größer. Sie rotierten umeinander und erschienen ihm wie Flammenschwerter. Von wo wurde er vertrieben und von wem? Er griff sich an den Hals.

»Wie sind wir eigentlich hierher gekommen?«, fragte er.

»Meinst du das im Ernst?«

»Nein!«
Johann Isidor Sternberg, der im Wachzustand nur an das glaubte, was er sah und anfassen konnte, war endgültig aus dem Irrgarten der Sommerträume zurückgekehrt.
Alle sechs Sternbergs waren zusammen mit Jettchen Bär, einer verwitweten, vermögenden und vereinsamten Großtante des Hausherrn, vor zehn Tagen im Badhotel zum Hirsch abgestiegen. Die Kinder zu einer Badekur mitzunehmen war ein Entschluss in letzter Minute gewesen – und wahrhaftig kein freiwillig getroffener. Erwin und Clara hatten zu ihren beiden Tanten und den vielen Cousinen und Vettern nach Pforzheim fahren sollen, doch hatten Betsys Schwestern kurzfristig und mit fadenscheiniger Begründung ihre Einladungen auf die Herbstferien verschoben. Victoria war hauptsächlich auf Jettchens Drängen mitgenommen worden. Die liebenswerte Tante aus Darmstadt mit den aufsehenerregenden Spitzenjabots, die sie aus Brüssel kommen ließ, und einem Gehstock mit silbernem Löwenkopf hatte ein sprichwörtlich goldenes Herz und eine äußerst freigiebige Hand. Jettchen war nach dem Tod von Erbtante Luise die Doyenne der Familie. Von ihrer Schwester hatte sie sowohl den kostbaren Familienschmuck übernommen als auch die Anhänglichkeit an ihren Großneffen Johann Isidor. Betsy liebte sie, den Kindern erfüllte sie auch jene Wünsche, die als unbescheiden und ungehörig galten. Nur bei dem Mohren aus Togo, den Victoria bei ihr bestellt hatte, gab sie sich unbeugsam.
Mit den eigenen Kindern hatte Jettchen weniger Fortüne gehabt. Ihre beiden Töchter hatten sich vor der Hochzeit katholisch taufen lassen und Jahr um Jahr die Verbindung zur Mutter gelockert. Ihre Enkelkinder kannte sie nicht. Diese Erfahrung und eine immer größer werdende Sehn-

sucht nach Familienleben hatten aus dem jung gebliebenen Jettchen mit dem heiteren Gemüt eines schwärmerischen Mädchens eine einsame, verbitterte Frau gemacht.
Als Großtante Luise im März 1914 starb, hatte Betsy, als wäre es ein göttliches Gebot, den leer gewordenen Stuhl am Familientisch neu zu besetzen, Jettchen umgehend eingeladen, das acht Tage währende Pessachfest in Frankfurt zu verbringen. Noch ehe das Bitterkraut gereicht wurde, das am ersten Abend an den Auszug der Kinder Israels aus Ägypten erinnert, hatte sich Jettchen in Victoria verliebt. Fortan nannte sie die Sechsjährige abwechselnd Vickylein und Herzchen und ließ sich durch keinen Einwand von dem Gedanken abbringen, ein anstrengendes und vorlautes kleines Mädchen würde ihr in der Sommerfrische die entgangenen Großmutterfreuden ersetzen und ihrer Gesundheit förderlich sein. So verwunderte es auch keinen in der Familie, dass Jettchen die Einzige war, die es entzückend fand, dass ihr Vickylein an der exquisit gedeckten Hoteltafel saß, schmollend ihr Brot in die Suppe versenkte und mit ihrer schönen klaren Stimme nach Josephas Hackbraten und Kirschauflauf jammerte.
Die Anregung zu einer Badekur stammte vom guten Doktor Meyerbeer, der mit den Jahren nicht nur der Hausarzt, sondern Familienfreund und Vertrauter geworden war. Meyerbeer hielt viel von deutschen Heilbädern. Nur in guter Stimmung und bei seinen besten Freunden war er allerdings bereit, seine Wertschätzung zu begründen. »Ich bin«, pflegte er zu erzählen, »in Bad Ems auf einen Schlag von meinem Herzleiden kuriert worden.« Die Spontanheilung verdankte er seiner tüchtigen Gattin, die im vergangenen Sommer zwischen Kurkonzert und Nachmittagskaffee einen gut aussehenden und gut verdienenden

Ehemann für Tochter Emilie eingefangen hatte. Fräulein Emilie konnte man im günstigsten Fall als eine außergewöhnliche Erscheinung bezeichnen; zum Zeitpunkt ihrer Verehelichung war sie bereits fünfundzwanzig, trug Brille und war oft unpässlich.

Obwohl sich zwischen der mühsamen Verheiratung seiner schwächlichen Tochter und dem anhaltend schmerzhaften Lumbago des Patienten Sternberg keine überzeugende Parallele ziehen ließ, empfahl Doktor Meyerbeer eine Kur im »schönen Bad Ems, wo auch unser seliger Kaiser Wilhelm I. und die Hohe Frau jahrelang zur Kur waren«.

Johann Isidor spürte ein unangenehmes Brennen auf der Stirn. Wie meistens, wusste er wesentlich mehr, als er zu sagen beabsichtigte. Er wusste beispielsweise, dass sich in Ems, obwohl es immer noch den Ruf hatte, ein kosmopolitisches Bad zu sein, seit dem Krieg von 1870 eine latente Fremdenfeindlichkeit breitgemacht hatte. Vorurteile und Ablehnung galten längst nicht mehr nur den paar französischen Kurgästen, die weiterhin nach Bad Ems kamen. Die katholischen und jüdischen wurden ebenfalls nicht gern gesehen. In einem Saisonbericht hatte ein Badekommissar gerügt, die Juden würden an den öffentlichen Plätzen einen »widerwärtigen Raum einnehmen«.

»Nicht nach Bad Ems«, sagte Johann Isidor in der Praxis von Doktor Meyerbeer.

»Gehen Sie nach Baden-Baden«, empfahl Bankier Weidenfeld, als er Sternberg im Café Bräutigam traf und das Gespräch zufällig auf die anstehende Kur kam. »Dort grüßt man Sie freundlich, auch wenn Sie Levy oder Cohn heißen.« Mit seinem Ratschlag erwies sich der in Frankfurt stadtbekannte Bankier nicht nur als ein Kenner der deutschen Kurbäder, er hatte mit einem einzigen Satz auch bestätigt, dass das immer wieder aufkommende Gerücht über seine Abstammung stimmte: Der von allen hofierte Bankier stammte aus einer jüdischen Familie. Trotz seines Übertritts zum Protestantismus und den regelmäßigen Spenden an seine Kirchengemeinde gelang es ihm nie, anhaltend zu verdrängen, dass er seit der Hochzeit den Familiennamen seiner Ehefrau führte und dass sein Großvater mütterlicherseits Nathan Levy geheißen und Kurzwaren an die Landbevölkerung verkauft hatte.

Johann Isidor erinnerte sich noch nach Jahren an das Gespräch. Nicht nur weil Weidenfeld, der als äußerst zurückhaltend galt, ihm spontan vertraut hatte. Der Bankier hatte Johann Isidor ein für alle Mal klargemacht, dass es auch jenen, die sich neue Rudel suchen, nicht gelingt, sich von ihren Wurzeln zu befreien. »Baden-Baden ist weltoffen«, sagte Weidenfeld, »das ist schon ein Teil des Kurerfolgs.« Aus dem gleichen Grund empfahl er das Badhotel zum Hirsch. »Gediegen, aber nicht pompös. Der Hirsch hat wirklich Tradition. Und einen guten Koch.«

Frau Betsy war hingerissen, als sie erfuhr, wer Baden-Baden empfohlen hatte. Sie errötete wie ein Backfisch. Noch während ihr Mann sprach, begann sie zu überlegen, welche Stücke ihrer Garderobe sich für den Aufenthalt in Deutschlands elegantestem Bad eignen würden. Allerdings war sie der Meinung, Europas Könige, der Hochadel und die russischen Aristokraten würden immer noch nach Baden-Baden strömen, im Spielkasino mit Goldstücken ihr Glück versuchen und sich bei Tagesanbruch im Kurpark erschießen, weil sie ihr Vermögen verspielt hatten.

»Oder bei Vollmond«, sekundierte Johann Isidor. »Einige von den armen Teufeln«, lächelte er, »laufen sogar nackt herum, weil sie ihr letztes Hemd verspielt haben. Ach,

meine süße Betsy, Gott erhalte dir dein romantisches Gemüt. In Baden-Baden gibt es überhaupt keine Spielbank mehr. Wilhelm I. hat 1872 alle deutschen Spielbanken schließen lassen. Jetzt ist Baden-Baden wieder ganz moralisch. Und auch wieder ein Dorf, hab ich mir sagen lassen. Du wirst auch ohne Nerzcape zum Kurkonzert gelassen.«
Noch gab sich Madame Sternberg nicht geschlagen. Zu groß war ihr Bedürfnis, in Baden-Baden zu repräsentieren und zu Hause ihren anspruchsvollen Freundinnen zu erzählen, wie sie dies getan hätte. Bei denen informierte sie sich umgehend und brachte dann zum Verdruss ihres Manns das Hotel Messmer ins Gespräch. Dort hatte, so erfuhr er, Wilhelm I. während seiner vielen Baden-Badener Aufenthalte zu residieren gepflegt. »Nur«, berichtete Betsy, »haben die sich, während er da gewohnt hat, Maison Messmer genannt. Der Kaiser durfte ja nicht in einem Hotel wohnen.«
»Der Hirsch wird sich für den Sohn eines jüdischen Viehhändlers aus Schotten nicht umbenennen müssen«, sagte Johann Isidor. Es missbehagte ihm, dass seine Frau, die allgemein als bescheiden gerühmt wurde, mit zweiundvierzig und als Mutter von vier Kindern immer noch den Hang hatte, dann und wann nach den Sternen zu greifen. »Der ist noch nicht reich, der nicht zufrieden ist«, zitierte er aus dem Sprichwortschatz seiner Mutter.
Er selbst war mit dem Quartier – mitten in der Stadt und doch mit Blick auf den herrlichen Park – mehr als zufrieden. Auch Otto, der durchaus in Frankfurt hatte bleiben wollen, fand in den ersten zehn Tagen in Baden-Baden keinen Grund zur Klage und alles »famos« und »fabelhaft«, obwohl die Eltern ihn immer noch so behandelten wie seine sechsjährige Schwester: Für gute Führung war dem

achtzehnjährigen Gymnasiasten, den noch nicht einmal ein Jahr vom Zeugnis der Reife trennte, eine Belohnung in Aussicht gestellt worden. Wenn Otto die in ihn gesetzten Erwartungen erfüllte, sollte er den zweiten Teil der Sommerferien bei einem verwitweten Onkel seiner Mutter verbringen. Der wohnte in Paris, hatte vier erwachsene Söhne und eine bildschöne Tochter in Ottos Alter. Otto kannte Tochter Toni von Fotos, deren Vater hatte er von seinen Besuchen in Frankfurt als äußerst großzügig und angenehm liberal in Erinnerung. Vor allem hatte er schon vor zwei Jahren seinem Großneffen das »wahre Leben« avisiert. Obwohl die Eltern Sternberg dem Pariser Zweig der Familie nie ganz getraut hatten, waren sie guter Hoffnung, ihr Ältester würde durch den Besuch beim Onkel seine blamabel schwachen Französischkenntnisse aufbessern, schließlich waren sein Abitur und somit der Ruf der ganzen Familie in Gefahr.

Wider Erwarten interessierte sich Otto sehr viel mehr für Baden-Baden als für Paris. Weil der Empfangsportier ein Herz für grazile schwarzhaarige Jünglinge hatte, war dem Primaner eines der schönsten Einzelzimmer im Haus zugeteilt worden. Es wurde von einem ausnehmend hübschen Zimmermädchen versorgt, das sich besonders gut auf Gäste verstand, die noch keine Gebrechen hatten, für die sie Heilung in Baden-Badens Quellen suchten. Schüchternen jungen Burschen, die ihr Portemonnaie und eine teure Krawattenperle unter der Leibwäsche versteckten, war sie besonders gefällig.

Nur Johann Isidor machte eine Badekur. Doktor Meyerbeers Diagnose war von einem Baden-Badener Kurarzt mit Professorentitel, Monokel, Zigarre und der Gepflogenheit, nach jeder Konsultation abzurechnen, bestätigt worden.

»Der endgültige Erfolg«, schränkte er jedoch ein, womit er allen Zweifeln und Ansprüchen seiner Patienten vorzubeugen beliebte, »wird sich allerdings erst bemerkbar machen, wenn Sie wieder zu Hause sind.«

»Das ist praktisch«, resümierte Johann Isidor, »jedenfalls für die Ärzte.« Er empfand die Kur, die er zum Teil in den Badekabinen des Hotels und zweimal in der Woche im beeindruckenden Friedrichsbad absolvierte, anstrengend und als eine Zumutung für Menschen, die es nicht schätzten, wenn sie wie widerspenstige Schuljungen behandelt wurden. An besonders kräftezehrenden Tagen konnte sich der tatkräftige Handelsmann Sternberg, dem in der Heimat von Freund und Feind die rasche Entschlusskraft der Tüchtigen attestiert wurde, nicht entscheiden, wie er sich überhaupt fühlte. War er ein schutzbedürftiger Schwächling, oder hatten ihn die Herren Doktoren zu einem alten Mann deklariert? Allzu oft registrierte er neue Ermüdungserscheinungen. Und war es vielleicht doch ein Hinweis auf seine vierundfünfzig Jahre, dass er sich an den Badetagen bereits vor dem Mittagsmahl nur mit Mühe wachhalten konnte und beim Einschlafen an Menschen dachte, die schon längst verstorben waren?

Die Schwebezustände zwischen Traum und Wirklichkeit kränkten ihn am meisten. Wenn ihm die Umrisse des Lebens entglitten waren, kam er sich bei der Rückkehr aus der vernebelten Welt wie die alten Herren mit Panamahüten vor, die mit ausgestreckten Beinen, eine verglühte Zigarre in der Hand, um den Musikpavillon saßen und wie auf Kommando alle gemeinsam einschliefen, sobald das Kurorchester zu spielen begann. War Johann Isidor indes gut gelaunt, was er eher den badischen Weinen am Abend als den Baden-Badener Quellen bei Tag zu verdanken hatte, registrierte er eine Virilität, die ihn belebte und die er nicht mehr erwartet hatte. Die Nacht, die hinter ihm lag, war wahrhaftig keine gewöhnliche gewesen. Er überlegte, ob Betsy wohl deshalb anders aussah als sonst. »Mir gefällt dein neues Kleid«, sagte er.

»Mein Kleid hat mir die Bachmaier vor zwei Jahren für das Sommerfest im Palmengarten genäht. Aber meine Frisur ist neu. Seit Donnerstag. Macht nichts. Du brauchst dich nicht zu schämen. Heute haben wir ja erst Sonntag.«

Er schaute Betsys Lockenkopf mit der zitronengelben Seidenschleife am Hinterkopf verlegen an, schalt sich einen verkalkten Trottel, fing sich jedoch sofort wieder, beugte sich zu ihr hinüber und küsste ihre Hand – mit geschlossenen Augen.

»Kommt ein Adler geflogen«, summte er nach der Melodie des alten Kinderlieds.

»Um Gottes willen, Johann, ist dir nicht gut?«, fragte Betsy. Sie sprang auf und fühlte seine Stirn.

Er war ziemlich sicher, dass die weißen Knöchelstiefel mit den vielen Knöpfen ebenfalls neu waren, wollte sich jedoch nicht erneut blamieren und lächelte nur. »Kannst dich ruhig wieder hinsetzen. Wahrscheinlich habe ich einen Sonnenstich«, sagte er. »Das wird künftig zum Glück nicht mehr passieren. Der Adler hat ja ein Dach.«

»Siehst du. Ich sag doch immer, dass du es nicht verträgst, so lange in der Sonne zu sitzen.«

»Ach Betsy, ich liebe dich. Auch wenn du deine Haare hinter meinem Rücken abschneiden lässt und so begriffsstutzig geworden bist, dass es einen Hund jammert. Erwin hätte längst verstanden. Von Otto gar nicht erst zu reden. Seit zehn Minuten versuch ich dir zu erzählen, dass ich mir ein Auto gekauft habe. Einen Adler.«

»Hab ich noch nie von gehört. Ist das was sehr Teueres?«
»Was sehr Gutes. Und Gediegenes. Keiner wird mit dem Finger auf uns zeigen und uns als Protz beschimpfen. Und ich werde auch nicht bankrott gehen. Du kannst dir also so viele Stiefel kaufen, wie du willst.«
»Hast du sie also doch bemerkt. Es gibt hier hochelegante Schuhgeschäfte. Da kann sich Frankfurt eine Scheibe abschneiden. Clara braucht auch neue Schuhe. Sie hat sich in welche verliebt, die Mary Jane heißen, genau wie das Mädchen in ihrem Englischbuch. Das fängt heute ganz früh bei den jungen Mädchen an, dass sie sich für Mode interessieren.«
»Meine Tochter nicht. Clara ist doch noch ein Kind. Und wozu braucht ein Kind moderne Schuhe? Sie kann doch deine alten auftragen. Jedenfalls eines Tages, wenn sie hineingewachsen ist. Wenn sie mit uns im Auto sitzt, sieht ja ohnehin niemand ihre Füße. Außerdem soll nur einer wagen, nach den Beinen meiner Tochter zu schielen.«
Es roch nach Zimt und Vanille und, wenn der Wind den Duft herüberwehte, nach frisch gemähtem Gras. Das war das Angenehme an Baden-Baden. Es war nach den Tagen von Glanz und Gloria und den schäumenden Illusionen von Reichtum und gesellschaftlichen Ehren wieder zu seinen beschaulichen Anfängen zurückgekehrt. Der liebenswürdige Ort war kein Dorf, dennoch eine Idylle, auf eine selbstverständliche Art vornehm und nicht großspurig. Ein Mann wie Johann Isidor Sternberg, der nicht mit einem goldenen Löffel in der Hand auf die Welt gekommen war und der nun durch eigene Arbeit oben stand, fühlte sich wohl in Baden-Baden. Wenn er auf einer Bank im Kurpark saß und die Früchte seiner Arbeit genoss, fragte ihn keiner nach Stand und Konfession. Er durfte wie ein Jüngling

träumen und wie ein Alter Rückschau halten. Seine Träume eilten dem Tag voraus. Zu Hause würden die Nachbarn den Hut ziehen, wenn er sonntags in seinen grünen Adler stieg, um seine Frau und seine wohlgeratenen Kinder in den Taunus und an den Rhein zu chauffieren.

»Wo willst du lieber hin, Betsy«, fragte er, »ins Café Blum nach Wiesbaden oder ins Kreiner nach Königstein?«

»Wiesbaden ist eleganter«, sagte Betsy, »aber der Kuchen ist besser im Kreiner.«

»Da haben wir den Salat. Wir werden von jetzt ab immer zwischen zwei Stühlen sitzen. Mein Vater hatte recht. Besitz bringt Sorgen, hat er immer gesagt.«

»Deine Sorgen möcht' ich haben. Und dem Rothschild sein Geld.«

»Meine Sorgen sind auch deine. Das hat der liebe Gott so eingerichtet bei Eheleuten. Und dem Rothschild sein Geld möchte ich gar nicht haben. Ich würde total durcheinanderkommen. Ich hab ja noch nicht einmal genug Söhne, die ich in die Welt schicken kann.«

Johann Isidor war es nicht gewohnt, in der Öffentlichkeit zu lachen. Ihm war es, als hätte er die Stille zerrissen und die Menschen gestört, die ihre Ruhe genießen wollten. Er schaute sich befangen um und atmete tief ein. Die Luft war schwer und drückend, doch sein Kopf war leicht, und das Herz blieb froh. Vielleicht war es nicht die Einbildung der Nacht, am Ende war er in den letzten Tagen wirklich jünger geworden. Es war gut, unter einem freundlichen Himmel die Segnungen zu zählen, die der Herr ihm beschieden hatte. Ein Mann musste Gott für seine Wohltaten danken, solange er noch in vollem Saft stand.

»Unsere Kinder«, hörte er sich sagen, »werden höchstwahrscheinlich nicht mehr wissen, wie es ist, auf ein Ziel hinzuarbeiten und sich zu freuen, wenn man es erreicht hat. Ihr Vater ist immer noch in dem Stadium. Manchmal denke ich, ich müsste ihnen beizeiten Demut beibringen, aber ich weiß nicht wie.«

»Und ich bekomme einen Kopf wie einen Luftballon, wenn du Dinge sagst, die ich nicht verstehe.«

»Das Salz der Ehe besteht ja darin, dass ein Mann Dinge sagt, die seine Frau nicht versteht.«

»Da! Das habe ich schon wieder nicht verstanden.«

»Lass dir keine grauen Haare wachsen, Betsy. Wir können ja nicht alle klug sein. Komisch, was ist heute mit unserem Kurorchester passiert? Die haben doch tatsächlich vergessen, Schuberts ›Unvollendete‹ zu spielen.«

»Haben sie nicht. So was würden die nie tun. Du hast gerade geschlafen, als es so weit war. Bestimmt hast du auch nicht ›Die schöne Müllerin‹ gehört.«

»Heute Nachmittag passe ich besser auf. Versprochen. Heilig Ehrenwort, würde Erwin sagen. Obwohl er bisher noch keine Ehre hat. Wenn er und Clara wieder zu spät zu Tisch kommen, werden sie mich kennenlernen.«

»Da sind sie ja schon. Stehen ganz artig da vorn und warten. Erwin hat sich sogar gekämmt.«

»Sag nichts vom Auto. Das soll eine Überraschung werden, wenn wir heimkommen.«

Das Sonntagsessen wurde des schönen Wetters wegen ausnahmsweise auf der Terrasse eingenommen. Es war ein Bild, wie es die französischen Impressionisten, die ja nun auch in Deutschland Furore machten, hätten malen können – voller Licht und Sonne und beschwingt vom Pulsschlag des Lebens, der trunken macht. Das noch junge Weinlaub kroch die ockergelben Hausmauern hoch. Der Herbst war noch weit, der Winter Äonen entfernt. Wenn der Strahl des kleinen Springbrunnens herabfiel und die Hängegeranien auf den Balustraden und die Fuchsien im Halbschatten benetzte, verwandelten sie sich in leuchtende Boten des Sommers. Zwei Spatzen badeten im Brunnen. Eine Katze auf einer niedrigen Mauer gab vor, sie hätte nie etwas von den Freuden der Jagd erfahren, und knabberte an ihren Tatzen. Es war angenehm kühl im Innenhof. Erwin, der noch nicht witterte, dass die Sprache der Farben dereinst die seine werden würde, wurde im kurzen Moment des Glücks gewahr, dass Schönheit blendet.

»Ach«, sagte er leise.

Auf einem weiß eingedeckten Tisch in der Mitte standen gefüllte Sektkelche und dicke Gläser mit tiefrotem Himbeersaft für die Kinder, daneben eine lindgrüne Kristallvase, verziert mit schnäbelnden weißen Tauben und gefüllt mit Teerosen, die sich zu weit ins Leben gewagt hatten. Jeder Gast, selbst die Kinder, wurde persönlich vom Hotelbesitzer begrüßt und von den jungen Serviererinnen an die Tische geleitet.

»Gesegnete Mahlzeit«, wünschte der Patron.

»Der Himmel hat endlich meine Gebete erhört«, flüsterte Betsy in Johann Isidors Ohr.

Mit Victoria an der großen Tafel zu sitzen machte für die Mutter jede Mahlzeit zu einem Unternehmen, das ihren Puls beschleunigte und ihren Appetit meuchelte. Victorias Tischmanieren standen in keinem Verhältnis zu ihrem enormen Mitteilungsbedürfnis. Baden-Badens feine Küche mit dem raffinierten französischen Einschlag animierte sie höchstens zum Innehalten, wenn die Vorspeisen mit frischen Kirschen oder kunstvoll geschnitzten Radieschen dekoriert waren. Trotz Tante Jettchens rührenden Bemühungen, in prekären Situationen in das Geschehen einzu-

greifen und bei aufkommender Langeweile ihren vergötterten Liebling zu unterhalten, fiel es der Sechsjährigen schwer, zwei Stunden gesittet bei Tisch zu sitzen. Entweder formte sie aus ihrem Brot Gebilde, die wie dickbäuchige Trolle aussahen und die sie entweder mit Soße oder mit Rotwein einfärbte, oder sie umkränzte ihren Platz mit dem Immergrün und den Veilchen, die sie aus der kostbaren Vase von der Vitrine holte. Häufig sorgte Victoria auch für Tafelmusik, indem sie sämtliche französischen Kinderlieder sang, die sie zu Hause von Mademoiselle Lucile gelernt hatte. Die meisten Gäste hatten bereits erwachsene Enkel und nicht mehr den Hauch einer Erinnerung, was in Kindern vorgeht. Fast alle waren sie jedoch noch beweglich genug, um den Kopf indigniert in Richtung Victoria zu schütteln. »Das«, hatte die temperamentvolle Missetäterin schon am dritten Tag des Baden-Badener Aufenthalts diagnostiziert, »sind alles Frauenwölfe, die das arme Rotkäppchen fressen wollen.«
»Ein leichtes Sommeressen«, kündigte der Hotelbesitzer an, »das unserem Chefkoch eine besondere Freude gemacht hat.« Er wedelte mit der Karte des Tages und küsste mit einer flinken Drehung seines Körpers die Hand einer überraschend jungen Nachzüglerin. Sie erinnerte an Carmen. Um ihre leicht entblößten, schwanenweißen Schultern hatte sie ein schwarzes Spitzentuch drapiert. Eine rote Nelke leuchtete in ihrem schwarzen Haar. Der Maître nannte sie Comtesse. »Wir wollen«, suggerierte er den übrigen Gästen, »uns doch unseren Appetit für das Diner heute Abend nicht verderben.«
Die Damen nickten, ihre silbernen Locken bebten, die rotgesichtigen Herren stöhnten leise. Die junge Französin hielt ihr Glas in die Höhe. Sie lächelte einen Turm aus win-

zigen Brötchen an, als der Saalkellner ihr rosafarbenen Sekt kredenzte.

Aus der Buche im Innenhof zwitscherte ein Vogel. »Die Amsel in ihrem schwarzen Kleid singt vom frühen Witwenleid«, rezitierte Victoria.

»Charmante«, rief die französische Schönheit aus. Sie rieb ihre zierlichen Hände aneinander.

»Das hab ich von Josepha gelernt«, erzählte Victoria. Schmeicheleien von Fremden war sie nicht gewohnt. Trotzdem stand sie auf und knickste.

»Charmante, charmante«, steigerte ihre Bewunderin den Beifall, »wie eine kleine Prinzess.«

Es war Victorias Glückstag. Sie vergaß ihn nie. Großtante Jettchen hatte die zwei Stunden, die sie am Morgen allein mit ihrem »Herzchen« verbracht hatte, ausschließlich dazu genutzt, ihre eigene Kindheit zurückzurufen. Victoria trug eine voluminöse Schleife aus himmelblauem Satin in ihrem kastanienbraunen Haar. Am Vortag hatten die Schleife und die kleine goldene Biene mit Flügeln aus Strass, die im Knoten steckte, noch Jettchens wogenden Busen geziert. Das ausgefallene Arrangement sah auf dem kleinen Kinderkopf wie ein Propeller aus und Victoria so, als würde sie jeden Moment losfliegen. Nicht nur das: Von ihrem mageren Hals baumelte eine schwere Kette aus auffallend großen Korallenkugeln, zwischen denen goldfarbene Perlen und Diamantbaguettes leuchteten. Auch die Schließe, von Jettchen nach vorn gezogen, war mit Diamanten besetzt. Das wertvolle Schmuckstück stammte vom Anfang des neunzehnten Jahrhunderts und gehörte zum Nachlass ihrer Schwester.

»Schwesterlein sieht aus wie ein Pfingstochse«, tuschelte Clara ins brüderliche Ohr.

»Nein, wie der Oberbürgermeister von Liliput«, wisperte Erwin zurück. »Gleich geht Herzchen mit ihrem Messerchen auf uns los.«

»Taisez-vous«, befahl Frau Betsy. Sie trat Erwin unter dem Tisch und drohte auch Clara mit Blicken. Die Sitte, Französisch zu sprechen, um Kinderohren Wahrheit und Wirklichkeit vorzuenthalten, stammte noch aus ihrem Elternhaus. Als ihre Erinnerungen den Apfelbaum in Pforzheim und die ausgebreiteten Arme des Vaters erreichten, lächelte sie. Ihr Mann sah es und zwinkerte ihr zu. Er hatte das Bedürfnis, seine Frau wissen zu lassen, dass auch er soeben an die vergangene Nacht gedacht hatte.

Victoria tauchte ihre Zunge tief ins Glas. Auf dem Tischtuch aus weißem Damast entstand eine kleine Pfütze Himbeersaft, die sich rasch zu einem großen Fleck ausbreitete.

»Mademoiselle Cochon«, protzte Erwin mit seinen Kenntnissen.

»Was heißt das?«, wollte Victoria wissen.

In ihrem Rüschenkleid aus zitronengelbem Voile, mit dem Haarschmuck und der Korallenkette wirkte sie wie eines jener Modepüppchen im französischen Empire, die für Kinderhände verboten waren. Sie wurden den Damen von ihren Couturiers ins Haus geschickt, damit die sich eine Vorstellung von den Modekreationen machen konnten, die sie künftig tragen würden. »Tante Jettchen hat gesagt, sie hat die Kette auch in die Schule anziehen dürfen«, beugte Victoria künftigen Diskussionen vor. »Jeden Tag hat sie gedurft. Ihre Mutter war ein Engel.«

»Auch in den Ferien hat sie gedurft«, feixte Erwin, »und im Kohlenkeller, wenn sie unartig war, hat sie auch gedurft. Jeden Tag. Deine Mutter ist kein Engel.«

»Ach du«, sagte Victoria freundlich, »du willst mich nur ärgern. Kohlenkeller gibt es ja nicht. Hat Tante Jettchen gesagt. Jedenfalls«, schränkte sie ein, als ihr die Kachelöfen in der Rothschildallee, die Eimer mit den Briketts im Winter und die Schürhaken einfielen, »keine, in die man ungezogene Kinder sperrt.«
Sie klatschte in die Hände wie ihre französische Bewunderin, als die Vorspeise aufgetragen wurde. Dem Sonntag zu Ehren gab es keine der üblichen dünnen Suppen mit Flädle oder Maultaschen, die das Frankfurter Goldkind blitzartig in einen schnaufenden Wüterich zu verwandeln vermochten, sondern »Schwäbisches Eiersalätle«. Serviert wurde er auf »Käseküchle«. Als Otto mit sonorer Stimme die Speisekarte vorlas, kicherten seine Geschwister im Chor. Sie rieben sich alle gleichzeitig die Ohren und machten sich mit gurgelndem Gelächter daran, jedes Wort, das sie sagten, schwäbisch zu verkleinern. Selbst Otto, der über Kinderscherze so erhaben war wie über wollene Unterwäsche im Winter, machte mit. »Mein Hemdle rutscht mir aus dem Hösle, und das halt ich im Köpfle nicht aus«, meldete er.
Er hatte den freien Vormittag des Zimmermädchens mit ihr in einem nur einheimischen Genießern bekannten Gartenpavillon verbracht. Nun war der erfolgreiche Galan bereit, auch den Rest der Welt zu umarmen. Er reichte seiner Mutter das Salzfass, ehe sie dazu kam, ihn darum zu bitten; er hörte so aufmerksam zu, wie er es vermochte, als sein Vater minutiös erklärte, welche Hoffnungen er mit dem vor zehn Tagen beendeten Besuch Kaiser Wilhelms II. und Großadmirals Tirpitz beim österreichischen Thronfolger Franz Ferdinand verband. Seiner kleinen Schwester zerschnitt der gütige Bruder das Käseküchle in mund-

gerechte Happen, ihren Puppensohn im Matrosenanzug rettete er mit beherztem Zugriff vor einem Sturz in die Salatschüssel. Weil sein Vater nach der ausführlichen Erörterung der Tagespolitik außer Atem geriet und eine schöpferische Redepause einlegen musste, übernahm sein Stammhalter spontan die Unterhaltung der Tafelrunde. Vornehmlich unterhielt er dabei seine Geschwister, erzählte Kinderwitze, die er selbst einschläfernd fand, besann sich auf Rätsel, die in der vierten Klasse für anhaltende Heiterkeit gesorgt hatten, und bemühte sich, gleichzeitig mit den Ohren zu wackeln und einer Biene, die im Himbeersaft zu ertrinken drohte, das Leben zu retten.

»Charmant«, sagte die Comtesse am Nebentisch zum zweiten Mal.

Victoria erkannte sowohl das Wort als auch den Umstand, dass das Lob nicht ihr gegolten hatte. Sie schmollte mit den Lippen und mit den Augen und senkte dann so ruckartig den Kopf, dass die Propellerschleife aus der Balance geriet. Die Korallen klapperten gegen den Tellerrand. Damit sich die Schönheit am Nachbartisch wieder allein auf sie konzentrierte, rezitierte das einfallsreiche Kind abwechselnd und ständig lauter werdend »Meine Mama macht mir Mehlmäuse« und »Mümmelmann vernahm Hummelgesumm«.

»Hab ich das verdient?«, fragte Johann Isidor. Er sah nicht mehr aus wie ein Mann, der an Jungbrunnen glaubt.

»Ich finde es bewundernswert, dass ein so kleines Mädchen so einen Zungensalat überhaupt aus dem Mund bekommt«, erklärte Jettchen.

»Ich kann auch krähen«, bot Victoria an.

»Mädchen, die krähen, sollte man gleich den Hals umdrehen«, zitierte Erwin.

Als Zwischengang gab es einen Salat aus Schwetzinger Spargel mit einer Vinaigrette, die mit Sommerkräutern und einem Wein vom Kaiserstuhl abgeschmeckt worden war. Weil Victoria noch nicht in dem Alter war, in dem Spargel als Genuss empfunden werden, Erwin sich weder mit dem Wein noch mit dem Kerbel in der Vinaigrette anfreunden konnte und Clara würgend den Teller zur Seite schob, aß der selbstlose Otto insgesamt vier Portionen.

»Bist ein guter Junge«, lobte Jettchen, »ein richtiger Kavalier. Mein Gott, was geht das alles schnell, dass aus Kindern Leute werden.« Sie dachte an ihre Töchter, die nun auch schon jenseits der fünfzig waren, und dass die ihren katholischen Ehemännern bestimmt keine Sünde mehr wert erschienen. Jedenfalls hatten sie weder an den christlichen noch an den jüdischen Feiertagen das Bedürfnis, an ihre betagte Mutter zu denken. Es machte Jettchen Mühe, die Augen unauffällig trocken zu tupfen, sie musste sich am Tisch festhalten, weil ihr schwindlig wurde, und konnte einen Moment lang nicht schlucken. Ihr Seelenleben geriet erst wieder ins Lot, als der Hauptgang aufgetragen wurde: gefüllter Kalbsbraten mit Rieslingsauce, Gelbrübenpüree und Schupfnudeln.

»Gelbrübenpüree musste unsere Köchin immer an Feiertagen machen«, erzählte sie, »mein seliger Albert war ja hier aus dieser Gegend. So richtig wohl gefühlt hat sich sein Magen nie in Darmstadt. Auch wenn wir eine wunderbare Köchin hatten. Sie war beim Großherzog Ernst Ludwig in Stellung gewesen.«

»Ach Gott, du Arme«, bedauerte sie Betsy. »Ausgerechnet an so einem schönen Tag musst du an deinen lieben Mann denken. Dass traurige Erinnerungen sich aber auch immer ungebeten mit an den Tisch setzen müssen. Das hat mich schon als Kind geplagt.«

»Überhaupt nicht«, widersprach Jettchen. Sie war wieder ganz die muntere Unverwüstliche. Mit ihrer Gabel grub sie, genau wie Victoria, einen winzigen Graben ins Möhrenpüree und ließ ihn mit Soße volllaufen. »Meine Erinnerungen«, sagte sie, »sind wunderbar. Jedenfalls wenn ich nicht daran denke, dass aus meinen entzückenden, zärtlichen kleinen Mädelchen egoistische Frauenzimmer mit einem Herz aus Stahl geworden sind.« Mit der Entschlossenheit, die ein Charakteristikum ihrer Generation war, hob sie ihr Glas. »Und dass es mir vergönnt ist, mich ausschließlich an die guten Erinnerungen zu halten und mich nicht vorzeitig ins Grab zu grämen, verdanke ich dir, lieber Johann Isidor. Dir und deiner wunderbaren Betsy und euren Kindern. Wenn Menschen überhaupt so alt werden wie ich, erleben sie kaum noch gute Tage. Ich wollte euch das schon die ganze Zeit sagen, aber ich wusste nicht wie. Das Reden war mir ja nie gegeben.«

»Wer hat dir das weisgemacht?«, lächelte Johann Isidor.

»Gibt's nicht endlich den Pudding?«, murrte Victoria. »Mir tut mein Hintern ganz viel weh.«

»Pst«, zischte Betsy. »So etwas sagt man nicht. Schon gar nicht bei Tisch. Und außerdem gibt es hier keinen Pudding, sondern eine wunderschöne russische Charlotte. Und wenn du heute noch ein einziges Mal ›Pfui‹ sagst, bleibst du den Rest des Sonntags in deinem Zimmer, mein Fräulein. Nanu, was ist denn da los? Warum sieht unser Wirt plötzlich so verstört aus? Er ist ja total grau im Gesicht.«

Frau Betsy sprach von dem imponierenden Eigner des allseits gerühmten und zu jeder Jahreszeit florierenden Badhotels zum Hirsch. Soeben hatte er noch der schönen französischen Comtesse den Wein aus Neuweier empfohlen und am großen runden Tisch das Friedrichsbad zu Baden-Baden als das Mekka all derer besungen, die Genesung suchten. Nun stand er bleichgesichtig und auch zitternd an der Blumenkonsole mit dem Rosenbouquet im Silberpokal. Schweißperlen glänzten auf seiner Stirn. Die goldumrandete Speisekarte, aus der er selbstbewusst zu Beginn des Mahls vorgetragen hatte, zerknüllte der erregte Hotelier, als wäre sie ein Stück brüchiges Papier, doch schien er nicht zu merken, was er tat. Neben ihm stand ein junger, hagerer Mann, auch er blass und schwer atmend wie ein Greis. Der Fremde hatte seine dunkle Jacke falsch zugeknöpft und zudem vergessen, ehe er seinen Arbeitsplatz verlassen hatte, die Ärmelschoner auszuziehen. Der Kragen seines weißen Oberhemdes war nass und dunkel. Niemand zweifelte, dass der Fremde wie von Hunden gehetzt zum Hirsch gerannt war.

»Meine Herren und Damen«, begann der Hotelbesitzer. Seine Stimme war heiser, die zerknüllte Speisekarte zu Boden gefallen. »Ich muss um Ihre ganze Aufmerksamkeit bitten. Dieser Herr hier ist der Baden-Badener Mitarbeiter des Mannheimer General-Anzeigers. Er hat mich soeben von einer Depesche in Kenntnis gesetzt, die seinem Büro vor zwölf Minuten zugegangen ist. In der bosnischen Stadt Sarajevo sind heute der österreichische Thronfolger Franz Ferdinand und seine Ehefrau Sophie Opfer eines Attentats geworden.«

Es gab einen Moment vollkommener Stille, und doch war sie so bedrohlich wie Kanonendonner. Dann rief ein alter Mann, die Hand am Ohr und mit einer Stimme, die das Befehlen seiner Jugendtage noch immer beherrschte:

»Sofort noch einmal. Und diesmal langsam und deutlich.«
»Gott schütze uns«, hustete der Justizrat, der mit seiner Gattin jeden Sommer nach Baden-Baden kam.
Die Comtesse jammerte: »Mon dieu!« Einen Moment vergrub sie ihren Kopf in den Händen. Dann stand sie auf. Beim Gehen raffte sie ihren Rock eine Spur zu hoch und stieß mit dem gebauschten Tüll ein Glas um. Es klirrte schrill, als es auf dem Steinboden aufschlug, doch sie drehte sich nicht um und lief so schnell in ihr Zimmer, als bangte sie um ihr Leben.
»Warum ist das denn alles so wichtig?«, wunderte sich Betsy, »ich hab überhaupt noch nie von diesem Franz Ferdinand gehört?«
»Doch«, wusste Jettchen, »das hast du bestimmt. Der ist mit irgendeiner Schlampe eine Mesalliance eingegangen. Genau wie der Sohn von Kaiser Franz Joseph, der sich dann umgebracht hat. Diese Österreicher haben ja kein Gefühl für Stil, wenn du mich fragst.«
»Aber ich versteh die ganze Aufregung nicht. Was geht uns das denn alles an?«
Weil Johann Isidor sicher war, dass der Schrecken auch sein Gesicht gezeichnet hatte, sah er weder seine Frau, noch die Kinder und auch Großtante Jettchen nicht an.
»Wir sollten doch sehen«, sagte er im Aufstehen, »dass wir spätestens morgen von hier wegkommen. Es muss nicht, aber es kann Krieg geben, und ein Kriegsausbruch ist nicht die passende Gelegenheit für einen Mann, der sich um sein Vaterland sorgt, um in Baden-Baden in einer Badewanne zu liegen.«
Otto grub die Kuchengabel in die Schokoladencreme der Charlotte russe; er schob eine gewaltige Portion in seinen

Mund. Weil er zu hastig aufstand, stieß er seinen Stuhl gegen einen jungen Kellner, der an ihm vorbeihastete. Nach nur drei Schritten hatte Otto seinen Vater eingeholt. »Krieg«, sagte er und leckte den Rest der Schokolade von seinen Lippen, »was hab ich doch für ein Riesenglück, dass ich genau im richtigen Alter bin. Es muss furchtbar sein, wenn es einen Krieg gibt und man ist entweder zu alt oder zu jung, um dabei zu sein.«

»Es ist furchtbar«, bestätigte Johann Isidor.

4
Deutsche Balkons
Frankfurt, Sommer 1914

Josepha stand auf dem Balkon. Ihre gestärkte dunkelblaue Kittelschürze mit der schmucken weißen Paspelierung, die sie sonst nur sonntags trug, zeigte an, dass sie nicht im Dienst, aber trotzdem bereit war, getreulich ihren Pflichten nachzugehen. Obwohl der Balkon um die Mittagszeit im Schatten lag, war die Luft angenehm warm. Josepha atmete tief ein – wie es ihr der Posaunist Waldemar Mitalsky vom Kurorchester zu Bad Nauheim beigebracht hatte. In der Maienzeit, als die Kirschbäume und Fliederbüsche auch für sie geblüht hatten, war der Mitalsky jeden Samstagabend mit ihr tanzen gegangen, doch wegen der Aussteuer und weil Trudchen die einzige Tochter des Bauern Breitfuß und somit Hoferbin war, hatte er die mit den krummen Füßen geheiratet. »Richtig zum Anfassen«, murmelte Josepha. Sie meinte nicht ihre Erinnerungen, sondern das Sommerwetter im Allgemeinen und den Junikäfer, der auf einem Blatt Kapuzinerkresse saß und Glück versprach.

Ihr Lieblingssatz »Der Fleiß verjagt, was Faule plagt« war an diesem schönen blauen Montag eine Redensart ohne Bedeutung. Josepha, die sich gewöhnlich nur Ruhe gönnte, wenn ihr Kreuz zu brechen drohte, empfand es als eine Freude, die sie bis ins Innerste erwärmte, dass sie den

Regulator im Salon eins schlagen hörte und sie sich so benehmen durfte wie die feinen Damen, für deren Wohl ausschließlich fremde Hände sorgten. Seit genau elf Tagen brauchte sich die von jedermann geschätzte Köchin im Hause Sternberg keine Gedanken zu machen, was in ihren Töpfen schmoren und in ihren Pfannen braten würde, ob sie die Kohlrabi mit oder ohne Grünzeug servieren sollte und ob sich am Sonntag zum feinen Bürgermeisterstück vom teuersten Metzger auf der Berger Straße eine Dillsauce besser ausnahm oder die mit Meerrettich, für die Erwin und Clara schwärmten. Es waren keine Kartoffelgratins vorzubereiten, weder Gemüseaufläufe noch Ragouts in den Ofen zu stellen. Für das Einwecken der Frühkirschen und die Zubereitung der Erdbeermarmelade hatte die fürsorgliche Hüterin von Küche und Keller noch mehr als drei Wochen Zeit, ebenso für das zugesagte Aussortieren der Töpfe und Kochlöffel, die der Hausfrau nicht mehr gefielen.
Josepha genoss ihren Urlaub von der täglichen Pflicht. Sie hatte ihre Hände eine halbe Stunde lang in Seifenlauge gebadet, die Fußnägel geschnitten, die Ellbogen mit Sandpapier abgeschmirgelt, ihr Haar gewaschen, mit Bier gespült und zu einem dicken Zopf geflochten. Der lag um ihren Kopf und wirkte wie eine Krone aus hellbraunem Samt. Abermals dachte Josepha, was sie merkwürdig fand, weil es so lange nicht geschehen war, an das Trudchen mit den krummen Füßen. Die hatte inzwischen sechs Kinder und einen Leib, der sie stets aussehen ließ, als wäre sie mit dem siebten schwanger. Im Ort erzählte man sich, ihr Mann hätte die Posaune verkauft und die Magd vom Nachbarn geschwängert. Zudem käme er nie aus den Federn, wenn die Tiere versorgt werden müssten oder ein Kind krank sei.

Die Frau, die der schöne Waldemar für zehn Schweine und zwei Kühe verraten hatte, stemmte ihre Arme in die Hüften. Ihre Haut roch angenehm frisch nach der guten Kernseife, die Frau Betsy eigens für ihr Personal zu kaufen pflegte. Gut gelaunt nickte sie dem Kanarienvogel zu. Um Victorias Liebling eine Freude zu machen, stellte Josepha bei gutem Wetter sein Vogelbauer auf den Balkon und spendierte ihm ein Stück Apfel. »Aber müßig bin ich nicht«, erklärte sie dem einzigen Hausgenossen, der ihr geblieben war. »Das macht bei mir keinen Unterschied, ob unsere Leute zu Hause sind oder ob sie im Ausland Spätzle oder sonst einen Unsinn essen, den sie bei mir nie anrühren würden.«

Unterhaltungen mit einem Vogel waren sonst nicht Josepha Krauses Art. Wer jedoch in einem Haus mit vier Kindern und einer Klavier spielenden, sangesfreudigen Chefin lebte, war Stille nicht gewohnt und hatte in regelmäßigen Abständen das Bedürfnis, wenigstens die eigene Stimme zu hören. In einer Hand hielt sie ein üppig mit Butter und feiner Kalbsleberwurst bestrichenes Brot, in der anderen ein Stück geschälten Apfel für den Kanari. Zum Dank für die ihm erwiesenen Aufmerksamkeiten zwitscherte der die Melodie, von der Victoria jedermann erzählte, sie hätte sie ihrem Herzensfreund beigebracht und es handele sich um »Kommt ein Vogel geflogen«.

»Das«, sagte Josepha, »kannst du deiner Großmutter erzählen.« Sie überlegte, ein wenig erschrocken, in welchem Alter Frauen, die niemanden mehr hatten, mit dem sie Freude und Leid teilen konnten, mit Vögeln und streunenden Katzen zu reden begannen. »Nein«, sagte sie energisch. Josepha war sicher, dass es nicht lange dauern würde, ehe sich auf der Straße eine Nachbarin zeigte oder sonst jemand, den sie kannte. Gerade in der Ferienzeit, wenn es nicht genug zu tun und zu denken gab, unterhielt sich Josepha gern mit den Frauen aus dem Haus. Eine gemütliche Plauderei, der Austausch von Neuigkeiten und Erfahrungen und der Vergleich der eigenen körperlichen Malaisen mit denen der anderen gehörte zu den kleinen, unschuldigen Freuden von Menschen, die, wie Josepha es zu formulieren pflegte, »ihr sauer verdientes Geld nicht denen von der Eisenbahn in den Rachen werfen«.

Alle Vorschläge von Frau Betsy, während der Baden-Badener Kur des Hausherrn sich wenigstens einige Tage bei ihrer Familie in Bad Nauheim zu erholen, hatte Josepha mit dem gekränkten Ausdruck abgelehnt, der auch bei Dingen von weniger Wichtigkeit anzeigte, dass ihr schier Unvorstellbares zugemutet worden war. Selbst der Hinweis der besorgten Hausfrau auf das Alter ihrer Köchin, die ja zwei Jahre älter war als sie selbst, und auch die wohlmeinende Erinnerung an den Umstand, dass deren Mutter im Herbst ihren Achtzigsten begehen würde, hatten Josepha nicht umstimmen können. »Was soll ich in den kleinen Stuben von meinen Verwandten?«, hatte sie gefragt. »Und Fleisch essen die nur am Sonntag. Und nie vom Kalb. Und das Brot ist auch nie frisch, damit es sich nicht so schnell aufbraucht. Das ist nichts für eine, die doch ihr Leben lang ihr Geld mit ihrer feinen Zunge verdient.«

Mit der rhetorischen Frage, wem gedient wäre, wenn sie ihre eigenen Koffer packte, lehnte Josepha es seit Jahren ab, ihre vertraute Umgebung länger als einen Nachmittag zu verlassen. »Ich bin keine, die in der Gegend herumzigeunert«, pflegte sie zu sagen. Aus ihrer Sicht war das logisch. Josepha war wahrlich keine gewöhnliche Köchin

mit festgelegter Arbeitszeit und fest umrissenem Pflichtenkreis. Der schenkte man zu Weihnachten keine wollene Unterwäsche und grinste wissend, wenn sie bei der kleinsten Missstimmung mit Kündigung drohte – und blieb.
Eine von Josephas Schlag kündigte nicht. Sie war seit vierzehn Jahren und drei Monaten im Haus, sie gehörte zur Familie, erstellte keine Bilanzen über getane Arbeit und rechnete nicht nach, ob sie auf ihre Kosten kam. Vom Hausherrn wurde sie wie eine Dame behandelt, die sich selbst eine Köchin hätte leisten können. Der Haufrau war sie eine aufopfernde Stütze, fast eine Freundin: Sie wusste viel und verstand doch zu schweigen. Für die Kinder war Josepha konspirative Mitwisserin, Retterin aus jeder Not und Beichtfrau.
Sie war das Leben in geräumigen Zimmern und im großen Zuschnitt gewöhnt. Mamsell Krause hatte keine Achtung vor Häusern, in denen Schmalhans Küchenmeister war, aß nicht von einem angeschlagenen Teller und trank aus keinem angestoßenen Glas. Wenn sie sonntags zur Kirche ging, trug sie Handschuhe und Hut. Ihre Schuhe wurden vom Zweitmädchen geputzt, die Blusen und Röcke von ihr gebügelt. Es war noch nicht einmal so bestellt, dass sich Josepha besser dünkte als jene, die ihr gleich gewesen waren, doch hatte sie sich dem häuslichen Nest, aus dem sie einst in die feine Welt aufgebrochen war, Jahr um Jahr ein weiteres Stück entfremdet. Fräulein Krause, ledig geblieben, weil sie nach der Enttäuschung mit dem treulosen Posaunisten kein Verlangen mehr gehabt hatte, ein eigenes Leben aufzubauen, war ausschließlich an der Grenze zwischen dem Frankfurter Nordend und dem Stadtteil Bornheim zu Hause – im ersten Stock der Rothschildallee 9. Wenn sie morgens aus ihrem Mansarden-

fenster schaute und die Bäume und grün leuchtenden Grasflächen sah, die die breite Avenue teilten, schnupperte ihre Nase Heimat. Ihre Seele ebenfalls.
Bis auf Otto, der Josepha, was sie nur unter der Folter eingestanden hätte, so rätselhaft und fremd geblieben war wie an ihrem ersten Arbeitstag bei den Sternbergs, hatte sie alle Kinder von Geburt an betreut. Sie hatte sie mit Liebe und Zuckerwerk getröstet und im Ernstfall vor der strafenden Hand ihrer Eltern geschützt. Die Zwillinge und Victoria waren von ihr verwöhnt worden, als wären sie Königskinder und sie ihre untertänige Zofe.
Geschah es doch einmal, dass dieses Juwel sich zu einem Besuch nach Bad Nauheim aufmachte, fühlte sie sich als Reisende in einem fremden Land. Josepha konnte mit ihrer Familie reden, aber die Antworten verstand sie nicht. Vor allem störte es sie, dass sie um des Friedens willen vorgab, nicht zu wissen, dass ihre Schwestern, die Brüder und Cousinen, die Mutter und deren sämtliche Bekannte schon seit Jahren einander zuraunten: »Die Josepha schafft beim Juden und ist selbst nicht mehr ganz koscher.«
Der Sommer steigerte Josephas Reiseunlust. Wenn die gute Gesellschaft in die Heil- und Seebäder aufbrach, zur Sommerfrische aufs Land und in die Berge, veränderte die Stadt ihr Gesicht. Frankfurt wurde still, die Farben weich, die Nächte sanft. Die Sommerstadt brachte gute Träume. Dann beliebte Josepha Krause, die Köchin mit den guten Zeugnissen und den guten Erfahrungen, das Leben wie eine Weihnachtsgans zu tranchieren und die besten Stücke für sich zu reservieren. Sie empfand es als einen Genuss ganz eigener Art, allein zu sein. Es machte sie stark, sich als Alleinherrscherin der Wohnung zu fühlen. Jedes Stück gehörte ihr – die mokkafarbenen Backen-

sessel mit losem Daunensitz, das elegante Sideboard mit der goldenen Tischuhr im Esszimmer, Frau Betsys Frisierkommode mit dem venezianischen Spiegel, der Couchtisch mit den Löwenfüßen, alles gehorchte ihr aufs Wort und tanzte allein nach ihrer Pfeife.

Die Waschfrau wurde in der Ferienzeit von Josepha mit allen Aufgaben betraut, zu denen sonst die Zeit nicht reichte. Der Kohlenmann wurde bestellt, dem Gärtner Auftrag gegeben, die Hecke im Vorgarten zu schneiden, die Federbetten zum Aufarbeiten gebracht. Mit fester Hand wurde das Mädchen fürs Grobe dirigiert. Hanna mit einem schwer auszusprechenden Nachnamen, den zu merken sich niemand in der Familie Sternberg die Mühe machte, war seit zwei Jahren im Haus. Sie stammte aus Beerfelden im Odenwald, hatte ständig Heimweh und Sehnsucht nach ihren Eltern, den fünf jüngeren Geschwistern und dem Sohn vom Müller Merkental, dem sie versprochen war. Für den wollte sie in Frankfurt lernen, was eine Frau fürs Leben zu wissen hatte, doch fürchtete sie sich bei jedem Schritt nach draußen, entweder von einem Auto überfahren oder von dem kräftigen jungen Mann verschleppt zu werden, der wöchentlich die Eisblöcke ins Haus brachte. Der Grobian unterließ es nie, dem verschüchterten Mädchen so auf den Hintern zu schlagen, wie er es von seinen beiden Gäulen gewohnt war. Glücklich war Hanna nur, wenn sie von Frankfurt nach Beerfelden fuhr.

Hauptsächlich um Hanna zu demonstrieren, wie unabhängig und frei sie selbst war und welche Wertschätzung sie bei den Sternbergs genoss, hatte die Regentin auf Zeit ihrer rechtlosen Dienerin drei volle Tage freigegeben, um nach Beerfelden zur Hochzeit ihrer Cousine zu fahren. Das vom Glück überwältigte Geschöpf hatte stammelnd versprochen, mit dem Rezept ihrer Mutter für Apfelweinsuppe und einem Eimerchen Walderdbeeren rechtzeitig zurückzukehren, und war von ihrer Gönnerin mit dem Satz verabschiedet worden: »Hau schon ab, ehe ich's mir anders überlege, denn gedankt kriegt man ja sein gutes Herz sowieso nie.«

Als die zwei Autodroschken, die der rechtmäßige Herrscher des Hauses am Hauptbahnhof für sich und die Seinen, für die Kofferberge und die zwei großen Hutschachteln organisiert hatte, vor dem schmiedeeisernen Tor in der Rothschildallee 9 hielten, hatte Josepha gerade begonnen, die Balkonbepflanzung zu versorgen. Noch im Jahr darauf tat es ihr gut, sich die Szene zu vergegenwärtigen. Das Bild war sommerlich, friedlich und federleicht, eine nach Rosen duftende Idylle unter einem Himmel ohne Wolken.

Josepha, die Frau in der Sonntagsschürze und mit der geflochtenen Haarkrone, spürte einen Hauch von Jugend auf ihrer Haut. Sie ließ einen feinen Wasserstrahl auf die weißen, rosa und violetten Wicken regnen. Auf den zarten Blumenköpfen glitzerten die Tropfen in den Farben des Regenbogens. Alle Jahre wieder wurden in den grünen Balkonkästen Wicken gepflanzt. Der Hausherr wollte es so, Wicken waren seine Lieblingsblumen. Er allein kannte den Grund.

Auf einem mit kleinen gelben Kacheln bestückten Blumenhocker standen – in voller Blüte – Victorias geliebte Tränende Herzen. In verschnörkelten Blockbuchstaben hatte Otto »Königin Victoria« auf den braunen Tontopf geschrieben. Diese Hommage war Bruderpflicht gewesen, hatte doch der Unverbesserliche seiner unschuldigen kleinen Schwester weisgemacht, Tränende Herzen wären Wunderblumen mit besonderer Zauberkraft. Sie würden vor strengen Lehrern, schlechten Zensuren, Milchhäutchen auf dem Kakao, Tintenklecksen im Heft und auf weißen Schürzen, vor Spinat, Erbsen, Bohnensuppe und einem plötzlichen Tod in der Familie schützen.

»Und vergiss nicht«, hatte der schamlose Spitzbube geschworen, »dass auch dein Kanarienvogel zu unserer Familie gehört.«

Die gutmütige Josepha hatte vor der Abfahrt nach Baden-Baden mit erhobener Rechten versprechen müssen, die Tränenden Herzen zu hegen und zu pflegen und ihnen jeden Abend zu erzählen, dass Victoria sich einen sprechenden Frosch mit einer Prinzenkrone als Bettgenossen wünschte.

Der Kanarienvogel zirpte ein Danklied für das Apfelstück und ließ wissen, ein zweites würde ihm munden. »Du Vielfraß«, sagte die, die selbst Vögel verwöhnte.

Genau in dem Moment, da sie das zweite Apfelstück zwischen die Gitter vom Käfig klemmte, wurde ihr klar, wer da soeben den zwei Droschken entstiegen war und dass sie, Josepha Krause, in spätestens zehn Minuten Frau Betsy würde erklären müssen, weshalb sie Hanna eigenmächtig Urlaub gewährt hatte. Josepha stöhnte, als sie begriff, dass sie auf einen Schlag als Alleinherrscherin der Wohnung entthront war. Ihre Finger wurden winterklamm, ihre Beine schwankten. Sie selbst starrte so entsetzt in die Tiefe, als hätte sich soeben das Tor zur Hölle vor ihr aufgetan.

»Mein Gott«, murmelte Josepha.

Trotz des Schreckens, von dem sie den Eindruck hatte, er würde alles Blut aus ihrem Körper ziehen, registrierte sie jede Einzelheit. Der Hausherr, noch mit der weißen Mütze, die er zu den Baden-Badener Kurkonzerten getragen hatte, und Frau Betsy in ihrem langen grauen Reiserock

und mit der schwarz-weiß gestreiften, streng hochgeschlossenen Bluse standen nebeneinander und schauten nach oben. Obgleich die Familie nur elf Tage fort gewesen war, hatte Josepha Hemmungen, wie sie es sonst immer tat, wenn die Familie von einer Reise zurückkehrte, nach unten zu winken und »Willkommen daheim« zu rufen. Sie starrte auf die Zwillinge. Die beiden knufften einander wie in ihren Kindertagen und taten so, als würden sie boxen und treten, doch Josepha konnten sie nicht täuschen. Die Kinderkennerin durchschaute sofort, dass die Munterkeit ihrer geliebten Rabauken nur gespielt war. Clara war zu blass, Victorias Gesicht selbst aus der Entfernung feuerrot. Zweifellos hatte sie längere Zeit geweint.
»Alles wegen dem erschossenen Österreicher«, sagte Josepha die Hellsichtige zum Kanarienvogel. Obgleich sie in der Zeitung nie die aktuellen Nachrichten und erklärenden Berichte las, sondern immer nur das Neueste vom Kaiserhof in Berlin und aus den hessischen Adelshäusern, wusste sie besser in der Welt Bescheid als mancher Mann. Sie konnte Deutschlands Kolonien in Afrika aufzählen und wusste, dass der deutsche Reichskanzler von Bethmann-Hollweg hieß. Erwin, der sich von Kindheit an für das Geschehen auf den Weltmeeren interessierte, hatte ihr die Namen von vier deutschen Kriegsschiffen und einem englischen Schlachtschiff beigebracht.
Die beiden Droschkenfahrer holten die Koffer aus den Wagen, stapelten sie auf der Straße und griffen nach den vier größten. Sie ächzten laut, um klarzustellen, dass sie ein solches Gewicht nicht gewohnt wären, erreichten aber trotzdem mit nur wenigen Schritten das Hoftor. Otto sprang herbei und machte es auf, worauf die Kofferträger gleichzeitig »Hui« und »Hott!« riefen, als hätten sie es im-

mer noch mit Pferden zu tun. Einen Moment schauten sie sich enttäuscht um, weil ihr Witz nicht gezündet hatte; dann liefen sie weiter zur Haustür.

Ein plötzlicher Windstoß wehte einen grünen Sommerhut mit breitem Rand über die Straße und mitten in ein Rosenbeet auf dem Rasenstreifen, der die Rothschildallee in der Mitte trennte. »Los, Erwin«, rief sein Vater mit einer Stimme, die donnerlaut und ungewohnt unfreundlich war, »halt die Maulaffen nicht feil. Beweg' dich endlich und hol den Hut zurück.«

Jettchen, der der teure Hut so roh entrissen worden war, als wäre er ein wertloses Stück Papier, griff sich an den Kopf mit dem flatternden Haar und schrie erschrocken auf. »O Gott«, jammerte sie, »wenn das nicht ein böses Omen ist.« Erst als sie die Stimme hörte, wurde es Josepha klar, dass die Doyenne der Familie mit nach Frankfurt gekommen war und dass Hanna noch nicht, wie von Frau Betsy vor der Abfahrt befohlen, das Gästebett frisch bezogen hatte.

In den erstarrten Körper der tüchtigsten Köchin am Schnittpunkt zwischen dem Frankfurter Nordend und dem Stadtteil Bornheim kehrte das Leben so plötzlich zurück, wie es entflohen war. Josepha, vor zehn Minuten noch wohlig in einem daunenweichen Kissen aus Sommerträumen gebettet und dann von einer erbarmungslosen Schicksalshand wach gerüttelt, konnte mit einem Mal wieder denken und lenken. Vor allem konnte sie so reagieren, wie es sich für eine gehörte, deren Loblied von ihrer Herrin bei jedem Damenkränzchen in höchsten Tönen gesungen wurde. Die Wunderköchin befeuchtete die Lippen mit ihrer allerorten gepriesenen feinen Zunge; angestrengt überlegte sie, wie sie in der Zeit, die ihr verblieb, ein standesgemäßes Abendessen für sieben Personen auf den Tisch stellen sollte. Im Geiste inspizierte sie Speisekammer und Keller. Einen schrecklichen Augenblick, der zum Glück nicht länger währte als ein Wimpernschlag, geriet ihr Leben noch einmal aus dem Lot – mit schweißnasser Stirn grübelte sie, wie aus zwei Eiern und einem Rest Bordeaux eine schmackhafte Weincreme zum Dessert herzustellen wäre.

Für die Köchin Josepha Krause aus Bad Nauheim, ledig, pflichtbewusst und zuverlässig, hatte es bis dahin keinen Knoten gegeben, den sie nicht wie Alexander der Große mit kühnem Schwert zu zerschlagen wusste. Nun aber bedeckte sie ihr Gesicht mit den Händen – wie ein altes Klageweib, das nichts gelernt hat, als seinen Jammer in die Welt zu schreien. Dreißig Sekunden zu spät wurde sie sich gewahr, dass sie vergessen hatte, vor ihrem Reuebekenntnis die Gießkanne aus der Hand zu tun.

Die schöne grasgrüne Kanne, auf einer Seite mit dem Bild einer lachenden Sonne verziert, unmittelbar vor den Schulferien in dem Haushaltsgeschäft Lorey gekauft, das zum Beginn der Saison hübsches und preiswertes Gerät für Haus und Garten feilbot, stürzte hinab. Sie fiel wie ein in der Luft von Kugeln durchsiebter Raubvogel in die Tiefe und prallte mit Donnerknall erst gegen eine der beiden Betonsäulen am Hofeingang und dann auf das Straßenpflaster.

Erwin, Tante Jettchens grünen Hut wie eine Siegestrophäe schwenkend, brüllte: »Tor!« Theatralisch schlug er die Hacken zusammen, mit der Linken salutierte er. Noch mochte Erwin keine Gelegenheit auslassen, um der Welt vorzuführen, dass er zum forschen Jüngling herangereift war, der mit der Zeit ging und sich sogar für Fußball interessierte. In Wirklichkeit lagen die Dinge diametral umgekehrt. Jede Sportart erschien dem sensiblen Jungen grob, jede körperliche Berührung auf dem Spielfeld und in der Turnhalle zu intim.

Josepha senkte ihren Kopf. Sie seufzte beschämt ein leises »Ach«, und wie ein Kind, das ein zu hastig gesprochenes Wort in die Kehle zurückholen will, schlug sie sich auf den Mund. Frau Betsy, gleich stark verärgert über den Sturz ihrer neuen Gießkanne und Erwins alberner Reaktion auf eine häusliche Kalamität, beobachtete ihre Köchin mit Augen, die keine Milde und erst recht kein Mitleid erkennen ließen. Ihre Stimme war ungeduldig und schrill.

»Josepha«, rief sie nach oben, »schicken Sie uns doch endlich die Hanna herunter, damit sie den Männern mit den Koffern hilft. Muss ich denn alles einzeln anordnen?«

Plötzlich, als läge nicht schon Vorwurf genug in dieser harsch befehlenden Stimme, brüllte die Dame des Hauses so laut und erschreckend los, dass jedes einzelne Wort zu hören war – von der benachbarten Egenolffstraße bis zur zweihundert Meter entfernten Höhenstraße. »Mein Gott, Victoria, hör endlich auf zu plärren. Ich schwöre dir, wenn du noch einmal von den verdammten Pflaumen anfängst, kriegst du von mir die erste Backpfeife deines Lebens. Und dann wirst du wenigstens wissen, weshalb du heulst.«

»Besser, du lernst beizeiten, dass das Leben ungerecht ist, arme kleine Prinzessin«, sagte Otto. Seine Stimme tröpfelte Ironie in ihre verwundete Seele, und er lachte so grob, wie nur große Brüder lachen, wenn sie der kleinen Schwester den Wein der Erkenntnis einschenken. Als er Victoria hochhob und an seine Schulter drückte, waren seine Augen jedoch voller Mitleid. Zärtlich rieb er sein Kinn an ihrer Wange.

Victoria sprach nie von dem Tag, da Otto, der Riese, der für gewöhnlich einem vorwitzigen kleinen Mädchen nicht mehr Beachtung zukommen ließ als den Gänseblümchen auf den Frühlingswiesen, so zärtlich gewesen war wie ein Teddybär in mondloser Nacht. Mit jedem Atemzug zermalmte er ihren großen Kummer zu einem winzigen Staubkorn, und ihr ganzes Leben erinnerte sie sich an den Duft seiner Haut in jenem Glücksmoment, da er und sie die einzigen Menschen auf der Welt gewesen waren.

Selbstverständlich vergaß die mit dem guten Gedächtnis auch nie die Baden-Badener Schokoladenpflaumen im raschelnden Goldpapier, die ihr für den Tag der Abfahrt versprochen worden und durch den überstürzten Aufbruch ihrer Eltern aus dem gastlichen Badhotel zum Hirsch entgangen waren. Bis die Zeit ihr die Träume stahl und sie zu einer Wissenden machte, war Victoria überzeugt, es wäre nur deshalb zum Krieg gekommen, weil ein neidischer kleiner Teufel ihr die Schokoladenpflaumen aus Baden-Baden missgönnt hätte.

Die eigene Welt, das Haus mit seinen im Jahr davor frisch verputzten Mauern und den frisch gestärkten Stores in jedem Fenster, der Vorgarten mit den Teerosen, die im Jahr 1914 üppiger blühten als je zuvor, die Mauersegler, die noch lange nicht an Abschied dachten, ein Laubfrosch aus Zelluloid, der seit Frühlingsbeginn im Gebüsch logierte, hießen die Heimkehrer aus Baden-Baden willkommen. Über die Grünanlage, die die Allee teilte, spannten die Baumkronen ein Dach aus Schatten und Sommer. Ein weißer Mercedes mit blitzendem Chrom fuhr zügig von der Nibelungenallee heran. Der Fahrer hupte drei barfüßige Buben herrisch von der Straße und fuhr feindselig auf ihren roten Ball zu, doch die Jungen hielten den Män-

nerzorn für einen Scherz und zeigten ihm lachend eine lange Nase.
»Bravo«, spornte sie Erwin an und verbeugte sich, Tante Jettchens abenteuerdurstigen grünen Hut noch immer in der Hand.
Frau Betsy zwinkerte ihrem Mann zu, weil sie bisher doch als Einzige in der Familie wusste, dass er ein Auto bestellt hatte, doch Johann Isidor wandte sich ab, ehe seine Augen ihn verraten konnten. Wieder einmal wusste er mehr als seine Frau. Er hatte vor, mit dem Autohaus zu verhandeln, ob er den Kaufvertrag für den Adler rückgängig machen könnte, wenn es zum Krieg kommen sollte.
Vom Bürgersteig stiegen kleine Dampfwolken nach oben. Die Rothschildallee war der Hitze wegen nass gespritzt worden. Sie sah so sauber aus wie die Straßen auf den Ansichtskarten, die Johann Isidor im Laufe der Jahre sehr viel Geld eingebracht hatten. Vor dem kleinen Gemüseladen an der Ecke zur Martin-Luther-Straße war der Vorgarten eine frei zugängliche Grünfläche. Auf ihr standen helle Holzkisten mit Erdbeeren aus Kronberg. Auch die Frühkirschen von der Bergstraße, in kleinen Körbchen präsentiert, leuchteten rot. Victoria folgte dem Blick ihrer Mutter, doch statt der mundwässernden Erdbeeren sah sie nur den Spinat; sie schniefte so heftig, als würde er bereits gekocht vor ihr stehen. Mit verlorenen Eiern und einer dicken weißen Soße, die sie auch nicht gerne aß.
»Schön, dass Sie wieder da sind, gnädige Frau«, rief der Geschäftsinhaber, »ich hab Sie schon vermisst.« Er trug einen weißen Kittel, darüber eine grüne Schürze und eine graue Schirmmütze.
»Kann ich mir vorstellen, du Gauner«, murmelte Josepha

vom Balkon herunter, »wir sind schließlich deine besten Kunden.«

Um sich an des Sommers Fülle zu freuen, blieben noch sechzig Tage. Bis zur letzten Stunde dieser Schonfrist dufteten die Nelken nach Zimt und Vanille, die Männertreu blühte blau in den Gärten, und am Bahndamm flaggten die Mohnblumen. Die Mädchen wollten alle aussehen wie Henny Porten und einen Mann heiraten, der sie auf starken Händen in den siebten Himmel trug. Die Lerchen jubelten, als gäbe es weder Katzen noch garstige Buben mit Steinschleudern, die Sterne strahlten auch für die Alten.

»Im August«, erzählte Victoria ihrem Vater, »gibt es ganz viele Sternschnuppen. Wenn man eine sieht, darf man sich was wünschen, und dann bekommt man, was man sich gewünscht hat. Ich wünsch mir so viel. Schade, dass es nicht schon August ist. Die Zeit geht so langsam.«

»Das ändert sich«, wusste der Vater, »und zwar sehr schnell. Man soll sich nie die Zukunft herbeiwünschen.«

»Ich hab mir ja keine Zukunft gewünscht. Ich wünsche mir ein Pferd, das mit mir nach Amerika fliegt, wenn ich nicht in die Schule gehen will, und ich wünsche mir auch einen ganzen Berg von Schokoladenpflaumen in Goldpapier.«

Wurde die Zeit, die zum Leben in Frieden verblieb, auch zum Leben genutzt? Oder ließen die Menschen die Tage verstreichen, als wären die, die da kommen würden, nicht anders als die, die gewesen waren? Noch sprachen nur die mit den Heldenträumen und Soldatenherzen, die Ahnungsvollen und Ängstlichen vom Krieg, doch selbst sie waren sich einig, dass der deutsche Kaiser ein Mann des Friedens wäre und einer, der sein Wort hielte. Hatte er sei-

nem Volk nicht versprochen, er würde es herrlichen Zeiten entgegenführen?
In der Rothschildallee 9 blieben Alltag und Leben so überschaubar und geregelt wie in den vierzehn Jahren seit der Hauseinweihung. Im übrigen Nordend war es ebenso. Kinder wurden geboren und jammerten beim Zahnen. Sie lernten laufen, zogen wackelnde Holzdackel hinter sich her, gingen zur Schule und aus dem Haus. Aus hübschen jungen Mädchen im blauen Flügelkleid wurden Matronen mit Haarknoten und müden Augen. Frau Minchen Berghammer, die Studienratsgattin im dritten Stock und einst so fesch, dass sich die Leute auf der Straße nach ihr umgedreht hatten, tanzte nur noch selten; gelegentlich ging sie zu einer Wahrsagerin. Die prophezeite ihr seit drei Jahren das große Glück und verkaufte ihrer Kundin bei jedem Besuch eine neue Salbe gegen Rückenschmerzen und immer die gleiche Mixtur aus brasilianischen Heilkräutern und Johanniskraut gegen ihre Anfälle von Niedergeschlagenheit. Auf ihrem Balkon züchtete Frau Minchen Schnittlauch und Minze, und nach dem vierten Gläschen Eierlikör lachte sie so schelmisch wie früher, allerdings nur, wenn die Rede auf Männer kam, die für sich echte Glashütter Präzisionsuhren kauften und ihrer Frau zum Geburtstag einen neuen Krauthobel schenkten.
Zu Frau Betsys anhaltender Verärgerung waren die Fenster im Hausflur, trotz eines von ihrem Mann sorgsam abgefassten Rundschreibens an alle Mieter, oft nicht ordnungsgemäß verschlossen. Diesen »unangenehmen, verunreinigenden Zustand« nutzten die Tauben aus und im Parterre auch streunende Katzen. Das kleine, goldfarbene Schild »Betteln und Hausieren verboten«, eine Erinnerung an Johann Isidors Elternhaus in hübsch verschnörkelter

Schrift, wurde durch ein großes weißes mit schwarzen Blockbuchstaben ersetzt.
In den Wohnungen gab es bestimmt Gelächter, Tränen, Streit und Versöhnung, Witz und Aberwitz, doch zu hören war davon wenig. Die dicken Mauern waren so verschwiegen wie ein in Ehren ergrauter Hausdiener in adeligen Häusern. Im Winter hielt das steinerne Bollwerk die Kälte ab, im Sommer die Schwüle. »So ein Haus lebt«, sagte Madame Sternberg, wenn Besitzerstolz und Zufriedenheit ihren Gemütszustand bestimmten.
Doktor Feldmann vom Parterre, ausgerechnet ein Anwalt, der sich mit den Pflichten eines Mieters hätte auskennen müssen, musste zweimal von seiner Hauswirtin ermahnt werden, am Sonntag nicht in der Mittagszeit Klavier zu spielen und seiner Frau das Hängen von Wäsche auf den vorderen Balkon zu untersagen. Bei dem Versuch, gleichzeitig ein sperriges Stativ und einen massiven Schallplattenschrank aus Eiche in den dritten Stock zu befördern, beschädigte der junge Berghammer das Treppengeländer, doch sicherte sein Vater umgehend zu, für die fällige Reparatur aufzukommen.
Theo Berghammer, Ottos Freund und Beschützer, der ihn ins Leben eingeführt hatte und dem er immer noch von Herzen verbunden war, hatte sein eigenes Leben mit dem kräftigen Zugriff der Glückskinder gemeistert. Er war kein Volontär mehr, sondern ein mit einem Vertrag angestellter Lichtbildner in einem angesehenen Atelier am Rossmarkt. In seiner Mittagspause ging Theo im Großen Hirschgraben spazieren und, wenn er Zeit hatte, dort ins Goethehaus. Er verdiente monatlich mehr Geld, als der wohlhabende Gymnasiast Sternberg in einem halben Jahr in die Hand bekam, und er trug immer noch einen roten Schal,

um seine unkonventionelle Art zu betonen. Um seine Stiefmutter Minchen kümmerte er sich rührend. Allein sein Vater wusste nichts davon.
Marie, dem rothaarigen Dienstmädchen aus der Wohnung im zweiten Stock, wurde von Josepha im Auftrag von Frau Betsy energisch erklärt, sie möge es nicht im Hof zu ruhestörendem Verhalten und zum Austausch von Intimitäten kommen lassen. Ihr Bräutigam war Straßenbahnschaffner mit Schichtdienst; er hatte die unangenehme Angewohnheit, den Beginn seiner dienstfreien Zeit mit einer Fahrradklingel anzukündigen, woraufhin die Marie polternd die Treppen hinunterzusausen pflegte – wochentags trug sie meistens Holzschuhe, und zudem hörte sie nur auf einem Ohr.
In diesen brütenden Hundstagen machten sich die Bornheimer Spatzen mit besonderem Eifer an die Sauerkirschen im Hinterhof. Auf Frau Betsys Drohungen mit dem Besenstiel gaben sie keinen Pfifferling und verschandelten die Wäschebleiche. Überall lagen Kirschkerne und abgebrochene Zweige herum.
Wie alljährlich in den großen Ferien kochte Josepha die erste Marmelade – die Johannisbeeren und Stachelbeeren aus einem kleinen Anwesen in Seckbach, überbracht von einem Mann mit Karre und Klumpfuß, waren früh reif geworden und größer als sonst. Wenn Josepha in den Töpfen rührte und jener sättigende Duft von Süße und Sommer durch die Wohnung und den Hausflur zog, der jedes Frauenherz belebt, war sie beglückt, allerdings auch ein wenig verwundert über sich selbst. »Ich weiß nicht«, vertraute sie in der dampfenden Küche der Hüterin des Hauses an, »was dieses Jahr mit mir los ist. Ich will immerzu mehr und noch mehr Marmelade einmachen.

Ich zähle schon im Traum Gläser und putze Obst. Neulich habe ich sogar geträumt, dass es keinen Zucker mehr gibt.«
»Vielleicht weil mein Mann und Otto so oft vom Krieg reden«, mutmaßte Frau Betsy, »das muss ja abfärben.«
Sie hatte es ihrer fleißigen Köchin kein bisschen verargt, dass sie der heimwehkranken Hanna eigenmächtig drei Tage Urlaub gewährt hatte. »Hauptsache, Hannas Arbeit wird erledigt«, hatte die Chefin gutmütig gesagt, als sie von den Geschehnissen während ihres Baden-Badener Aufenthalts erfuhr. Josepha hatte es als wohltuend großzügig und sehr feinfühlig empfunden, dass ihre Chefin so rasch vom Thema ab- und auf die Zukunft gekommen war.
»Vielleicht«, hatte Frau Betsy vorgeschlagen, »sollten wir dieses Jahr mal mehr junge Zwiebeln kaufen als sonst, wenn unser Mann aus Oberrad vorbeikommt. Man kann sie in Essig einlegen, dann halten sie ewig. Frau Grünthal hat mich bei unserem letzten Kaffeenachmittag auf die Idee gebracht. Selbst in einem Haushalt mit Kindern sind Zwiebeln vielseitig zu gebrauchen. Wir sollten auch zusehen, dass uns die Frühkarotten nicht entgehen.«
»Und die Wachsbohnen auch nicht«, verstand Josepha. »Der Gemüsehändler Mayer in der Wiesenstraße hat gerade gestern gesagt, in einem Pfund Wachsbohnen steckt mehr Kraft als in einem Pfund Schweinefleisch.«
Drei Tage später berichtete Josepha, sie hätte von sieben mageren Kühen geträumt, und der biblische Joseph persönlich hätte sie daran erinnert, dass dieser Traum für sieben magere Jahre und den großen Hunger stehen würde. Auch war die Kassandra vom Kochherd nicht mehr von der Theorie abzubringen, dass Frauen ebenso früh wie Katzen oder Kanarienvögel drohendes Unheil wittern. Am

nächsten Tag bestellte sie beim Gemüsehändler mit den nahrhaften Wachsbohnen zwei Zentner Kartoffeln – außer der Reihe und zunächst auch ohne Wissen ihrer Arbeitgeberin.

Am 6. Juli erklärte Johann Isidor beim Frühstück seinem ältesten Sohn, was es für das Reich »und seine perfiden Feinde« bedeutete, dass Deutschland gegenüber Österreich-Ungarn seine uneingeschränkte Bündnistreue zugesichert hatte. Bei diesem Gespräch hatte der gerührte Vater den Eindruck, Otto hätte ihm nie zuvor mit solcher Aufmerksamkeit zugehört und auch noch nie so interessierte und kundige Fragen gestellt. Obwohl Otto nicht die geringste Ahnung von Bankgeschäften hatte, hatte er, genau wie die hohen Herrn in Berlin, den Ausdruck »Blankoscheck« gebraucht. Johann Isidor vergaß kein Wort der bemerkenswerten Unterhaltung. Zunächst erhellte das Gespräch die Gegenwart, es war wie eine brennende Fackel in einer Winternacht. Das Gefühl, seinem erstgeborenen Sohn, der ihm als Kind oft fremd, widerspenstig und verschlossen erschienen war, gerade in einer beunruhigenden Zeit so nahe zu sein, fand er beglückend. »Beglückend für einen deutschen Vater, der stolz darauf ist, ein Sohn seines deutschen Vaterlands zu sein«, erläuterte er nach dem Mittagsmokka seiner Gattin.

Frau Betsy, frappiert über die berauschte Wortwahl ihres Gatten, dämpfte seine Hochstimmung auf eine Art, die er am gleichen Abend unter Männern ein wenig angeekelt, aber doch wohlwollend belustigt als »typisch Frau« definierte. Spitzfindig hatte die Dame des Hauses nämlich gefragt, weshalb der Kaiser denn, wie in jedem Jahr, zu seiner Nordlandreise aufgebrochen wäre. »Wo wir doch so Knall auf Fall aus Baden-Baden abgereist sind!«

»Quod licet Jovi, non licet bovi, hättest du der guten Mama sagen müssen«, lächelte Otto, als er vom Fauxpas seiner Mutter erfuhr.

Die Gerüchte, es würde bei Bedarf ein Notabitur für Kriegsfreiwillige geben, waren auch zu ihm gedrungen, und der junge Patriot war fest entschlossen, im Kriegsfall umgehend zu den Fahnen zu eilen. Um klarzumachen, wie schwer ihm der Verzicht auf Bildung fiel, bemühte er lateinische Zitate. Die Zwillinge waren tief beeindruckt, sein Vater ein wenig verwirrt, aber stolz, dass der Enkelsohn eines oberhessischen Viehhändlers schon mit achtzehn Jahren zum angesehenen Kreis der klassisch Gebildeten gehörte.

Mit den letzten Erdbeeren und den ersten Sonnenblumen, mit Marschmusik, alten Geschichten und den Hoffnungen der Unschuldsengel tarnte sich die Zeit als Normalität, doch viele Menschen waren angespannt und unsicher. Zwar hatten sie rasch die Vokabeln aus dem Wörterbuch eines deutschen Helden gelernt, doch die wenigsten wussten, was Bündnispflicht, Nibelungentreue und Mobilmachung tatsächlich bedeuteten. Trotzdem wurden die Gespräche anders, der Ton gröber. Die Zeitungen reimten Sieg auf Krieg und bejubelten die großen Zeiten, die es jedem deutschen Mann möglich machten, seinem Vaterland mit Herz und Hand zu dienen. Die Jugend, die noch nicht alt genug war, gegen den Feind ins Feld zu rücken, machte ihrem Herzen zu Hause Luft. Clara erklärte sich für erwachsen und drohte, sie werde im Kriegsfall umgehend aufhören, sich mit der Sprache von Deutschlands Feinden abzugeben. Erwin las, obgleich dies im Lehrplan wahrlich nicht vorgesehen war, »Die Weber« von Gerhart Hauptmann; er nannte seinen Kaiser einen »Vollidioten«, weil der nach der Uraufführung zur Hetzjagd auf das Stück geblasen und die kaiserliche Loge im Deutschen Theater in Berlin gekündigt hatte. Erwins Vater schimpfte seinen Sohn einen »vaterlandslosen Gesellen«, der sich selbst »aus dem Kreis der Anständigen ausgeschlossen« hätte.

»Ausgerechnet jetzt«, seufzte Betsy – alle dachten, auch sie spreche vom Krieg.

Josepha beendete ihren langjährigen Zwist mit dem Milchmann in der Höhenstraße und schickte am gleichen Tag ihrem Cousin, einem Metzger in Friedberg, eine Ansichtskarte vom Frankfurter Palmengarten. Auf der stand geschrieben, sie würde ihn gern mal wiedersehen. »Man weiß nicht, wozu's gut ist«, sagte sie, doch das stimmte nicht. Josepha mit dem wachen Instinkt hatte sehr konkrete Vorstellungen von der Zukunft.

Selbst die scheue Hanna veränderte sich. Ihre Eltern hatten ihr aus dem Odenwald geschrieben, der Sohn vom Müller Merkental wäre letzten Sonntag bei ihnen vorstellig geworden und hätte gesagt, falls er zu den Soldaten müsse, wolle er Hanna vorher heiraten. Seitdem steckte Hanna ihre Haare hoch und ihre Brust heraus, sang beim Gemüseputzen »Der Kaiser ist ein lieber Mann« und schimpfte auf die Franzosen.

Beim Frühstück debattierten der Vater und sein ältester Sohn über Aufmarschpläne und einen schnellen Bewegungskrieg, von Not und Tod und dem Leid der Witwen sprachen sie nie. Frau Betsy, geboren ein Jahr nach der deutschen Reichsgründung, erklärte beim Einschenken des Morgenkaffees ihren Männern – ohne zu erröten, wie von ihnen verständnislos registriert wurde –, dass sie keine rechte Vorstellung hätte, wie es in einem Krieg zugehe. »Ich schon«, erwiderte das Familienoberhaupt. »Ich war

im letzten Krieg immerhin schon zehn und kann mich noch gut an vieles erinnern.«
»Ach, sag nur, dass es die Leute in deinem oberhessischen Kaff interessiert hat, ob sie einen Kaiser hatten oder nicht.«
»Ihr Frauen«, sagte Johann Isidor, »habt's gut. Seht immer nur das eigene kleine Stückchen Leben und nie das große Ganze.«
»Vielleicht besteht die Welt überhaupt nur deswegen noch.«
Die meisten Frauen dachten wie Betsy. Deutschlands Erb- und Erzfeinde, die Drohungen aus Berlin, die Stimmung bei den verbündeten Habsburgern und die Schlagkraft der deutschen Kriegsflotte gehörten in die Domäne der Männer. Sie unterlagen nicht dem weiblichen Verantwortungsbereich. Schon Abrahams Sara war für die Familie und das Heim zuständig, nicht für Kampf und Krieg. Trotzdem witterten die Frauen rechtzeitig, dass die Welt dabei war, sich zu verändern. Sie begriffen, dass in einem Vaterland, das sich mehr um Waffen als um das tägliche Brot sorgte, gerade das nicht sicher sein würde, geschweige denn die Ehemänner, Söhne, Brüder und Väter.
Betsy Sternberg dachte sich wunderschöne Märchen aus und malte zarte Bilder, ihre Wolkenkuckucksheime polsterte sie mit rosa Seidenkissen aus, doch als die Wirklichkeit sie einholte, war sie zur Stelle. An einem hitzeschweren Sonntag stand sie auf dem Balkon. Sie bewunderte Victorias üppig blühenden Tränenden Herzen, lauschte dem Vogelgesang und der Mundharmonika eines jungen Mannes, der sie an ihre Jugend und eine Linde in Pforzheim erinnerte. Als sie jedoch einen Moment die Augen schloss, sah sie den Winter auf kahlen Zweigen hocken. Später hörte sie den Hungerruf der Krähen.
Am nächsten Morgen sagte sie den Kaffeenachmittag bei

ihrer Freundin Margot ab. Stattdessen machte sie einen Besuch beim Kohlenhändler in der Arnsburger Straße. Madame erkundigte sich nach seinem Wohlbefinden, erzählte von Baden-Baden, machte klar, dass sie nur zufällig vorbeigekommen und dass ihr eingefallen wäre, sie könnte sich eigentlich im Herbst einen Gang sparen. Dann bestellte sie zwei Mal so viele Eierbriketts und Koks wie in den Vorjahren. »Sie sind«, sagte der Kohlenhändler, als er die Bestellung notierte, »die dritte Kundin, die heute zufällig bei mir vorbeikommt.«

Auch Johann Isidor war nicht müßig. Am gleichen Tag wurde er sich überraschend schnell mit dem Handelsmann Krauskopf einig, die Auslieferung des für August bestellten Adlers zu verschieben. »Bis sich die Verhältnisse ein wenig geklärt haben«, sagte der aus seinem Kaufvertrag entlassene Kunde entschuldigend. Es war die ungewohnte Situation, die ihn verlegen machte.

»Sie sind nicht der Erste«, sagte Herr Krauskopf, »der den Verhältnissen nicht traut, aber die Firma macht keinem Schwierigkeiten. Auch kann ich mir gut vorstellen, dass man die Autos zu militärischen Nutzen requirieren wird.«

»Vielleicht«, sagte Johann Isidor, »kann ich mich eines Tages bei Ihnen erkenntlich zeigen.«

Victoria sang: »Wenn die Soldaten durch die Stadt marschieren, öffnen die Mädchen die Fenster und die Türen.« Seit der Rückkehr aus Baden-Baden durfte sie allein auf den Spielplatz in der Günthersburgallee und in den Park, und täglich kehrte sie mit den Novitäten der Straße heim.

»Wo hast du denn das her?«

»Wenn im Felde blitzen Bomben und Granaten«, schmetterte die stolze Sängerin, »weinen die Mädchen um ihre Soldaten.«

»Das haben wir als Kinder auch gesungen«, sagte Josepha gerührt.

»Was ist ein Ultimatum?«, fragte Clara beim Mittagessen. Ihr Vater kniff die Augen zu, ihr Zwillingsbruder sagte rüde: »Ha!« und tippte sich an die Stirn, die Mutter empfahl: »Ich würde mich an deiner Stelle lieber darum kümmern, dass deine Schulbücher mit frischem Papier eingebunden werden, Fräulein Gerneklug. In deinem Schreibtisch sieht es aus wie in einem Rübenacker.«

Im Allgemeinen war es Betsys Prinzip, ihre Kinder nicht zu entmutigen und auf ihre Fragen ebenso einzugehen wie auf die von Erwachsenen. Seit einigen Tagen jedoch quälte sie ein Problem, das sie sehr viel mehr verstörte als die Vorstellung, es könnte zum Krieg kommen. Die Mutter von vier Kindern hatte vier Wochen vor ihrem zweiundvierzigsten Geburtstag den ernst zu nehmenden Verdacht, ihre morgendliche Übelkeit sei nicht auf einen gereizten Magen zurückzuführen. Sie war fassungslos und verzweifelt. Vor allem ohne Hoffnung, dass heiße Senfbäder, heißer Cognac und Stoßgebete, der Himmel möge ein Einsehen haben, sie vor einer neuen Schwangerschaft schützen würden.

Das Gespräch über Ultimaten und Claras Schulbücher fand am 25. Juli zwischen gerösteter Grießsuppe und Hackbraten statt. Ohne dass darüber gesprochen worden war, fielen die Mahlzeiten seit der Rückkehr aus Baden-Baden bescheidener aus denn zuvor. Nur Victoria monierte, dass es zum Nachtisch Kirschkompott ohne die übliche Vanillesauce gab. Der Hausherr war appetitlos und ungewöhnlich zerstreut. Statt auf den Teller legte er das benutzte Besteck auf das frisch gewaschene Tischtuch. Die Hausfrau zuckte zusammen.

Zwei Tage waren verstrichen, seitdem Österreich-Ungarn ein auf achtundvierzig Stunden befristetes Ultimatum an Serbien mit der Aufforderung gestellt hatte, alle serbisch-nationalen Aktivitäten sofort zu beenden und die Verantwortlichen des Attentats konsequent zu verfolgen. »Es kann nicht mehr so weitergehen«, sagte Johann Isidor; er schnäuzte sich in seine Serviette. Drei Tage zuvor hatte er Erwin für das gleiche Vergehen vom Tisch verbannt.

Keiner sprach. Die Zwillinge schauten erst einander und dann ihren Vater an. Sie zuckten die Achseln und traten sich gegenseitig unter dem Tisch. Otto träumte von der Kavallerie und stellte sich vor, auch er hätte als Kind reiten dürfen. Betsy, seit neunzehn Jahren gewöhnt, nicht an der Meinung ihres Mannes zu zweifeln, nahm sich vor, sich ausschließlich auf die Gegenwart zu konzentrieren. Das Gleiche empfahl sie Josepha. Dann setzte sie sich an den Damensekretär im Schlafzimmer, und ohne ihren Mann um Erlaubnis zu fragen, lud sie Tante Jettchen nach Frankfurt ein.

»So eine alte Frau kann doch nicht allein in Darmstadt herumsitzen, wenn es wirklich Krieg gibt«, erklärte sie Johann Isidor.

»Meine liebe Betsy, hältst du es denn für wahrscheinlich, dass der Krieg ausgerechnet in Darmstadt ausbricht?«

»Nein, aber nach allem, was man sich erzählt, beim Bäcker und beim Metzger. Und beim Kohlenhändler. Jeder redet vom Hamstern, und das kann unser Jettchen in ihrem Alter nicht mehr. Wir sind die Einzigen, die sie hat.«

»Du vergisst ihre entzückenden Töchter.«

Sonst aber hatte Betsy recht. Während Deutschlands Männer bei allen Heiligen und ihrer Ehre schworen, in der Stunde der Not dem Vaterland beizustehen, warteten die

Frauen den offiziellen Beginn der großen Zeit gar nicht erst ab. Sie kauften ihre Geldbörsen leer und nahmen, was sie bekommen konnten. In ihren Einkaufskörben starb die Mär vom hilflosen Weibchen, das ohne die Männer verloren ist.
Beim Metzger in der Burgstraße war die Gelbwurst vergriffen, in der Berger Straße die Fleischwurst, bei drei Kolonialwarenhändlern weißes Mehl und Kakao. Weckgläser, Wolle, Liebigs Brühwürfel und selbst die nicht so guten von Maggi waren ausverkauft. Höhnisch wieherten die Händler, verlangte eine Kundin eine Erbswurst. Betsy kaufte Stoff für fünf Kleider und für ebenso viele Röcke und Blusen, holte aus der eigenen Posamenterie Borten, Schnur und Quasten für die ganze Wohnung und deckte sich mit Abführmittel, Jod und Nabelbinden ein. Sie musste eine Droschke nehmen, um ihre Hamsterschätze aus der Stadt nach Hause zu befördern. Der Fahrer sah die Pakete und zwinkerte. »Meine Alte macht's auch so«, sagte er, und Betsy duldete seine Anzüglichkeit, als wäre sie alltäglich.
Tante Jettchen traf ohne Vorankündigung am Freitag, den 31. Juli ein. Weil Betsy geschrieben hatte »Du solltest Dich darauf einrichten, bei uns zu bleiben, bis sich die Lage wieder beruhigt hat«, kam Tantchen mit zwei Schrankkoffern, ihrer größten Hutschachtel und dem Graupapagei. Der hieß ausgerechnet Otto, denn er stammte noch aus der Zeit ihrer Ehe, und der selige Medizinalrat war, wie Johann Isidor, ein großer Verehrer von Bismarck gewesen. Mit durchdringender Stimme verordnete der Vogel mehrmals am Tag »Rotwein mit Ei« und hackte durch die Gitterstäbe, wann immer sie ins Zimmer kam, nach der kreischenden Hanna.

Die Kerzen in den Silberleuchtern von Betsys Großmutter fanden wenig Beachtung, obwohl der Hausherr sich mit den Worten zu Tisch setzte: »Wer weiß es, ob es nicht das letzte Mal ist, dass wir Schabbes im Frieden feiern können.«

Der Papagei unterhielt sich mit seinem blendend gelaunten Namensvetter.

Dem Frieden, der dreiundvierzig Jahre gewährt hatte, war da nur noch eine Lebenszeit von vierundzwanzig Stunden beschieden. Am nächsten Tag erklärte Kaiser Wilhelm II.: »Man drückt uns das Schwert in die Hand« und verkündete auf dem Balkon seines Berliner Stadtschlosses: »Ich kenne keine Parteien und auch keine Konfessionen mehr; wir sind heute alle deutsche Brüder und nur noch deutsche Brüder.«

Otto erfuhr vom Kriegsbeginn am Liebfrauenberg. Der Rausch des Glücks betäubte ihn. Er hetzte nach Hause, um die stolze Stunde mit den Seinen zu teilen. In der Berger Straße wehten Fahnen, in der Höhenstraße saßen Alt und Jung am offenen Fenster, die Ellbogen auf Kissen gestützt, die Gesichter rot und alle sicher, dass Gott ausschließlich Deutschlands Waffen segnete.

Als des Kaisers Balkonrede in Frankfurt publik wurde, hatte Johann Isidor Sternberg Tränen in den Augen. »Das ist der Tag«, sagte er, »auf den wir immer gewartet haben. Endlich ruft das Vaterland seine jüdischen Söhne. Nur noch Deutsche, hat er gesagt. Deutsche Brüder.«

5

Nur keine Tränen

Frankfurt, 19. August 1914

Der Regulator in der Diele war wie immer seiner Zeit voraus. Bereits um sieben Uhr und achtundzwanzig Minuten schlug er die halbe Stunde. Erwin fragte: »Warum schon jetzt?«, und Clara sagte: »Darum.« Otto schaute seine Geschwister an. Weil er nicht verstehen konnte, dass zwei Vierzehnjährige, die von jedermann als klug und wissbegierig befunden wurden, Tag für Tag den gleichen Unsinn plapperten, wollte er seinen Kopf schütteln. Das hatte er jeden Morgen getan, doch ihm fiel ein, dass es sich an einem für ihn so ernsten Tag nicht ziemte, sich noch an der Macht der Gewohnheit zu freuen. Der Gedanke machte ihn unruhig. Und traurig.

Otto starrte den kleinen weißen Milchkrug an. Der hatte rote Punkte und passte nicht zum Service; als kleiner Junge hatte er ihn »Bobbelche« genannt und behauptet, der Krug hätte die Windpocken. Nun hörte er – nach all den Jahren! – seinen Vater wieder »Der Junge hat zu viel Phantasie« monieren. Er hörte auch die Mutter den Hausherrn besänftigen. »Das wächst sich aus«, tröstete sie. Wenn ihr Gatte mit seiner Zeitung beschäftigt war oder sein Brötchen mit Butter bestrich, fuhr sie mit der Hand dem kleinen Otto durchs Haar. Er trug schon ein richtiges Burschenhemd und war damals noch das einzige Kind. Hätte

denn das Kännchen mit den Windpocken sonst auch auf dem Frühstückstisch gestanden?
Tante Jettchens Papagei, dessen Käfig im Wintergarten stand, von wo aus er laut seiner Besitzerin die Freuden des Familienlebens am besten überblicken konnte, ahmte den Schlag der Uhr nach. In Erinnerung an alte Zeiten und Tante Jettchens verstorbenen Mann, der seinen Patienten in jeder Leidensphase leichte Kost empfohlen hatte, versuchte sich der schlaue Vogel am Wort »Franzosenbrot«. Danach erzählte er zum dritten Mal im Abstand von zehn Minuten, dass er Otto hieße. Vom Balkon zwitscherte der Kanarienvogel Frohsinn.
»Alle Vögel sind schon da«, sang Victoria, »alle Vögel, alle.«
»Der Hahn, der am Morgen kräht, wird am Abend geschlachtet«, warnte sie Erwin.
»Es muss nicht jeder beim Frühstück so schlecht gelaunt sein wie du«, rügte die Mutter ihren zweitgeborenen Sohn.
Rote und rosa Gladiolen waren mit weißen Levkojen in der kobaltblauen chinesischen Bodenvase arrangiert, die das Esszimmer vom Salon trennte. Viele Frankfurter Gärtner boten in diesen ersten Kriegstagen sogar mehr Ware an als in Friedenszeiten. Der Bedarf an Blumen, hauptsächlich an kleinen Biedermeiersträußen oder an Angebinden aus Margeriten, Mohn und Kornblumen, war enorm. Die Blumen wurden entweder an der Haustür oder am Bahnhof den aus der Heimat scheidenden Soldaten in die Hand – und ans Herz! – gedrückt. Otto war froh, dass ihm dank Theos gutem Rat der Abschied mit Tränen und Blumen erspart bleiben würde.
Einen Moment erreichte ihn der schwere süße Duft der Levkojen, doch dann stellte er sich vor, er müsse sie malen, und er spürte, wie seine Hände feucht wurden. In der

Untertertia hatten die Schüler die Vase auf dem Lehrerpult abzeichnen müssen, und Otto hatte nicht gemerkt, dass der Krug einen Henkel und die Rosen Stacheln hatten. Mehreren Jungen in der Klasse war es ebenso ergangen, doch der Lehrer hatte Ottos Zeichenblock auf den Boden geworfen und gewütet, sein Vater solle das Schulgeld sparen und es an die Armen verteilen. »Man merkt gleich, dass du aus einem bilderfeindlichen Volk stammst«, hatte sich der Lehrer in Rage gebrüllt. Ottos Haut brannte, als wäre seitdem kein Tag vergangen. Ihm war es peinlich, dass er ausgerechnet an einem Morgen, an dem sein Herz Jubel trommelte, weil der Kaiser alle Deutschen zu Brüdern im Kampf gemacht hatte, in so kleinen, nachtragenden Dimensionen dachte.
Unmittelbar nach Kriegsausbruch hatte die Bäckersfrau die Weichen für die Zukunft gestellt und erklärt, Brötchen würden nun morgens nicht mehr ins Haus gebracht werden. Für gute Kunden war sie indes zu Ausnahmen bereit. Um nicht den Neid der Nachbarn zu wecken, schickte sie allerdings ihren Lehrburschen im Schutz der Morgendämmerung in den ersten Stock der Rothschildallee 9. Zur üblichen Bestellung waren zwei Eierweck für Tante Jettchen hinzugekommen. Da sich die Menschen einig waren, der Krieg würde allenfalls bis Weihnachten dauern, und auch weil Jettchen den Herbst in der Großstadt besonders liebte, hatte sie begeistert auf Betsys Vorschlag reagiert, vorerst nicht in ihre Wohnung nach Darmstadt zurückzukehren. Das Tantchen frühstückte gern im Bett, liebte es morgens süß und fand Eierweck leichter verdaulich als das Backwerk mit krosser Kruste, das ihr Hausmädchen immer vom Bäcker nach Hause gebracht hatte.
Die drei Brötchen, die das Zweitmädchen Hanna ge-

braucht hatte, damit es bei Kräften und Laune blieb, waren nicht abbestellt worden. Josepha reklamierte die unerwartet frei gewordene Ration für Paniermehl und Hackbraten und für die Obstaufläufe, die nun öfters auf den Tisch kamen. Hanna war tatsächlich, wie von ihr ja rechtzeitig angekündigt, am Tag der Mobilmachung nach Hause in den Odenwald gefahren. Ihre Eltern hatten – das berichtete sie auf einer Postkarte in fehlerfreier Rechtschreibung und mit vielen Unterstreichungen – so prompt die Vorbereitungen für eine Kriegstrauung mit dem Sohn des Müllers getroffen, dass Hanna nun Frau Merkental hieß. Als Verheiratete, ließ sie wissen, mochte sie nicht mehr in einer »dienenden Stellung« tätig sein. »Mein Gatte«, schloss die stolze Jungvermählte, »ist schon unterwegs an die Front und lässt Sie schön grüßen.«

Hinzugekommen zu der üblichen Bestellung beim Bäcker waren zwei Karlsbader Hörnchen. Sie wurden nicht auf den Frühstückstisch gebracht, sondern in der Speisekammer verwahrt, unter einer leeren braunen Mehltüte. Das sichere Versteck hatte Josepha gefunden. Da sie ein exzellentes Gedächtnis hatte, wusste sie noch, was bei der Herrin des Hauses der Appetit auf Karlsbader Hörnchen anzeigte. Nach denen, dick belegt mit Kümmelquark, hatte es sie auch verlangt, als sie mit den Zwillingen und mit Victoria guter Hoffnung gewesen war. Seitdem Frau Betsy vor genau einer Woche die Senfbäder und die heißen alkoholischen Getränke aufgegeben hatte, nahm sie sowohl ein zweites Frühstück als auch eine Stärkung zwischen dem Nachmittagskaffe und dem Abendessen ein.

»Das ist Ihre Pflicht«, hatte Josepha ihre Chefin ermutigt, als sich deren Essgewohnheiten zu verändern begannen. »Sie werden Ihre Nerven noch brauchen. Und hören Sie bloß auf mit dem verdammten Wermut. Der macht nur trübsinnig, und geholfen hat er noch keiner. Weder den Armen noch den Reichen. Das weiß ich von meiner Cousine in Friedberg, und die ist Hebamme.«

Es war Viertel vor acht. Betsy stand auf, rieb seufzend einen Fleck aus der Tischdecke, rückte die Bodenvase um einige Zentimeter zur Linken, seufzte noch einmal und setzte sich zurück an den Tisch. Otto atmete ein, tief und bewusst, als wäre er beim Arzt und hätte es auf den Bronchien. Ihm wurde bewusst, dass er auf eine Botschaft lauerte, doch hatte er nicht die geringste Ahnung, wie sie beschaffen sein sollte und ob er schon hellhörig genug war, sie zu vernehmen. Er hatte mal gelesen, es wäre der Duft der Dinge, der es dem Menschen ermöglicht, jederzeit an die Vergangenheit anzuknüpfen; selbst an die begrabene und entschwundene. Es war bestimmt klug und vor allem weitsichtig, überlegte Otto, sich rechtzeitig den Duft von Kindheit, Frieden und Heimat einzuverleiben.

»Otto hat kein Taschentuch«, meldete Victoria.

»Sieh lieber zu, dass du das Tischtuch nicht noch mal vollkleckerst, Fräulein Petze«, maßregelte sie die Mutter. »Als Kinder haben wir immer gesagt: Man liebt den Verrat, nicht den Verräter.«

»Das sagt man heute noch«, wusste Clara.

War es gut, wenn sich einer, der am Kreuzweg seines Lebens stand, auch die Stimmen der Seinen merkte, die Scherze und kleinen Bosheiten, die Blicke und die Gesten? Oder reichte die Nase, damit der Mensch nicht vergaß? Es roch nach dem scharf gebrannten Kaffee, auf dem der Hausherr bestand, nach warmer Milch und Schokolade, und besonders intensiv duftete es nach Josephas Zwetschenmus. Sie kochte es nicht, wie die meisten Hausfrauen, lediglich mit Zimt ein, sondern auch mit Nelkenpfeffer, Anis und einer Prise Muskat. Von Josephas Zwetschenmus ging bestimmt eine besondere Erinnerungskraft aus. Otto war sicher, er würde sich den Duft merken. »Muskat«, befahl er seinem Gedächtnis, »und vergiss auch nicht die Nelken.« Er erschrak, als er merkte, dass er angesetzt hatte, die Lippen zu bewegen.

Der Hausvater fehlte am ovalen Tisch mit der grün-weiß karierten Decke und den Maßliebchen im gelben Krug. Alle übersahen den leeren Stuhl. Jedes der Sternberg'schen Kinder hatte beizeiten gelernt, dass es sich beim Frühstück empfahl, nicht jede Frage zu stellen, die sich aufdrängte. Frau Betsy glättete mit zwei Fingern die Stirn; ihre Kinder schauten geübt zum Fenster hinaus. Knapp angedeutete Bewegungen signalisierten bei der Mutter Kopfschmerzen und den Wunsch, man möge ihr eine kleine Ruhepause gönnen.

Einen Moment lang war es so still im Esszimmer, dass jedes Geräusch von der Straße zu hören war: Pferdehufe auf dem Pflaster, ein scharfer Peitschenknall, ein zorniger Kutscher, ein Autohorn mit einem Klang wie ein Dampfer im Nebel, das schrille Klingeln von Fahrrädern, lauter Bubenjubel, ein herzzerreißend jammerndes Kind, das von einer zeternden Mutter als »dreckiger Saubalg« beschimpft wurde, Soldatenstiefel im Gleichschritt, ein noch unbekanntes Marschlied mit einer Melodie, die Clara in den Beinen juckte, und dann wieder ein Auto. Diesmal hupte es nicht; es war scheppernd gegen den Bordstein gefahren.

»Depp«, murmelte Erwin, »dämlicher.« Er wischte seinen Mund mit dem Handrücken sauber. Der Haarwirbel am Hinterkopf, der ihn nie so aussehen ließ, wie sein Vater wollte, dass er aussah, war an diesem Morgen besonders widerborstig. Er hatte sein lateinisches Übungsbuch auf dem Schoß und, wie er selbst am besten wusste, nichts von dem im Kopf, das nach der landläufigen Meinung von strengen Pädagogen und anstrengenden Vätern in das Hirn eines Obertertianers hineingehörte. Johann Isidors zweiter Sohn sah, auch dies typisch für Ort und Umstand, gehetzt, unglücklich und leicht verletzbar aus. Clara, bereits auf dem Weg zur vollen Blüte, war wie immer sorgsam frisiert und in ihrer cremefarbenen langärmeligen Bluse eine Spur zu fein angezogen. Sie wirkte, als wäre sie nur zufällig zu der Gesellschaft am Tisch gestoßen. Den weltfernen Flair und die Gewohnheit, in jeder Lebenslage ein Lächeln anzudeuten, hatte sie von Victorias französischer Mademoiselle übernommen. Die war während des Baden-Badener Aufenthalts der Sternbergs mit Madame Betsys neuem gelben Seidenrock von Frankfurt in die Bretagne gereist und hatte nichts mehr von sich hören lassen.

Für den Erstgeborenen der Familie war die morgendliche Routine, die ihm zum letzten Mal den Schutz des Vertrauten bot, von zeitlich beschränkter Dauer. Von seinem alten Leben blieben ihm nur noch dreißig Minuten. Künftig würde Otto Wilhelm Samuel Sternberg, achtzehn Jahre alt, noch nicht in der Lage, für seinen Unterhalt aufzukommen, bisher optimal geborgen im Schoß der Familie und verzärtelt von einer Tradition, die die Söhne so lange wie möglich mit den Ketten der Liebe ans Elternhaus schmiedet, den Imponderabilien des Lebens ausgeliefert sein. Nur war aus den Imponderabilien des Lebens die Wirklichkeit des Kriegs geworden. Der, den dies betraf, unterdrückte einen Seufzer. Zunächst war die Wehmut, die er spürte, nur ungewohnt und irritierend, zum Ende der Mahlzeit jedoch bedrückte sie ihn so sehr, dass ihn schwindelte. Es wurde ihm auch ein wenig übel. England, Frankreich, Italien, Russland skandierte der künftige Held in seine Kaffeetasse. Wozu hatte er jahrelang die Sprache der Feinde lernen müssen, weshalb nicht beizeiten erfahren, wie ein Knabe zum Manne wird, wie er kämpft und siegt und den Tod nicht fürchtet?

»Jeder Schuss ein Russ, jeder Stoß ein Franzos«, zitierte Victoria. Schon immer hatte sie Gedanken lesen können.

»Vickylein, wo hast du das schon wieder her?«

»Von Fräulein Bender, unserer Turnlehrerin. Ich kann noch viel mehr. Soll ich weitermachen?«

»Nein«, sagte Frau Betsy. »So was gehört sich nicht beim Frühstück.«

Otto, den der Vater beneidete, weil das Vaterland ihn brauchte, der Stolz des Hauses Sternberg, auf dem die Hoffnungen seiner Eltern und der gesamten Verwandtschaft ruhten, war kein Achilles, keine deutsche Eiche. Er war immer körperlich anfällig gewesen, und auch jetzt noch war er kleiner und schmächtiger als Gleichaltrige. Seine Hände waren schlank und zierlich, die Finger geschickt wie die einer Frau; er konnte Knoten entwirren, Zöpfe flechten, Zierschleifen binden und Victorias Puppen anziehen. Die Füße steckten in Schuhen Größe vierzig, die Waden waren mädchenhaft schlank, die Schultern noch die eines Knaben. Im Turnunterricht kam Otto das Seil nicht hoch und nicht über den Bock, im angespannten Nervenzustand neigte er zu Magenschmerzen. Auch an seinem Schicksalstag quälten sie ihn. Otto setzte sich kerzengerade hin, um den Druck zu lindern. Er verschränkte seine Finger ineinander, eine alte Gewohnheit, wenn er sich beruhigen wollte. Die Knöchel leuchteten weiß. Ob auch die Mutter sein Herz pochen hörte?

»Warum darf Papa immer ohne Frühstück aus dem Haus und ich nie?«, quengelte Victoria.
»Er musste ganz schnell weg«, sagte die Mutter, »jetzt iss endlich dein Brötchen. Oder willst du als Letzte in der Schule ankommen, und alle lachen dich aus?«
Otto fiel auf, dass die Augen seiner Mutter gerötet waren, doch nicht die allein machten ihn stutzig, sondern ihre Stimme. Diese war ungeduldig wie sonst nie und klang wie die einer Puppe mit eingebautem Sprechwerk. Bei Otto kamen die ersten Zweifel auf. Liefen die Dinge wirklich so, wie er sie geplant hatte, oder war alle Rücksicht, seine ganze raffinierte Strategie, die Lüge aus Liebe, seine Vorsicht und Rücksicht nur eine unzulängliche Tarnung, vergebliche Mühe? Wusste seine Mutter doch Bescheid? Sie hatte sich nie täuschen lassen. Sie fühlte, was zu wissen war. Wie ein erbärmlicher Spieler kam Otto sich vor, wie einer, der sein letztes Geld auf die falsche Karte gesetzt hat.
Verärgert säbelte er sein Brötchen auf. Er schaute es an wie ein Richter, der zu lange auf eine Erklärung hat warten müssen, den Angeklagten. Die Zähne aufeinandergepresst, legte Otto die Brötchenhälften auf den Teller, jedes Teil im gleichen Abstand zum Messer. Nur nicht hochsehen, nicht diese Mutter mit dem Instinkt eines Spürhundes anschauen, nicht ihren Argwohn erwecken, vor allem nicht das eigene Gesicht freigeben. Stück um Stück rekapitulierte Otto die vergangenen zwölf Stunden.
Stammelnd und purpurrot im Gesicht hatte er am Abend zuvor seinen Vater gebeten, er möge am nächsten Tag früh aus dem Haus gehen. Eine wichtige Besprechung sollte er vorschützen, Geschäftsunterlagen, Korrespondenz mitnehmen, einfach so tun, als wäre der 19. August ein Tag wie jeder andere. Keinen Abschied sollte es geben, keine

großen Worte, bloß nicht der Mutter Bescheid sagen. »Das«, hatte Otto dem Vater erklärt und versucht, erwachsen auszusehen, »machen die anderen auch so.«
»Das hast du immer gesagt, mein Sohn. Die anderen haben auch ein Mangelhaft in der Lateinarbeit. Weißt du noch? Die anderen haben die Mathematikaufgabe auch nicht verstanden, und alle dürfen sie bis elf Uhr abends ausgehen und allein im Café herumsitzen.«
»Ich werde es ja nie wieder sagen«, hatte Otto den Vater erinnert, und beide hatten sie gelacht, laut wie Straßenbuben und ölig wie Bierkutscher. An diesem letzten Abend hatten sie wie Männer gelacht, wie Kameraden. Ran ans Gewehr! Aufs Pferd, aufs Pferd. Sie hatten sich mit Augen angeschaut, die fröhlich waren und ohne die übliche Sanftheit und Melancholie. Ausgerechnet an diesem letzten Abend war ihnen eine Ahnung von der Liebe zwischen Vater und Sohn gekommen, die das Leben ihnen vorenthalten hatte.
Alle machten es so, die zu Helden erkoren waren. Keine Umarmungen, kein letztes Wort, keine Muttertränen, nicht die Sentimentalität und die Süßlichkeit der Romantiker und kleinen Leute. Keine Küsse im Torbogen, kein Lebewohl am Bahnsteig. Das alles war nichts für einen Abiturienten mit Bildung und Würde. Ihm reichte ein Händedruck unter Männern. »Ich rede mir einfach ein, dass ich in eine fremde Stadt zum Studieren gehe«, hatte Lutz Finkelstein gesagt – er war auch nicht größer als Otto, doch der Beste in Latein und Griechisch und nun der mit dem besten Abitur. Kinderarzt wollte er werden, wie der Vater, aber vorher ein Goliath aus Frankfurt, dem man im Lateinunterricht beigebracht hatte, dass es süß und ehrenvoll sei, für das Vaterland zu sterben.

Auch für Otto galt seit zehn Tagen das Zauberwort »Einrücken«. Ein Militärarzt, der seinem Kaiser frappierend ähnlich sah und der gleich seinem Herrn einen verkrüppelten linken Arm hatte, hatte den körperlichen Zustand des Kriegsfreiwilligen Sternberg als einwandfrei, ihn selbst als militärtauglich und sofort verwendungsfähig befunden. Und dieser künftige Held, der sich geschworen hatte, bis zum letzten Lebenstage des Kaisers Rock mit Stolz und in Tapferkeit zu tragen, erlebte in der letzten Stunde seines Daseins als Zivilist eine Beklemmung, die ihn frösteln machte. Die Unsicherheit beschämte ihn. In einem furchtbaren Moment der Selbsterkenntnis beneidete er den Vater, dem sein Alter und seine abgenutzten Gelenke die uralte Männerfurcht ersparten, er könnte versagen und weniger stark und nicht so tapfer sein wie die anderen an seiner Seite.

Otto rieb seine Hände aneinander. Im August, an einem heißen Sommermorgen, waren seine Finger winterklamm. War er nicht immer der Erste gewesen, der im Herbst mit Handschuhen und langen Wollstrümpfen in die Schule gekommen war? »Unser Bubi, das jüdische Mamakind. Lasst ihm doch seine Mütze. Sonst fallen ihm die Öhrchen ab. Lauf, Bubi, lauf. Die Kinder Israels sind immer gelaufen.« Das war die Stimme von Petersen. Petersen war stets nur mit Ach und Krach versetzt worden, aber aller Liebling – auch der Lehrer.

Zusammen mit Petersen war für Otto aus dem Grauen längst verdrängter Ängste die alte Kinderhoffnung aufgetaucht, unter den Tisch zu kriechen und dort auf Zwerggengröße zu schrumpfen. Eine Tarnkappe hatte er sich überstülpen und für immer aus dem Leben derer verschwinden wollen, die von einem wehrlosen Jungen Antworten forderten, die er nicht zu geben vermochte. Und doch war an diesem Tag der Tage die Angst von nur kurzer Dauer. Otto hob den Kopf, dem Recken Siegfried gleich, der strahlend und tapfer und unbesiegbar gewesen war. Auch der junge Ritter Sternberg vertraute der Zukunft, und wie einst Siegfried war auch er ohne Argwohn.

Mit einem einzigen Schlag köpfte der designierte Verteidiger des Vaterlands sein Ei. Ein großes, braunes, Gesundheit verheißendes Ei in einem silbernen Becher mit einem Löffel aus Horn, damit der Geschmack nicht leide. Siegfrieds Vetter im Geiste, gerüstet, um in den Kampf um die deutsche Ehre zu ziehen, fragte sich nicht, weshalb er als Einziger an einem gewöhnlichen Wochentag ein Sonntagsei bekommen hatte. Er drückte seine Brust hinaus, machte seine Schultern so breit wie die von Atlas, der sich die Weltkugel aufgeladen hatte, und lächelte. Mochte er auch seine Henkersmahlzeit zu sich nehmen, er war nicht einer, der die Zügel lockerte. Das Schicksal hatte ihn einbestellt, um den Himmel zu stürmen. »Wir sind alle deutsche Brüder«, hatte der Kaiser in Berlin gesagt, der seit dem 1. August weder Parteien noch Konfessionen kannte.

Des Kaisers Rekrut legte den Löffel auf das Tischtuch. Er wippte leicht mit dem Stuhl. Wer wagte noch, ihm das zu verbieten? Niemand mehr wies Zappelphilipp in Scham und Schande vom Tisch. Keiner befahl ihm, das Messer nicht in die Butterdose zu stecken, den Marmeladenlöffel nicht abzulecken und nach dem Essen die Serviette ordentlich zusammenzufalten. »Willst du nicht aufstehen, Otto, wenn wir beten?« Die Blicke dessen, der am falschen Ort und zur falschen Zeit geträumt und es versäumt hatte, für Gott vom Stuhl zu springen, wanderten vom Parkett zum Stuck an der Decke. Er sah sich um – lange und

gründlich und so, als müsse er Meldung machen, wie es bis zum Krieg, der schon der Große war, im Heim einer braven deutschen Familie zugegangen war.
Otto, gestern noch ein Knabe mit Tintenfingern und ohne Verantwortung für das eigene Leben, nun ein Mann zwischen Aufbruch und Neubeginn, spähte in alle Ecken und Nischen, er schaute unter Tische und hinter Gardinen; sein Hirn registrierte akribisch und machte Meldung an seine Seele. Die Fülle des Gesehenen erdrückte ihn, scheinbar soeben erst Aufgetauchtes machte ihn benommen. Wie ein staunendes Kind rieb er die Augen, machte den Mund auf wie ein Tor, der nichts begreift, und zum Schluss konnte er sich nicht entscheiden, ob er träumte oder ob er schon Odysseus geworden war, der erst nach zwanzig Jahren in die Heimat zu Weib und Sohn und Hund zurückkehren würde.
Noch war dieser Held ein deutscher Sohn, dem der Vater mit dem grauen Haar an den Schläfen die Kraft der Jugend neidete. Das Vaterland hatte ja nur für den Sohn Verwendung. Ihm gab es die Waffen, die Deutschlands Feinde das Fürchten lehren sollten. Otto – nicht sein erfolgreicher, selbstbewusster, allwissender Vater – war es, der aus dem Krieg mit Offizierssternen und Tapferkeitsorden heimkehren würde. Zu einer Mutter mit Tränen in den Augen und einem Vater, der endlich begriffen hatte, welche Kraft und Ausdauer in seinem Erstgeboren steckten. Und Josepha, die seinen jüngeren Bruder Erwin verwöhnt hatte, als sei er ihr eigener Sohn und der Prinz von Arkadien in einer Person, würde keinen außer den heimgekehrten Helden an ihren Napfkuchen mit den in Rum getränkten Rosinen lassen. »Finger weg, Erwin, der Kuchen ist nur für meinen Bub.«

Als Otto die Bilanz eines Lebens erstellte, das in sechzig Minuten nur noch Erinnerung sein würde, brannte seine Haut, sein Kopf loderte. Unter dem Tischtuch legte er die Hände an die Hosennaht. Er schlug die Hacken zusammen und riss die Augen so weit auf, dass sie in ihren Höhlen schmerzten; er entdeckte Möbelstücke und Bilder, die ihm fremd waren, und dann nahm er Düfte wahr, die seine Nase nicht einzuordnen vermochte. Otto, aus der Kindheit in Ehren entlassen, befeuchtete seine Lippen. Er schmeckte eine Süße, die all seine Sinne berauschte. Oder war es etwa doch die trügerische Süße, die jedem Abschied innewohnt? Gerade vor ihr hatte ihn sein Freund Theo gewarnt. Hatte Ottos sensibler Lebensbegleiter, der sich nie in die Irre führen ließ und von den Worten der Schwadronierenden schon gar nicht, mehr gewusst, als er sagen wollte? Weshalb war nicht mehr Zeit geblieben, um die letzte Frage zu stellen?

Seit wann hatte der Diwan mit den Löwenfüßen einen blauen Überzug? War der mit Bauernblumen bemalte Hocker in der Tür zum Wintergarten schon immer da gewesen, woher kam die rosafarbene Gießkanne, und wann war das kleine rot angestrichene Windrad wieder aufgetaucht? Der große, gütige, immer geduldige Bruder hatte es in der Urzeit unbeschwerter Kindertage für die kleine Schwester mit den roten Masernflecken gebastelt. »Weine nicht, Victoria, mein Windrad verjagt jeden Schmerz. Du musst es nur anpusten.«

Beklommen fragte sich der ratlose Jüngling, der dabei war, in eine Welt zu stürmen, in der es allein nach Schwefeldampf und dem Männerschweiß der Tapferen riechen würde, ob es allen in seiner Lage so erging. Hieß Abschiednehmen Vater, Mutter, Bruder und Schwestern verlassen, um neu geboren zu werden? Der Krieg ist der Vater aller Dinge, aller Dinge König. »Sternberg, für morgen schreibst du den schönen Satz von Heraklit hundertmal ab. Das wird dich lehren, in der Geschichtsstunde nicht zum Fenster hinauszuglotzen.« In seinem ganzen Leben würde Otto Sternberg keinen Satz mehr hundertmal schreiben. Von wegen Arbeit und Schülerpflicht und den Rücken beugen vor der Lehrerobrigkeit. Er war kein Schüler mehr: Er war nur noch bereit, in einer einzigen Schule zu lernen, in der Schule der Nation.

»Otto, wo bist du mit deinen Gedanken?«, fragte die Mutter. Sie fragte, obwohl sie Bescheid wusste. Ein Blick in das Zimmer des Sohns, ein Blick auf das Gesicht ihres Mannes, ehe er aus dem Haus geeilt war, als wären alle Furien hinter ihm her, hatten ihr gereicht.

»Wo soll ich denn sein?«, fragte der scheinheilige Sohn. Es war gut, lobte sich der, der sich für klug und umsichtig und schon für einen Helden hielt, dass er in der Nacht seinen Tornister gepackt und unter dem Bett versteckt hatte.

»Willst du nicht dein Brötchen essen, Otto?«

Auf dem Deckel vom senfgelben Honigtopf breitete eine gläserne Biene ihre braunen Flügel aus. Hatte Victoria nicht erst gestern mit Erdbeermund verkündet, die Biene hieße Maja und gehöre zum Hofstaat von Königin Helene VIII.? Das putzige Fräulein Sternberg mit Sternen in den Augen, der Liebling aller alten Tanten und der gütigen Onkel mit goldener Uhrkette und glänzendem Schnurrbart, war soeben sechs Jahre alt geworden. Das schöne Buch von Waldemar Bonsels, ein Geburtstagsgeschenk von Tante Jettchen, die immer auf dem Laufenden war mit der Literatur für die Jüngsten, weil sie selbst so gerne Kinderbücher las, war gerade erst erschienen. Sogar Otto, schon damals immens beschäftigt, um schneller erwachsen zu werden als andere Jungen, hatte seiner kleinen Schwester ein Kapitel vorgelesen.

»Wie hieß die Giftspinne?«, fragte er, denn er hatte nicht achtgegeben und war den Fangarmen der Vergangenheit nicht rechtzeitig entkommen.

»Thekla«, sagte Victoria. Sie schmatzte und grinste und wunderte sich kein bisschen, dass ihr großer Bruder, der schon Zigaretten rauchte und sich beim Mittagessen selbst aus der Gemüseschüssel bedienen durfte und nie Spinat zu essen brauchte, beim Frühstück von Maja sprach. Prinzessin Victoria war vergnügt wie sonst nie, war sie doch die Einzige am Tisch, die ihrem klugen, erwachsenen Bruder auf seine Frage hatte antworten können.

Das hübsche Honigfässchen aus Pforzheim, das einst auch Betsy und deren Geschwister entzückt hatte, wurde meistens erst Mitte September aus dem Geschirrschrank geholt. Da wurde das neue jüdische Jahr mit Apfel und Honig und dem Wunsch willkommen geheißen, es möge ein süßes werden. Einen Moment, der indes nicht lange genug währte, um ihn anhaltend zu beunruhigen, überlegte Otto, ob das vorzeitige Auftauchen der gläsernen Biene etwa ein Omen wäre, ein Hinweis des Schicksals auf den Umstand, dass der Rekrut Otto Sternberg dieses Jahr nicht mit seiner Familie Rosch Haschanah feiern würde. Er schüttelte den Kopf. Energisch hielt er sich vor, dass Aberglauben kein passender Wegbegleiter für einen deutschen Mann wäre. »Nein«, sagte er. Er sprach so leise, dass ihn niemand hörte, aber sein Herz klopfte trotzdem Alarm.

Der kleine Orangenbaum auf dem Fensterbrett im Wintergarten hatte sieben pralle, in der Morgensonne glänzende Früchte. Flankiert war er von zwei üppig blühenden roten Begonien. Auf dem Blumenhocker mit den Delfter Kacheln flaggte der Zimmerhafer blaue Zuversicht. Selbst die Pflanze mit dem garstigen Namen Warzenkaktus blühte – violett und selbstbewusst, wohl beschützt von einem Gartenzwerg mit roter Zipfelmütze und grüner Schürze. Der gutmütige Erwin hatte den Wichtelmann in den Topf geschmuggelt, um die schluchzende kleine Schwester zu trösten. Wegen ihrer Liederlichkeit war sie wie ein ganz gewöhnliches Gassenkind getadelt worden.

Die Fenster vom Wohnzimmer standen offen. Die frisch gewaschenen Tüllgardinen bauschten sich wie Segel. Im letztmöglichen Moment entkamen zwei Stubenfliegen der wogenden Welle aus Reinlichkeit und Kartoffelstärke. Zitronenduft wehte zum Tisch mit den gelben Milchbechern aus Limoges herüber. Auf dem englischen Trommeltisch mit den zierlichen Metallbeschlägen, die das Kind Otto, Kommandeur aller Zinnsoldaten von Flensburg bis zum Bodensee, einmal abgeschraubt hatte, weil er Brücken für seine Kavallerie brauchte, stand ein bunt bemalter Glaskrug mit Kornblumen. »Kornblumen«, hatte Jettchen noch am Vortag gesagt und Preußens Geschichte total durcheinandergebracht, »sind die Lieblingsblumen unserer verehrten Königin Luise.«

Otto lächelte, als er sich erinnerte, dass niemand das Tantchen verbessert und keiner gelacht hatte. Selbst Clara, die ewige Besserwisserin, hatte nach drei strengen Belehrungen begriffen, dass alte Menschen einen verbrieften Anspruch darauf haben, von der Keckheit der zungenflinken Jungen verschont zu bleiben. Auf Johann Isidors Stuhl, auf dem kein anderer Platz nehmen durfte, saß ein schwarzes Plüschkaninchen mit einer roten Schleife um den Hals.

Otto kniff die Augen zu. Hatte er etwa gestöhnt? Er wagte kaum zu atmen, damit seine Gedanken nicht weiter aus ihrer Umlaufbahn gerieten. Erst vor Kurzem hatte er eine sehr eindrucksvolle Abhandlung über das den Mann gefährdende Wesen der Sentimentalität gelesen. Trotzdem trieb er sich an, die Bilder zu sammeln, die ihn in der Fremde an sein Elternhaus und an seine Heimatstadt erinnern würden.

Josepha, den Bauch ein wenig vorgestreckt, stand wie jeden Morgen an der Tür, in der Hand die lindgrüne Kaffeekanne mit dem springenden Hirsch. Otto, der unmittelbar vor den Sommerferien einen Hausaufsatz über Gottfried Keller hatte schreiben müssen, fiel die Gedichtzeile »Trink, o Auge, was die Wimper hält« ein. Er spürte einen Schmerz, der seinen Körper mit einer scharfen Axt zu spalten schien. Noch war er nicht alt genug, um zu wissen, dass es Melancholie war, die ihn beutelte. Die Augen sprühten Zorn. Er war Begegnungen mit der Literatur nicht gewöhnt, fühlte sich schutzlos und veralbert.

»Otto, wenn du nicht endlich deine Milch trinkst«, sagte seine Mutter, »bildet sich Haut, und du lässt wieder alles stehen. Das kann man sich im Krieg nicht mehr leisten.« Wieder die morgendliche Mahnstimme, als wäre das Leben im Lot. Diesmal war es Betsys Stirn, die brannte.

»Leisten«, krächzte Tante Jettchens Papagei.

»Deine Milch hat ja schon eine Gänsehaut«, meldete Victoria. Weil sie alles sah, was den anderen entging, und also mit Otto ein Geheimnis teilte, kicherte sie in ihren Becher. Damit ihr Kleid und die hellblaue Schürze bis zum Schulbeginn fleckenlos blieben, musste sie, genau wie in ihren frühesten Kindertagen, beim Frühstück die große weiße Damastserviette um den Hals binden. Das Tuch machte ihr Gesicht kleiner und spitzer, als es ohnehin war. Die Augen wirkten groß, dunkel und traurig.

Es waren die Augen seiner kleinen Schwester, die sich in Ottos Gedächtnis brannten. Noch wusste er nicht, dass sich die Erinnerung an Victorias Augen nicht mehr würde löschen lassen. Es bekümmerte ihn, dass er sich ausgerechnet in der letzten Stunde, die ihm mit der Familie blieb, Vorwürfe machte. Hatte er sich nicht zu selten mit Victoria beschäftigt? Kannte er sie überhaupt? Sie war so ganz anders, so sehr viel liebenswerter als die Zwillinge. Erwin und Clara ließen ohnehin keinen Dritten in ihr Leben. Sie waren sich von Anfang selbst genug gewesen, Babys in doppelter Ausführung. Vier Augen, zwanzig Finger und jeder Zahn ein Jubelschrei von Mama. Und von Josepha! Noch als Dreijährige hatten sie das Wörtchen »ich« nicht begriffen. »Wir müssen aufs Klo«, hatte Erwin gemeldet, und Clara: »Der Otto hat uns gehauen« gebrüllt, sobald der große Bruder nur einen von ihnen berührte. Ach, wie süß, die Kleinen! Einfach zum Fressen. Und du, du bist doch der große Bruder, ein richtiger kleiner Mann. Du musst ein Kavalier sein und die Kleinen mit deinen Sachen spielen lassen.

Otto schüttelte sich. Noch nach vierzehn Jahren schüttelte er sich und fühlte sich um das Kinderglück betrogen, von den Eltern geliebt, von den Erwachsenen beachtet zu werden. Er schaute die Zwillinge an, die nie erfahren würden, dass ihnen der Bruder noch in der Abschiedsstunde das Glück ihrer Doppelgeburt neidete. Kein Mensch ahnte, wie oft Otto an Kain gedacht und sich die Courage und die Entschlusskraft des biblischen Brudermörders gewünscht hatte. Trugen auch die das Kainsmal auf der Stirn, die den Dolch nicht aus der Scheide geholt hatten?

Otto starrte auf den weißen Store mit dem Spitzenrand. So stellte er sich ein Leichentuch vor, weiß und ohne Anfang und ohne Ende. War das die Ewigkeit? Oder das Nichts. Schade, dass keine Zeit mehr blieb, um mit Theo über Empfindungen zu sprechen, die einen Mann meuchelten, ehe er den ersten Schuss abgab. Der Albtraum hatte so harmlos, so alltäglich und friedlich begonnen – mit dem Plüschkaninchen und Victorias kohlschwarzen Augen.
Otto setzte an, ihr zu bestätigen, dass er tatsächlich Kaffee trank wie ein Mann und nicht Milch wie ein kleiner Bub, doch er unterdrückte energisch den Hauch von brüderlicher Verschwörung. In den letzten Minuten, die ihm blieben, um seine Kindheit hinter sich zu lassen, würden Scherze mit der kleinen Schwester weder ihm noch ihr guttun.
»Sieh zu, dass du dem ganzen kleinbürgerlichen Abschiedsritus entgehst«, hatte Theo am Vortag gesagt. Sie hatten, abends um halb zehn, von Glühwürmchen in die Irre geführt, auf einer Bank in der Günthersburgallee gesessen und die letzten Fragen der Menschen geklärt. Theo der Weltmann hatte es leicht, das Leben aus distanzierter Perspektive zu betrachten. Er war vorerst wegen eines Lungenleidens in der Kindheit vom Militär zurückgestellt worden, und zudem, so hatte er ausgekundschaftet, sollten Fotografen demnächst zu Sonderaufgaben berufen werden.
»Mütter«, hatte Theo für den Freund analysiert, »kann man leicht hinters Licht führen und ihnen unnötige Sorgen ersparen. Wenn man sich nur ein bisschen zusammennimmt, kann man diesen ganzen Schlamassel von ihnen fernhalten. Mütter glauben ja nur, was sie glauben wollen. Das ist schon immer so gewesen. Denk nur an die Mutter

unseres verehrten Kaisers. Die hat den Knaben mit dem lädierten Arm einfach auf einen Gaul setzen lassen und tatsächlich geglaubt, dass aus dem kümmerlichen Buben ein Kaiser wird.«

Was konnte Theo von Müttern wissen? Sechs Jahre alt war er gewesen, als die seine starb. Von der Angst, den Vorahnungen, der Ohnmacht und der Kraft einer Mutter hatte er nie etwas erfahren. In der Nacht, in der sich Otto auf den Abschied vorbereitet hatte, war der Mutter Betsy Sternberg kein Geräusch in seinem Zimmer entgangen. Jeden Seufzer ihres Sohnes hatte sie gehört. Ihr Herz hatte sich wund geschrien, doch ihr Hirn hatte wie immer funktioniert und ihr den Schmerz und die Tränen verwehrt. Nicht mit mir, mein Junge. Mich führt keines meiner Kinder hinters Licht Und dein Vater konnte mir noch nie etwas vormachen.

Otto saß am Frühstückstisch, als die Mutter in sein Zimmer schlich. Brot, Wurst, Käse, hart gekochte Eier und den gesamten Vorrat von Josephas Rührkuchen packte sie in den grauen Tornister, in dem sie einst mit Tinte in ihrer klaren Schrift den Namen des Sextaners Otto Wilhelm Sternberg geschrieben hatte. In einem weißen Kuvert steckten Sicherheitsnadeln, Hosenknöpfe und ein kurzer Brief, geschrieben auf dem cremefarbenen Büttenpapier mit Johann Isidors Initialen. Otto möge gut auf sich achtgeben, hatte die Mutter gefleht und das Wort »gut« zweimal unterstrichen. Er solle sich erst zur Front melden, wenn er sich in der Gegend auskenne, abends nicht zu gurgeln vergessen und beizeiten seine Socken stopfen lassen, denn »wenn die Löcher zu groß werden, sind die Strümpfe nicht mehr zu retten.

Meine Gedanken«, schloss Betsy, »werden Tag und Nacht

bei Dir sein, mein Sohn. Ich habe Dir deinen Thallith* und die Tefillin** eingepackt. Dein seliger Großvater hätte es so gewollt. Er hat immer gesagt, ohne Thallith und Tefillin geht ein Jude nicht auf eine große Reise. Wer weiß, hatte er immer gesagt, wo man Gott trifft.«
Sehr wohl hatte Frau Betsy beim Frühstück bemerkt, dass ihr Ältester statt seiner üblichen, mit drei Löffeln Zucker gesüßten Morgenmilch schwarzen Kaffee trank. Auch zweifelte sie keinen Augenblick, weshalb er sein Brötchen nicht anrührte. Sie sah, dass Otto, dieses große Kind mit den erschrockenen Augen, extrem blass war; aus jedem seiner Atemzüge hörte sie das, was er ihr verschweigen wollte. Wie hätte ihr entgehen sollen, dass die Stunde der Trennung, vor der sie sich seit Tagen fürchtete, gekommen war? Otto saß in seiner derben Jacke und den hellgrauen Knickerbockern am Tisch. Hätte ihn die Mutter fragen sollen, ob er an diesem 19. August Rad fahren oder wandern wolle, ob er mit Mitschülern verabredet sei? Vielleicht zum jährlichen Ausflug nach Königstein? Oder auf den Fuchstanz zum Picknick? Es gab keine Fragen mehr zu stellen, es gab nichts mehr zu sagen.
Auf dem Garderobentisch in der Diele lag die braune Schildmütze, die Betsy im Frühjahr eingemottet hatte. Und zwischen Ottos Strümpfen und Unterhemden, ganz unten im Tornister, war ein gelbes Reclamheft. Auf den Umschlag hatte Erwins frevelnde Bubenhand vor Urzeiten Goethe auf einem Nachttopf sitzend gemalt, eine Kindertrompete in der Hand und einen Tiroler Hut auf dem Kopf. Es

---

* Gebetsschal
** Gebetsriemen

hatte ein mächtiges Donnerwetter vom Vater und einen gewaltigen Bruderzwist gegeben. Auch das Reclamheft hatte Frau Betsy gefunden, denn, wie jede Frau, die sich um ihr Kind sorgt, hielt sie Neugierde für Mutterpflicht.

»Nimm den Faust mit«, hatte Theo geraten, »mit dem Faust in der Tasche hast du ausgesorgt. Da bist du für jede Lebenslage gerüstet. Das habe ich in den vergangenen Tagen immer wieder von den Leuten zu hören bekommen, die ins Feld gezogen sind. Selbst von denen«, grinste er, »die gar nicht lesen können.«

»Ach Theo. Ich kann mir das Leben eines Soldaten noch nicht vorstellen, nur eines weiß ich ganz bestimmt: Ich werde mein ganzes Leben nicht mehr den Faust lesen.«

»Grau, teurer Freund, ist alle Theorie.«

Schon erkannte Otto das Zitat nicht mehr. Goethe war ihm so fern wie Karl der Große und der Satz des Pythagoras. Ihn, den Mann von achtzehn Jahren, würde keiner mehr knechten. Die Schule schon gar nicht. Seit dem 8. August des herrlichen Jahres 1914 ging der junge Sternberg, vor den Sommerferien noch Unterprimaner am Kaiser-Friedrichs-Gymnasium zu Frankfurt am Main und von keinem einzigen Lehrer mit einer günstigen Zukunftsprognose bedacht, nicht mehr zur Schule. In Ehren und mit den guten Wünschen des gesamten Lehrerkollegiums war er verabschiedet worden. Otto Sternberg, dessen Stolz, Mut und Lerneifer schon am ersten Schultag zermalmt worden waren, weil er noch nicht still zu stehen gelernt hatte, war von der Unter- in die Oberprima versetzt worden. Danach hatte er mit Glanz den schriftlichen Teil des Notabiturs bestanden, nur einen Tag später den mündlichen. Der Kriegsfreiwillige Sternberg staunte immer noch. Wenn er in den Spiegel schaute und den Helden erblickte, der nun dem Ruf des Vaterlands folgen durfte, konnte er sein Glück kaum fassen. Welch ein Zauber war von dem Wort Kriegsfreiwilliger ausgegangen, wie freundlich waren die Lehrer gewesen, wie leicht die Fragen. Keine Antwort war der Prüfling schuldig geblieben. Auf einen Schlag war er von allen Leiden der Jugend befreit worden. Für immer. Einen Kämpfer um Deutschlands Ehre quälte ein deutscher Lehrer nicht mit Tacitus und Homer oder mit unregelmäßigen französischen Verben. Was brauchte ein Mann der Waffen noch mathematische Formeln, weshalb sollte er über Schiller Auskunft geben oder über die Beschaffenheit des Bodens in der Mark Brandenburg?

Schon begannen sich die Erinnerungen an die Schulzeit zu vergolden. Der Schulausflug nach Wilhelmsbad war großartig gewesen – im April und im Schnee und mit einem Schluck Wacholder aus der Flasche in der Hosentasche. Prost, Herr Direktor! Heute besaufen sich Ihre Primaner. Bis zur Halskrause und zurück. Waren sie nicht alle doch ganz liebenswert gewesen, die Herrn Oberstudienräte und der Direx, die bärtigen Doctores und die stotternden Zwerge, die mit Humor und am Ende auch die ohne? Sie hatten doch alle ihr Bestes gegeben; sie waren tatsächlich überzeugt gewesen, dass Schüler in der Schule für das Leben lernten.

»Ich leg mich noch ein paar Minuten hin«, sagte die Hausfrau, »ich weiß nicht, was das ist, ich werde heute einfach nicht wach.« Sie gähnte geräuschvoll, um die Lüge zu tarnen. Die Zwillinge standen auf und tuschelten, die Köpfe so dicht beieinander, als wären sie zusammengewachsen. Victoria riss die Serviette vom Hals. Sie schaute der Mutter nach und Otto an. Einen Wimpernschlag lang war sie kein Kind mehr. Dann rannte sie los.

Josepha trug das übrig gebliebene Brötchen in die Küche. Tante Jettchen kam in dem Moment in die Diele, da Otto die Mütze aufsetzte. Auch sie war eine Mutter. Auch sie vermochte mit dem Herzen zu sehen. Sie klopfte dem scheidenden Krieger auf die Schulter. Den Kopf gesenkt, ging sie in den Wintergarten. Dort übte sie mit dem Papagei »Otto will Franzosenbrot« zu sagen.

Als er am schmiedeeisernen Tor seines Vaterhauses stand, schaute der künftige Kämpfer nach oben. Er hatte gehofft, Theo noch einmal zu sehen, doch es war Josepha, die am geschlossenen Wohnzimmerfenster stand. Sie hatte die Tüllgardine zur Seite gezogen. Otto legte seine Hand an die Mütze. Frau Loth, die zur Salzsäure erstarrt war, weil sie nach hinten geschaut hatte, fiel ihm ein; er lief schneller, als er vorgehabt hatte.

Obwohl er zum Ostbahnhof einbestellt war, ging er aus schierer Gewohnheit die Burgstraße hinunter. In dem Moment, da er seinen Irrtum bemerkte, sah er Victoria. Sie war nicht, wie ihr jeden Tag aufs Neue streng befohlen, auf dem direkten Weg zur Schule gegangen. Sie stand auf einem Bein vor dem Eckhaus in der Martin-Luther-Straße, die Arme weit ausgebreitet, das Gesicht feuerrot, die rosa Haarschleife verrutscht. Der Schulranzen lag auf einer Hecke. Der kleine Schwamm von der Schiefertafel hing heraus. Zunächst dachte Otto, seine Schwester würde ihre üblichen Faxen machen, um ein wenig Spaß aus dem Schulweg herauszuholen, doch dann sah er, wie sie mit der Spitze ihrer neuen Schuhe einen Stein vor sich herschob. Victoria, die immer Ungehorsame, war nicht allein. Mit dem blonden Mariechen, der gleichaltrigen Tochter vom Ofensetzer Schmidt aus der Höhenstraße, spielte sie Himmel und Hölle. Die Mädchen hatten mit gelber Kreide einen ungewöhnlichen Hickelkreis auf das Pflaster gemalt – der Himmel war hellblau schraffiert, in der Hölle war die Sonne schwarz, die Sterne waren blutrot. Victoria kickte den Stein zu kräftig. Entgegen der Spielregel flog er hoch, landete aber trotzdem im Kreis. »Gewonnen«, behauptete die schlaue Kombattantin. Sie warf ihren linken Schuh nach dem Feind. »Jeder Stoß ein Franzos«, jubelte sie.

»Jeder Tritt ein Brit«, brüllte das Mariechen.

Die Kinder schnallten ihren Ranzen um und fassten sich an den Händen. »Jeder Schuss ein Russ«, sangen sie, als sie in die Schule tanzten.

So kam es, dass der junge Held, der soeben sein Elternhaus mit einem Felsbrocken auf der Brust verlassen hatte, frohen Gemütes, leichten Herzens und beschwingten Schrittes in den Großen Krieg zog.

6
Tränende Herzen
Frankfurt, September–November 1914

Am ersten Sonntag im Herbst überflogen große Schwalbenschwärme das Haus in der Rothschildallee 9. Am nächsten Tag sagte Frau Minchen Berghammer zu Josepha, die das grandiose Schauspiel der fliegenden schwarzen Wolken verpasst hatte, früher Vogelflug bedeute einen strengen Winter. Sie müsse sich schleunigst nach Kartoffeln umsehen. Josepha dachte an den gut gefüllten Sternberg'schen Keller und erwiderte mit einem Lächeln, das Frau Minchen nicht deuten konnte: »Dem fleißigen Hamster schadet der Winter nicht.«

Hessens Störche hatten kein Vertrauen in die linden Lüfte des deutschen Altweibersommers; sie reisten frühzeitig nach Afrika ab. Drei Prachtvögel wurden im Frankfurter Nordend gesichtet. Die Mauersegler waren schon fort, und in Victorias Klasse sangen die Kinder nicht mehr »Alle Vögel sind schon da«, sondern »Kein schöner Land in dieser Zeit als hier das unsre weit und breit«. In den Vorgärten blühten die Astern purpurrot und violett, Dahlien prunkten mit schweren Köpfen, an den Zäunen standen üppige Sonnenblumen. Im Ostpark wurden die Brombeeren reif, die niemand gepflanzt hatte, und in den Seckbacher Gärten die liebevoll umhegten Zwetschen und Quitten. Die Kinder wurden mit dem Bembel in die Wirtschaft geschickt. Der erste »Süße« war schon da; es hieß, die Gastwirte würden ihn und später den Ebbelwein zum gleichen Preis abgeben wie im Frieden.

Noch fielen nur einzelne Blätter zu Boden, noch stimmte der Herbst nicht melancholisch. Er war, genau wie im Frieden, die Jahreszeit der stillen Genießer. Clara musste gleich zu Beginn des neuen Schuljahrs Friedrich Hebbels Gedicht »Dies ist ein Herbsttag, wie ich keinen sah!« lernen. Sie kam zeternd nach Hause. Weil sie ihrer Deutschlehrerin ein getrübtes Verhältnis zur Wirklichkeit und mangelnde Kriegsbegeisterung unterstellte, geriet sie beim Mittagessen in Streit mit ihrer Mutter und hatte auch noch den Schneid zu sagen: »Du wirst immer empfindlicher.«

Auf dem Balkon im ersten Stock blühten nur noch ein paar von den Wicken, die die Sehnsucht des Hausherrn nach den Bauerngärten seiner Kindheit stillten. Victorias Tränende Herzen in dem von Otto bemalten Tontopf waren weder von Sturm noch Frost bedroht. Nachts schützte ein Tuch aus grüner Gaze die Zauberblumen vor jedem Windhauch, bei Tag Josephas Fürsorge sie vor dem Austrocknen. Gedüngt wurden sie mit Kaffeesatz und geheimnisvollen Segenssprüchen aus einem Zauberbuch, das der Tante gehörte und von dem die Mutter nicht wissen durfte, dass Jettchen Victoria daraus vorlas. An besonnten Tagen standen nun immer zwei Käfige auf dem Balkon. Graupapagei Otto und der zutrauliche Kanarienvogel kamen so gut miteinander aus wie die Zwillinge.

An den Wochentagen zeugten allein die vielen Zeitungen vom Krieg und von deutscher Opferbereitschaft. Betsy verteilte die Druckerzeugnisse auf die beiden Couchtische und klagte, dass sie die Unordnung störe; wer mit dem Hausherrn ins Gespräch kommen wollte, fand ihn fast immer hinter einer aufgeschlagenen Zeitung. Zum Sonntag aber sprach seine Frau ein Machtwort. Resolut schaffte sie alle Berichte von Heldenmut und Siegerfortüne ins Herrenzimmer und hielt Johann Isidor vor, dass selbst Gott bei der Erschaffung der Welt einen Ruhetag gebraucht hatte.

Bei den Sternbergs duftete es am Sonntagnachmittag nach Harmonie und Frieden, nach Bohnenkaffee und frischem Gebäck. Die Zuckerstücke lagen in der silbernen Dose der Pforzheimer Großmutter, daneben die versilberte Zuckerzange, das Hochzeitsgeschenk einer unvermögenden Cousine. Auf dem roten Teewagen im Esszimmer standen die Sammeltassen mit dem Efeudekor und dem breiten Goldrand sowie die dreistufige silberne Etagere mit Barockfüßen. Allerdings war das Prachtstück nicht mehr mit Petitfours und Schokoladeneclairs von einem der besten Frankfurter Konditoren bestückt, aber immerhin mit wohl gelungenen Nusshörnchen und kleinen, runden Apfelbroten. Die waren mit Zimt, Rosinen und einem Schuss Rum gebacken, was der sparsame Hausherr nicht wissen durfte, und mit einer Glasur aus Puderzucker und Kakaopulver überzogen.

Zwar stand selbst in den Zeitschriften für die feine Dame geschrieben, es wäre gar nicht gesund, jeden Sonntag Kuchen zu essen, und die Frauen und Kinder sollten, wenn sie Verzicht leisteten, es gern tun und dabei an die Soldaten an der Front denken, die dies ja auch tun müssten. Doch gerade weil sie an einen Soldaten dachte, knetete Josepha jeden Samstag ihren Teig und ließ die Rosinen in Rum und Rosenwasser quellen. Durch keinen Hinweis auf den Krieg war die widerspenstige Herrin des Herdes von dem Gedanken abzubringen, Kanonier Otto Sternberg könnte unerwartet Urlaub von der Front bekommen und plötzlich vor der Tür stehen, und es wäre ein Sonntag und kein Kuchen im Haus.

»Soldaten stehen nicht plötzlich vor der Tür«, hatte der Hausherr am Morgen ihr zum wiederholten Mal gepredigt, ungeduldiger als sonst und entsprechend gereizt. »Schon gar nicht zum jetzigen Zeitpunkt. Die Welt erwartet von uns Deutschen, dass wir unsere Pflicht tun.«

»Man kann nie wissen«, hatte seine Frau ihrer Köchin beigepflichtet, »schließlich haben wir ja ewig nichts mehr von Otto gehört. Das könnte ja doch auf ein paar Tage Urlaub deuten. Ich mach mich jedenfalls immer auf Überraschungen gefasst.«

Morgens um acht konnte die Optimistin noch nicht ahnen, dass der dritte Sonntag im September tatsächlich ein Tag der Überraschungen werden würde – und der Tag der Wahrheit. Die zog nicht mit Pauken und Trompeten in die Arena. Sie schlich auf leisen Sohlen an die Kaffeetafel, war zugleich ein sadistisches Gespenst und ein äußerst unwillkommener Gast, verwirrte alle Beteiligten, machte sie erst verlegen, dann stumm. Sowohl der Herr des Hauses als auch seine düpierte Gattin konnten wochenlang nicht fassen, dass ein Gespräch von fünf Minuten eine so gewaltige Lawine ins Rollen gebracht hatte. Noch als Großmutter hörte Betsy ihr Herz klopfen. Jeder Blick und jede Geste blieben ihr gegenwärtig, vor allem die Seufzer, die sie verschluckt hatte, und erst recht die Worte, die sie nicht hatte zurückhalten können. Wie eine Närrin war sie sich vorgekommen, wie eine täppische alte Frau, die nicht mehr auf sich achtet, sich überall lächerlich macht und die ihren eigenen Kindern peinlich wird. Wenn ihr Gedächtnis kein Erbarmen mit ihr hatte und sie zwang, den Weg zurück-

zugehen, hörte Betsy auch Johann Isidor reden. Dann flehte sie wie damals zum Himmel, er möge auf der Stelle klug werden und schweigen, doch er war nicht klug geworden, und er hatte nicht geschwiegen.
Es war ein Tag der Gegensätze – die Idylle auf der Allee, die liebenswürdigen Pastellfarben, der Vogelflug, ein schwankender Erntewagen, hoch beladen mit Zuckerrüben, alles ein heiteres Zwischenspiel vor der Schlüsselszene. Die beiden Hauptdarsteller saßen schon auf der Bühne: ein seit neunzehn Jahren verheiratetes Paar, das seiner Lebtag noch nicht über Gefühle und Ängste geredet hatte und dem nun aufgegeben war, genau dies zu tun.
Wenn Betsy an dieses Gespräch dachte, war es ihr, als hielte sie eine Fotografie in Händen. Johann Isidors Gesicht mit den markanten Zügen und dem klaren Blick hatte sich auf einen Schlag verzerrt. Aus dem naiven Staunen eines Mannes, der vom ersten Tag der Ehe in seiner fest gemauerten Welt von Pflicht und Bewährung gelebt hatte, war im Bruchteil einer Sekunde eine ungläubige, für eine Frau besonders kränkende Verblüffung geworden.
»Das kannst du doch nicht im Ernst meinen, meine liebe Fritzi«, hatte Johann Isidor gesagt und war nach der Namensverwechslung sofort verstummt. Der Kaffee war in die Untertasse geschwappt. Seine Hand zitterte noch, als er sie hinstellte.
Betsy hatte ihren Mann noch nie so derangiert und hilflos erlebt. Wie ein Ritter ohne Rüstung kam er ihr vor, wie ein Reiter, dem der Fuß aus dem Steigbügel gerutscht ist. Johann Isidor, immer beherrscht und nie um eine Antwort verlegen, war von seinem Denkmal gestürzt. Mit halb geöffnetem Mund saß er da, und statt seine Frau anzuschauen, knetete er seine Hände ineinander wie ein mittel-

loser Bräutigam, der nicht wagt, von einem reichen Vater die Tochter zu erbitten – eine entsetzliche Mischung aus erschrockenem Kind und altem Mann.
Es gab auch nicht den Hauch eines Zweifels, dass dieser unsanft gestürzte Held genau wusste, dass die Mutter seiner vier Kinder dabei war, einen todbringenden Pfeil aus ihrem Köcher zu ziehen. Die Gelegenheit, den Ehemann der Untreue zu überführen, ließ sich keine Frau entgehen, weder die armen noch die reichen, nicht die klugen und nicht die dummen.
Im alles entscheidenden Augenblick kam Betsy jedoch die trotzige Klugheit zu Hilfe, die es seit Anbeginn der Menschheit den Frauen möglich macht, mit dem Wissen zu leben, dass Männer fehlbar sind und ihre Fleischeslust größer ist als ihr moralisches Empfinden. Mit einem Gefühl von Triumph, das sie zugleich belebte und stark machte, begriff Betsy, dass sie ihren Johann Isidor, diesen vorbildlichen Ehemann und treu sorgenden Familienvater, nie nach einer Person namens Fritzi fragen würde.
Durch ihr Schweigen blieben die Dinge im Lot. Das Ehepaar Sternberg konnte noch miteinander reden, ohne dass er bleich wurde und sie errötete. Im Verlauf der Jahre hatten sie sich angewöhnt, sonntags die Gespräche zu führen, die sich weder für Kinderohren noch für die des Personals eigneten.
»Jettchen ist nicht in ihrem Zimmer«, beruhigte Betsy ihren Mann. »Du musst dich also nicht so ängstlich umschauen. Sie meint nicht alles ernst, was sie sagt. Im Übrigen hätte ich sie längst gerufen, um mir hier aus der Patsche zu helfen. Im Gegensatz zu deiner Frau kann dein Tantchen nämlich hervorragend stricken.«
Obwohl sie in ihrer Jugend zwei Handarbeitslehrerinnen

und die eigene Großmutter von ihrer mangelnden Begabung für das Manuelle überzeugt hatte, war Betsy damit beschäftigt, Maschen für einen grauen Schal anzuschlagen. Zwar war jeder gute Deutsche überzeugt, der Krieg wäre Weihnachten schon zu Ende, doch die meisten von Betsys Freundinnen und auch deren Töchter im Backfischalter strickten eifrig Winterkleidung, und ausnahmslos alle ließen sie die Nadeln für des Kaisers brave Soldaten klappern. Betsy, die für keines ihrer Babys auch nur ein einfaches Jäckchen zustande gebracht hatte, wärmte der Gedanke sehr, ihr Sohn würde im Winter durch einen Schal aus teurer Angorawolle und Bergen von Mutterliebe vor allen Kalamitäten des Krieges geschützt sein.

»Er wird aussehen wie ein Kaninchen«, befand Johann Isidor, »ein jüdisches Kaninchen mit einer jiddischen Mamme. Soweit ich weiß, eignet sich Angorawolle nur für Kinderpullover und als Bettjacken für alte Damen.«

Sein Gesicht verdüsterte sich, als er nach der Zigarettendose griff. Kosmopolitisch klingende Markennamen waren umgehend nach Kriegsausbruch durch deutsche ersetzt worden. Johann Isidor erschien das einer selbstbewussten Nation unwürdig. Zigarettenfirmen zeigten sich besonders vaterlandstreu. Die »Manoli« und die »Gabáty« wurden als Erste umbenannt, aus »Gibson Girl« wurde »Wimpel«. »Chic« war französisch, die Deutschen sollten »flott« sagen. Aus dem englischen »Dandy« wurde ein deutscher »Dalli«.

Die Zigarettendose auf dem Rauchtisch trug einen gelben Aufkleber, der anzeigte, dass Johann Isidors Lieblingsmarke »Duke of York« nun »Graf Yorck von Wartenburg« hieß. Der Hausherr bediente sich kopfschüttelnd. »Auch bei unseren Feinden«, dozierte der stets gut Informierte und hielt seine Zigarette hoch, »kämpft man mit der Zunge. Das verehrte britische Königshaus hat alle Verbindungen zum Haus Sachsen-Coburg-Gotha gekappt und nennt sich nun Windsor. Wenn du mich fragst, gewinnt man so keinen Krieg.«

»Nein«, stimmte Betsy ihm bereitwillig zu. Allerdings galten ihre Sorgen weit mehr ihrem Mann als den sprachlichen Einfällen der Kombattanten. Ihr war klar, dass seine anhaltend schlechte Laune und seine plötzlichen Anfälle von Erschöpfung daher rührten, dass niemand von Belang überhaupt noch nach seiner Meinung fragte. Sämtliche Versuche des soignierten und hoch geachteten Handelsmannes Johann Isidor Sternberg, seinem Vaterland zu dienen, waren fehlgeschlagen – zuletzt sogar eine Bewerbung bei einer Militärdienststelle in Bad Homburg, die sich mit der Nutzbarmachung von gebrauchten Textilien für Kriegszwecke beschäftigte. Selbst der alte Tichauer, Besitzer einer Weinhandlung und schon seit einiger Zeit Rentier, der kurzsichtig wie ein Maulwurf war und einen Wollstoff nicht von Popelin unterscheiden konnte, war dort untergekommen. Johann Isidor hatte das erst am Vortag in der Synagoge erfahren. Seit Otto weg war, ging er fast jeden Sabbat zum Gottesdienst; für seine sensible Frau war auch dies ein Hinweis, dass er Trost suchte. Oder hatte er Angst um seinen Sohn?

Betsy beugte sich über ihr Strickzeug, zählte angestrengt die Maschen und kam jedes Mal zu einem neuen Ergebnis. Ihr wurde bewusst, wie wenig passend der Moment gewesen war, ihrem Mann zu offenbaren, dass er, der mit seinen vierundfünfzig Jahren nicht mehr für sein Vaterland kämpfen durfte, durchaus noch viril genug war, um wieder Vater zu werden. Seit wann knirschte er mit den Zähnen? Noch dazu mitten am Tag? Sie presste ihre Lippen fest aufeinander, die Augen starr auf die Stricknadeln gerichtet.

»Was hast du?«, fragte er.

»Nichts. Ich hab doch kein Wort gesagt.«

»Eben.«

Das Lied war alt, doch immer wieder neu. In der Ehe der Sternbergs wurde nichts offenbart, keine Rechenschaft erwartet, schon gar nicht wurde diskutiert. Ein jeder glaubte zu wissen, was der andere dachte. Die Gewohnheit der Schweigsamkeit bestimmte den Alltag, machte ihn manchmal grau, gelegentlich einsam, doch das Leben blieb stets in den Fugen. Routine war ein verlässlicher Bundesgenosse gegen die Veränderungen der Zeit. Der graue Wollknäuel fiel von Betsys Schoß und rollte bis zum Fuß des Vertikos. Minka fiel ihr ein, ein schneeweißes Katzenkind aus Pforzheim, das keinem Wollbällchen und keiner Garnrolle hatte widerstehen können. Betsy schmeckte Wehmut. Ihr Rücken schmerzte, der Nacken war steif. Was würden die Schwestern, die die »Sternberg'sche« immer um ihr sorgloses Leben und um den wohlhabenden, großzügigen Mann beneidet hatten, zu einer Mutter von zweiundvierzig Jahren sagen? Und was um Himmels willen die eigenen Kinder? Würde Clara mehr maulen als Victoria oder umgekehrt? Bereit zu teilen waren sie beide nie gewesen. Betsy überlegte, ob sie mehr mit ihren Töchtern reden müsste, doch wer redete schon mit seinen Kindern, wenn die gesund waren und es täglich neue Aufgaben gab, und einen Ehemann, der ständig Angst hatte, man würde die Kinder verwöhnen und aus ihnen anspruchsvolle kleine Snobs machen? Vielleicht hätte wenigstens Otto beizeiten lernen sollen, sich dem Leben zu fügen.

Betsy stand auf und holte den Wollknäuel zurück. Noch

konnte sie sich bücken, ohne dass jemand ihren Zustand bemerkte. Sie schob den Store mit dem eingearbeiteten Blumenmuster beiseite, schaute aus dem Fenster des Salons und sah ein goldgelbes Blatt zu Boden segeln. »Schön«, sagte sie. Hatte das Wort noch den gleichen Klang wie im Sommer oder doch schon einen Beigeschmack? Durfte eine Mutter, die nicht wusste, wo sich ihr Sohn befand und ob das Leben zu ihm gut sein würde, sich überhaupt noch an einem Kastanienblatt erfreuen?
Die Beschaulichkeit der Friedenszeiten war zum Greifen nahe. Auf den Straßen gab es keine marschierenden Soldaten mehr, die wie Schulbuben am Wandertag mit lauten Liedern aus der Stadt zogen und die auf Pappschildern und weißen Transparenten die Zurückbleibenden wissen ließen, Weihnachten wären sie wieder zu Hause. Ob Otto das auch glaubte? Seit er weg war, hatte er nur zwei Karten geschrieben und beide ohne anzugeben, wo er war und wie es ihm ging. Auf der zweiten hatte in winziger, kaum zu entziffernder, fremd gewordener Schrift »Es ist alles ganz anders, als ich gedacht habe« gestanden. Seine Eltern hatten einander angeschaut und beide so getan, als gehörten solche Erkenntnisse zu einem Männerleben. Johann Isidor hatte sogar gelächelt und Betsy aufmunternd auf den Rücken geklopft. Nur abends im Bett hatte er beim Zusammenfalten seiner Zeitung gemurmelt: »Na, ein großer Briefschreiber wird mein Sohn in diesem Leben nicht mehr werden.«
In der Allee marschierten zwei Buben von ungefähr fünf Jahren. Im Sommer waren sie noch auf einem hölzernen Holländer mit vier Rädern um die Häuser gedonnert. Nun spielten sie Krieg. Sie trugen spitze Helme aus Zeitungspapier, schlugen blecherne Kindertrommeln und schwenk-

ten Holzschwerter. In den Musikpausen beschimpften sie sich als Serben und Russen, bewarfen sich mit Tonklickern und schworen einander den Tod. »Auf immer«, drohte der eine.

»Nur bis ich nach Hause muss«, schrie der Feind.

Sonntags gab es wenig Verkehr. Gelegentlich fuhr eine Pferdedroschke in Richtung Innenstadt, selten ein Auto. Die Spaziergänger im Sonntagsstaat waren verschwunden. Liebespaare und alte Männer mit aufgeputzten Ehefrauen am Arm, junge Eltern mit Kind und Kegel, die Buben im Matrosenanzug, die Mädchen mit Flügelkleidern hatten an den Sonntagen zur Rothschildallee gehört wie die Bäume, der Rasen und die Rosenbüsche. Nun, da die jungen Männer im Krieg waren und die Alten sich schämten, dass sie es nicht waren, war das Sonntagsleben auf der Allee zum Stillstand gekommen. Kaum, dass ein Hund bellte, eine Katze ins Gebüsch schlich. Auch die Kinderfräulein mit den steifen weißen Hauben waren von der Bühne verschwunden. Die Frauen im Nordend flüsterten einander feixend zu, die feinen Bonnen wollten lieber jungen Männern in den Lazaretts den Hintern versohlen als den Bälgern reicher Leute.

Im ersten Stock der Rothschildallee 9 war nur das Schlagen der beiden Uhren zu hören und das Gurren und Kratzen der Tauben, die auf dem Glasdach vom Wintergarten hockten. Selbst Papagei Otto war erschöpft. Beim Mittagessen hatte er sein gesamtes Repertoire zweimal hintereinander gekrächzt. Auch der Kanarienvogel schlief. Victoria hatte wieder einmal am Morgen die Decke nicht von seinem Käfig genommen und ihn um die Freude gebracht, den neuen Tag zu begrüßen. Noch um vier Uhr nachmittags wähnte er, es sei Nacht.

Fräulein Victorias Pflichtversäumnis war noch unentdeckt. Deshalb hatte ihr die Mutter gestattet, mit Tante Jettchen in den Zoo zu gehen. Beide waren sie fest entschlossen, alle Freiheiten zu genießen, die alten Damen nicht mehr und kleinen Mädchen noch nicht gestattet waren. Victoria, die pfiffige Lenkerin des eigenen Geschicks, hatte zudem ein besonderes Ziel im Sinn. Sie plante, den Zoobesuch zu nutzen, um von ihrer Tante dringend benötigte Hilfe zu erbitten. Das herzensgute Jettchen würde bestimmt verstehen, wie demütigend es für ein sechsjähriges Schulmädchen war, ihre Puppen nicht zeitgemäß einkleiden zu können. Der Puppenjunge Moritz brauchte dringend eine feldgraue Uniform und ein Gewehr. Dem glücklichen Mariechen hatte die Mutter gleich zwei Puppenuniformen genäht. Nach zähen Verhandlungen hatte sich Mariechen bereit erklärt, eine der beiden Uniformen gegen fünf Groschen und eine Tüte Sahnebonbons herzugeben. Wie meistens hatte Frau Betsy das Geschäft vereitelt und ihrer unglücklichen Tochter brüsk das Geld verweigert. Auch die Sahnebonbons hielt sie seitdem unter Verschluss.

»Es ist herrlich still, wenn Clara und Erwin fort sind«, sagte Betsy, als sie mit dem grauen Wollknäuel zurück in den Wintergarten kam. »Seit Otto fort ist, führen die sich manchmal auf wie Fünfjährige. Wahrscheinlich vermissen sie den Dompteur, der sie so schön bei der Stange hielt.«

»Ja«, gab ihr Johann Isidor recht. Er wirkte wie einer, der gerade dabei ist, Abschied zu nehmen, und der vergessen hat, auf sein Gepäck zu achten. Seine Finger zitterten ein wenig, als er eine neue Zigarette aus der Dose nahm. Tabakwaren begannen knapp zu werden. Trotzdem rauchte er seit Kriegsausbruch mehr denn zuvor; er glaubte, nur er würde seine Zigaretten zählen. »Es ist gut, dass wir darauf bestanden haben«, murmelte er und blies das Streichholz aus, »man darf ihnen nicht alles durchgehen lassen.«

Auf den massiven Druck ihrer Eltern hin waren die Zwillinge – gekränkt und wütend – zu einer Einladung beim befreundeten Ehepaar Goldberg ins Westend aufgebrochen. Deren Kinder, gleichfalls ein Zwillingspaar, feierten den fünfzehnten Geburtstag. Clara und Erwin hatten die beiden nie gemocht. Neuerdings verachteten sie die jungen Goldbergs und erklärten einmütig, man könne sich nirgends mit ihnen sehen lassen, ohne sich zu blamieren. Sie wären miese Parvenüs und schleimige kleine Streber, die sich sogar dem Lehrer in der Religionsschule an den Hals schmissen, obwohl den doch wahrhaftig keiner ernst nehme.

»Warum sollen wir es ausbaden«, hatte Erwin noch beim Weggehen gemault, »dass ihr Goldbergs seit Jahren kennt? Ja, ja, ich weiß, Madame hat freundschaftliche Verbindungen zum Konditorengewerbe, und das ist heute wichtiger als Stolz und Ehre. Uns ist es peinlich, unsere Seele für ein Stück Torte zu verkaufen.«

»Hör endlich auf, für deine Schwester zu sprechen. Das hat schon Otto gestört. Ihr seid ja keine kleinen Kinder mehr. Und warte nur ab, wie du über Buttercremetorte denkst, wenn Josephas Vorräte zur Neige gehen, mein Sohn. Oder warum, glaubt der Herr, ist sie schon wieder auf Achse?«

Josepha war, wie nun oft am Sonntag, unmittelbar nach dem Mittagessen nach Bad Nauheim aufgebrochen. Sie hatte die von ihr in Friedenszeiten bis zum Jüngsten Tag totgesagten Beziehungen zu ihrer Verwandtschaft wieder aufgenommen. Ihrer Meinung nach gab es nicht mehr genug frisches Gemüse und Obst in den Geschäften. Vor allem war die Produktion von Zwetschenmus in Gefahr, wenn sie nicht beizeiten ihre Verhandlungen »mit denen in Nauheim« aufnahm. Also setzte Josepha an ihren freien Sonntagnachmittagen das moosgrüne Reisehütchen auf und packte ein paar von den zerfledderten Groschenromanen ein, die Hanna aus dem Odenwald in der Eile des Aufbruchs in der Rothschildallee zurückgelassen hatte und für die der weibliche Teil ihrer Verwandtschaft einen halben Apfelbaum hergegeben hätte. Hinzu kamen das Geld, das Josepha bei ihren täglichen Einkäufen abzweigte, und die Bekundung, Weihnachten eventuell abgelegte Kinderkleidung mitbringen zu können. »Not lehrt den Affen geigen«, zitierte sie aus ihrem großen Sprichwortschatz, wenn sie sonntags den Weidenkorb aus der Speisekammer holte.

»Es ist eine Sünde«, pflegte Frau Betsy zu monieren, »die Not herbeizureden. Bis jetzt leiden wir kein bisschen Not. Wir schränken uns höchstens ein. Gott gebe, dass es so bleibe.«

»Na, ich werde wie ein Hund leiden«, widersprach Josepha, »wenn ich unserem Otto kein Zwetschenmus ins Feld schicken kann. Und Dörräpfel für die Verdauung wird der Bub auch brauchen. Sagen Sie nur, das wissen Sie nicht mehr, dass der sein Dörrobst haben muss.«

Josepha hatte Brot, Butter, Aufschnitt, Tomaten und geschnittene Zwiebeln für das Abendessen auf den Küchentisch gestellt und an der dickbäuchigen Teekanne einen Zettel mit dem Hinweis befestigt, der Rest vom Schokoladenpudding für Victoria und die Dose mit Tante Jettchens Salbeitee seien in der Speisekammer. Die Hausfrau nahm sich vor, spätestens beim Frühstück Josepha für ihre Fürsorglichkeit zu loben.

Eine Fliege klebte am Fenster. Betsy überlegte, ob sie aufstehen und die Fliege, falls sie noch lebte, zurück ins Leben treiben sollte, doch sie blieb sitzen. Fliegen hatten sie schon als kleines Mädchen geängstigt. Die Schwestern hatten die schöne Rivalin deshalb mit Wonne gehänselt, die Brüder sie mit ihren kleinen schmutzigen Fäusten verteidigt, und der Vater hatte seine Lieblingstochter auf den Schoß genommen und ihr erklärt, dass nur dumme Menschen keine Angst hätten.

»Ich muss dir etwas gestehen«, sagte sie. Ihre Stimme erschien ihr dünn und fremd und lächerlich kindlich. Sie merkte, dass ihre Augen feucht geworden waren, nahm das kleine Stück Apfelkuchen, das schon seit einer halben Stunde auf ihrem Teller lag, legte es zurück auf die Etagere und räusperte ihren Hals frei. Selbst die Zunge war trocken, steif wie ein Stück Holz. Betsy fiel auf, dass ihr Mann sich sonderbar benahm. Er rechtete mit seinem Körper, setzte sich aufrecht hin, drückte den Rücken durch und die Brust hinaus, schlang das rechte Bein über das linke. Also hatte er sie doch gehört, wahrscheinlich sogar verstanden. Er war einer, der rasch begriff, wenn es sein musste, und der kühne Kombinationen nicht scheute und auch mit Imponderabilien rechnete. Betsy wunderte sich, dass er die Augen zusammenkniff. Wie ein Wandersmann, der plötzlich in eine Nebelwand läuft und sein Ziel nicht mehr ausmachen kann. Noch konnte Johann Isidor wie ein Adler sehen. Er war so stolz auf seine Augen und sein feines Gehör, als wäre ein gesunder Körper der eigenen Tüchtigkeit zu verdanken.

Ohne dass er es merkte, lockerte Betsy im Schutz der weiten Bluse den Rockbund. Es war das erste Mal seit Victorias Geburt, dass sie die cremefarbene Georgettebluse trug, die die Hausschneiderin im Sandweg vor genau neunzehn Jahren genäht hatte. Der weiche Schalkragen war zur Schleife gebunden. »So eine Schleife lenkt ab«, hatte die Schneiderin damals gesagt, und dann hatte sie auch noch »von Brust und Leib« hinzugefügt, und Betsy war rot geworden. Beim Anziehen hätte sie tausend Eide geschworen, der Gatte mit den Adleraugen und dem Gespür für Damenkleidung würde die Bluse mit ihren Rüschen und den weiten Ärmeln und der auffälligen Schleife erkennen. Nun starrte er auf ihren Bauch und kniff die Augen zusammen, als hätte er noch nie eine Frau in einer Umstandsbluse gesehen. Schließlich murmelte er: »Ach.«

Seine Frau zuckte zusammen. Johann Isidor hatte das brauchbare, unverfängliche, in der Ehe stets taugliche Wort just in dem Moment gesagt, in dem sie sich endgültig darauf eingestellt hatte, dass er nicht mehr auf ihr Signal zu einem Geständnis reagieren würde. Es gab immer wieder solche Gespräche in ihrer Ehe. Sie waren klebrig wie Honig und recht unerfreulich. Wenn ein Thema Johann Isidor nicht berührte, war er schweigsam und schwerfällig, manchmal gar feindselig. Dann schien er gekränkt, dass seine Frau ihn überhaupt angesprochen hatte – so, als wäre sie ohne anzuklopfen in sein Arbeitszimmer gestürmt und hätte seinen Schreibtisch leer gefegt.

Betsy faltete ihre Hände. Sie kam sich vor wie eine Schauspielerin in einer der hübschen modernen Komödien, die sie so gerne sah und die Johann Isidor fürchterlich fand. In diesen Lustspielen waren es immer die Frauen, die alle Trümpfe in der Hand hielten und die für das gute Ende sorgten. Anders als im Leben, standen die Männer zum Schluss wie begossene Pudel da, doch – auch dies anders als in der Wirklichkeit – lachten sie über sich selbst. Betsy

überlegte, ob sie nicht doch spontan zur Sache kommen sollte.
Diesmal allerdings vergegenwärtigte sie sich, dass sich eine verheiratete Frau ja nicht einer ehelichen Verfehlung schuldig machte, wenn sie schwanger wurde; die Logik belebte sie so, dass sie eine gewaltige Lust verspürte, »Dazu gehören zwei« zu sagen, doch ihr Mut versiegte. Wie der berühmte Tropfen auf dem heißen Stein. Sie blickte geniert zu Boden, machte sowohl einen grauen Wollfaden als auch den Kopf eines abgebrannten Streichholzes auf dem empfindlichen Kelim aus, ärgerte sich und wurde wieder sicher. Mit resoluter Hausfrauenstimme schlug sie vor: »Wir sollten uns vielleicht doch wieder nach einem Zweitmädchen umschauen. Josepha kann ja nicht alles allein machen.«
Der schweigsame Gatte starrte auf das Bild, das er immer brütend fixierte, wenn er im Wintergarten saß und ihm nicht nach Reden zumute war. Es war eine zeitgenössische Arbeit und zeigte einen Garten in Königstein, im Hintergrund verkohltes Mauerwerk und einen efeubewachsenen Pavillon. Obwohl die Rosen in voller Blüte standen, machte die Szenerie einen düsteren Eindruck. Das Gemälde, betont bescheiden gerahmt, war mit Absicht so gehängt worden, dass es zur Hälfte von einem hochgewachsenen Palmfarn verdeckt wurde. Es war ein gemeinsames Geschenk der gesamten Verwandtschaft zu Johann Isidors fünfzigstem Geburtstag gewesen und hatte ihm von dem Moment an missfallen, da er es vor den Augen seiner erwartungsvollen Gäste hatte auspacken müssen. »Ein Hoch auf unseren Josi!«
Jubilar oder nicht, er hatte sich verbeten, dass die Sippschaft ihn Josi nannte. Ausgerechnet die nichtsnutzigen

Vettern, die sich hatten taufen lassen! »Das durfte nur die Mutter. Und ob ich das im Ernst meine!« Johann Isidor kam der Gedanke, dass die Gelegenheit günstig wäre, das Bild endlich von der Wand zu nehmen. Wahrscheinlich würde es im Krieg weniger Besuch von Haus zu Haus geben. Es war ziemlich unwahrscheinlich, dass irgendeiner aus der Sippschaft sich noch mit dem Schicksal des Königsteiner Rosengartens beschäftigen würde. Schließlich hatten die Leute jetzt ganz andere Sorgen. Auch bei der Verwandtschaft taten die Söhne ihre Pflicht. Von zwei seiner oberhessischen Neffen wusste Johann Isidor, dass sie unterwegs nach Belgien waren, die Pforzheimer Buben wahrscheinlich schon in Frankreich.

Seine Gedanken kehrten zurück ins eigene Heim. Was wohl Betsy von ihm wollte? Sie schaute ihn an, als hätte sie ihn etwas gefragt und er zu antworten vergessen, ein uralter, ziemlich übler Trick. Wahrscheinlich hatte ihn Sara schon an Abraham ausprobiert. Er fragte sich, ob sein ferner Sohn etwa seinen Vater hintergangen und heimlich seiner Mutter geschrieben hatte. So etwas kam vor. Wahrscheinlich öfter als gedacht. Niemand konnte sich ja ein genaues Bild von dem machen, was im Kopf eines Achtzehnjährigen vorging, der zum ersten Mal von zu Hause weg war. Außerdem war Otto rundum ehrlich und zutraulich und wahrhaftig kein Meister im Vertuschen. Jedenfalls noch nicht.

Vielleicht hatte die letzte Stunde in seiner Vaterstadt das Gewissen des Jungen zu schwer belastet, eventuell hatte er die kleine Konspiration unter Männern gar als Schuld empfunden und hatte nun das Bedürfnis, seine Mutter nicht auszuschließen. Die ganze Angelegenheit war ja ein wenig ungewöhnlich, aber doch kein Betrug, eher ein Lebensabschnitt in einer Zeit, die sich im Umbruch befand. Johann Isidor bohrte seine Hand in die Tasche seiner Jacke. Er sah nicht den geringsten Grund, sich auf die Brust zu schlagen. Sollte er etwa bereuen, dass er wie ein Mann gehandelt hatte?

»Ich auch«, sagte er. Er sprach, was ihn bei Erwin rasend machte und er jedes Mal rügte, mit geschlossenen Zähnen. Seine Stirn juckte. Weshalb schaute ihn seine Frau eigentlich so erwartungsvoll an? Sie sah so ganz anders aus als sonst, irgendwie kindlich und verwirrt, eine nicht sehr gelungene Mischung aus Kaninchen und Matrone.

Vielleicht war es der guten Betsy peinlich, dass sie nun Bescheid wusste und dass sie ihm dies nicht gesagt hatte. Eine Frau war es ja nicht gewöhnt, vor ihrem Mann ein Geheimnis zu haben. Für die Frauen spielten die kleinen Vertraulichkeiten die Hauptrolle, die sie der Freundin ins Ohr zu flüstern beliebten. Auch noch als reife Vierzigerinnen. Wahrscheinlich war die Bluse neu, und er hatte mal wieder nichts gemerkt und die Arme um die Freude eines Kompliments gebracht. Doch was in drei Teufels Namen hätte er sagen sollen? Das Gewand war ein Albtraum. Nach neunzehn Jahren Ehe musste sich doch eine Frau wie Betsy ein für alle Mal gemerkt haben, dass ihr Mann cremefarbene Blusen mit Volants und Rüschen abscheulich fand. Die waren nicht Fisch und nicht Fleisch und sahen alle aus, als seien sie aus ausrangierten Gardinen geschneidert worden. Keine gute Reklame für einen Mann, der sein Vermögen im Stoffhandel gemacht hatte.

»Irgendwann hättest du es doch erfahren«, sagte Johann Isidor. »Außerdem finde ich es ganz in Ordnung, dass ich mich nicht an Ottos mutigen Wunsch gehalten habe, ihn allein losziehen zu lassen. Die Vorstellung, mit meiner

Aktentasche aus dem Haus zu gehen und auf einer Parkbank die Zeit totzuschlagen, während mein Sohn in den Krieg zieht, war mir doch zu fremd. Da hat mein Herz gestreikt. Mein jüdisches Vaterherz. Ohne Abschied, ohne ein Wort, das bleibt. Der Junge wusste ja gar nicht, was er sagte und worum er uns gebeten hat. Das muss ihm Meister Theo Berghammer gesteckt haben, der pfiffige kleine Teufel, der nun mit seinem großen Maul und seinem teuren Fotoapparat dem Vaterland dient. Berichterstatter Kanonier Theodorich Rudolf Berghammer vom Ersten Regiment der Drückeberger meldet sich zum Dienst, Herr Hauptmann.«

»Ich verstehe kein Wort. Was um Himmels willen willst du mir sagen? Und was hat das alles mit Theo zu tun? Den habe ich doch gerade erst gestern gesehen.«

»Eben«, sagte Johann Isidor. Ihm ging auf, dass er zu früh gesprochen und zu viel gesagt hatte und dass er gerade dabei war, einen gewaltigen Narren aus sich zu machen, einen Idioten, der sein Maul nicht halten konnte und der mit beiden Beinen ins Fettnäpfchen gesprungen war. Kein Wunder, dass ihn niemand mehr haben wollte. Noch nicht einmal mit Ärmelschonern in einem Hinterstübchen durfte er sitzen. Wer hatte in einem Krieg schon Verwendung für einen debilen Schwätzer? Was nutzte Männermut, wenn die Zeit verstrichen war, um sich als Mann zu bewähren? Otto hatte also seiner Mutter nicht geschrieben. Die Gute war unschuldig wie eine Jungfrau. Sie wusste von nichts und hätte nie etwas geahnt, doch für ihren oberschlauen Ehemann war es zu spät zur Umkehr. Die Brücke über den Fluss war eingestürzt.

Er versuchte, seine Verärgerung hinunterzuschlucken, ohne dass Betsy argwöhnisch wurde. »Das kann doch nicht so schwer sein«, sagte er. Mit der Andeutung eines Kopfschüttelns ließ er wissen, dass er seinerseits nun nicht mehr im Bilde war. »Ich bin einfach zum Ostbahnhof gegangen und habe dort auf meinen Sohn gewartet.«

»Wann? Was für ein Ostbahnhof?«

»Mein Gott, Betsy, guck doch nicht so erschrocken. Man könnte meinen, ich hätte dir dein letztes Hemd gestohlen. Es gibt nur einen einzigen Ostbahnhof in Frankfurt, und von dem ist unserer Otto abgefahren. Zunächst nach Hanau und wahrscheinlich von dort ziemlich bald weiter. Soweit ich das mitbekommen habe, war es jedenfalls so geplant. Es waren übrigens eine ganze Menge Väter da. Und kaum Mütter. Du kannst also ganz beruhigt sein. Es hatte alles seine Ordnung.«

Von dem Augenblick an, da ihr Mann sein Taschentuch herausholte und sich mit hektischen Bewegungen die Stirn abrieb, als würde er einen entlaufenen Dieb jagen, dauerte es nur zwei erregte Herzschläge. Da hatte Betsy begriffen, dass der Vater von seinem Sohn hatte Abschied nehmen können und die Mutter nicht. Der Brief fiel ihr ein, den sie Otto an seinem letzten Abend zu Hause geschrieben hatte; sie erinnerte sich, wie sie den Tornister neu gepackt hatte. Den alten grauen Tornister von den Schulwandertagen. Mit dem Fleck vom Himbeersaft, der auch mit der guten Kernseife vom Sandweg nicht mehr herausgegangen war. Betsy sah sich Ottos Gebetsschal aus dem Schrank holen, schwarzer Samtbeutel mit einem sechszackigen Stern – der Magen David – in Goldfaden aufgestickt. Die Mutter, die dem Sohn einen Gebetsschal in eine Welt mitgegeben hatte, in der allein die Waffen über Tod und Leben entschieden, war ganz sicher, sie würde zu weinen anfangen. Schon schmerzte die Kehle, die Möbel schwankten in einem Nebel der Trauer, wie sie ihn noch nie erlebt hatte. Das letzte Sonnenlicht wurde grau, doch es geschah nichts.

Betsy Sternberg brauchte kein Taschentuch, nicht den Trost einer starken Hand. Sie war nie schwach gewesen, sie hatte immer eine Scheu gehabt, ihrem Mann Tränen zuzumuten. »Die Tränen einer Frau sind Erpressung«, hatte der vor Urzeiten in einer jener kleinen Streitereien gesagt, die für junge Ehepaare typisch sind. Das war kurz vor Ottos Geburt gewesen, und Betsy hatte sich eine Wiege mit einem Himmelbett in den Kopf gesetzt und der künftige Vater entschieden: »Derlei Firlefanz kommt nur dem Kaiser und den Rothschilds zu.«

Johann Isidor Sternberg, der gestrenge Handelsmann, für den Disziplin und Haltung so wichtig waren im Leben wie Anstand und Redlichkeit, mochte es ja noch nicht einmal, wenn seine Töchter weinten. Selbst die sechsjährige Victoria schickte er auf ihr Zimmer, wenn sie bei Tisch ihre Tränen nicht halten konnte. Betsy lockerte ihren Schal, zupfte an der Bluse. Ihre Hände waren ruhig.

»Wie ist es denn dort zugegangen?«, fragte sie. »Am Ostbahnhof meine ich. War Otto sehr aufgeregt? Ich fand, er war an seinem letzten Tag anders als sonst. Er hat ja noch nicht einmal sein Frühstück richtig essen können. Ich meine, er muss doch auch am Bahnhof nervös gewesen sein.«

»Überhaupt nicht. Ihr Frauen habt einfach zu viel Phantasie. Ich glaube, er hat den ganzen Trubel sogar genossen, die schneidigen Offiziere, die vielen fröhlichen jungen Burschen, die Lieder und das Lachen. Ein bildhübsches junges Mädchen hat ihm eine Rose an den Rucksack gesteckt. Die meisten Männer hatten Blumen am Gewehr, doch er hatte ja noch kein Gewehr. Er war noch nicht in Uniform. Es kann sein, dass ihm das ein bisschen leidgetan hat, aber er hat es nicht gezeigt. Ich war stolz auf ihn.«

»Ich wusste nicht, dass man Blumen an ein Gewehr stecken kann«, sagte Betsy. »Wir hätten ihm doch eine Rose aus unserem Garten mitgeben können. Das wäre irgendwie persönlicher gewesen.«

»Irgendwie«, wiederholte Johann Isidor. Er spürte eine große, lähmende Müdigkeit, und er hatte Lust auf einen Cognac, doch er traute sich nicht zu gähnen, und schon gar nicht hatte er den Mut, aufzustehen und die Flasche aus dem Vertiko zu holen.

Sie starrten die Teekanne an und wünschten sich, einem von beiden würde das erlösende Wort einfallen, doch es war nur der Papagei, der zu reden begann. Er hatte von Erwin »Halt's Maul« zu sagen gelernt, und er tat es ohne Unterlass. Die Wolken wechselten die Farbe, die Sonne tauchte weg, die Vögel flogen in die Bäume. Betsy stand auf, Johann Isidor folgte ihr so bereitwillig, als würde er immer in den Fußstapfen seiner Frau laufen. Sie setzten sich – auch dies ungewöhnlich – nebeneinander auf die Couch in dem großen Salon. Ihre Arme berührten sich. Betsy fiel ein Opernbesuch im vergangenen November ein, eine wunderbare Aufführung des »Fidelio«. Johann Isidor war eingeschlafen.

Die Seidenkissen waren weich und kühl, doch nicht beruhigend genug, denn der Vater zürnte Gott, dass er ihn nicht gelehrt hatte, mit seinem Sohn zu sprechen, als die Zeit dafür noch gegeben war. In die Stille hinein sagte er: »Nein.« Es klang, als hätte er im Schlaf geschrien und werde bedroht. Der Moment seiner Schwäche ermutigte Betsy, ihm zu sagen, dass sie wieder schwanger war.

Er hatte gerade hervorgestoßen: »Das kannst du doch nicht im Ernst meinen, meine liebe Fritzi«, und er war gespensterbleich geworden und seine Pupillen riesengroß. Seine Frau war endgültig zu dem Entschluss gekommen, dass sie ihn nie befragen würde, wohin und zu wem er sich in diesem Moment verirrt hatte. Da schellte es an der Haustür. Dreimal lang und eine ganz kurze Pause zwischen jedem Klingelton. Nur die Familie und das Personal des Hausbesitzers schellten so, stolz und selbstbewusst.
Jettchen und Victoria kamen nach Hause. Beide sahen sie wie die glücklichen kleinen Mädchen in den Bilderbüchern aus, denn sie waren den Zwängen des Lebens entkommen und in den Himmel getanzt. »Es war wunderschön im Zoo«, sagte Jettchen, »die Tiere sind so friedlich. Selbst die wilden.« Sie legte ihren Hut auf die kleine Konsole in der Diele und schüttelte ihr Haar aus. Jettchen war immer noch schön, ihr Herz so jung wie einst im Mai, als sie der Nachtigall gelauscht, denn sie zählte die Jahre nicht mehr – nicht die, die hinter ihr lagen, und nicht die, die ihr blieben.
»Es war der schönste Tag in meinem Leben«, präzisierte Victoria, »der allerallerschönste Tag.« Sie sah ihre Eltern an, holte fünfzig Pfennig aus der Tasche ihres meerblauen Samtkleids und tat einen Luftsprung. »Von meinem lieben, lieben Tantchen«, sagte sie triumphierend. »Und morgen kauft sie mir eine Tüte Sahnebonbons. Dann kann ich von Mariechen die Uniform und ein richtiges Gewehr für meinen Moritz kaufen.« Noch als der Puppenjunge bereits feldgrau eingekleidet war und gegen die Briten kämpfte und den Franzosen in den Rücken schoss, wunderte sich Victoria, dass ihre Eltern an diesem Sonntagnachmittag so wenig Einwände gegen die Geschäfte ihrer Tochter gemacht hatten.

Obwohl in den Zeitungen regelmäßig zu lesen war, die Post würde so gut funktionieren wie in Friedenszeiten und deutsche Soldaten wären sehr viel anhänglicher und familienbewusster als der Feind, trafen im Oktober von Otto nur zwei Feldpostkarten in Frankfurt ein, allerdings zwei, die die ganze Familie entzückten. Die erste zeigte deutsche Soldaten in einem Unterstand, sie saßen an einem Tisch mit einer karierten Decke, spielten Karten und tranken Bier. Victoria durfte die zweite Karte mit bunten Stecknadeln an der Wand ihres Zimmers befestigen. Sie zeigte einen barfüßigen Knaben mit französischer Offiziersmütze, Schnuller und Gewehr und trug die Unterschrift »Frankreichs jüngstes Aufgebot«.

Beide Karten waren im September geschrieben worden. Mit Datum vom 5. teilte Otto mit: »Morgen ist feldmäßige Schießübung, übermorgen fahren wir an die Front. Ich darf nicht sagen wohin. Alle sind lustig, ich freue mich sehr auf meine Feuertaufe.« Am 27. September schrieb er: »Zu Rosch Haschanah gab es einen Gottesdienst für die Juden. Danach verteilte der Rabbiner Brot, Wurst und ein extra Gebetbuch fürs Militär. Brot und Wurst habe ich mit den Kameraden geteilt. Wenn Ihr mir schreibt, schickt mir dauerhafte Esswaren, ein Mittel gegen Durchfall und ein Bild von Euch. Alle hier haben Fotos von der Familie. Euer liebender Sohn und treuer Bruder Otto.«

Das waren die letzte Worte von Kanonier Otto Wilhelm Samuel Sternberg. Er fiel am 11. Oktober 1914 bei Ypern. Die Mitteilung traf am 9. November um vierzehn Uhr in seinem Vaterhaus ein; sie war von Leutnant Henning von Brauweiler unterzeichnet worden. »Ihr Sohn fiel auf dem Feld der Ehre«, hatte der geschrieben. »Er gab sein Leben für Kaiser und Vaterland. Sie können stolz auf ihn sein.«

Es war das erste Mal, dass Victoria ihre Mutter weinen sah. Sie hörte sie ihren Vater »Bist du nun zufrieden?« fragen, und sie wunderte sich, dass der keine Antwort gab und in sein Arbeitszimmer ging. Sie rannte in die Küche. Josepha kniete vor dem Herd und bekreuzigte sich. Als sie sich in eine unbenutzte Damastserviette schnäuzte, schloss Victoria entsetzt die Augen. Auf Zehenspitzen schlich sie zum Balkon. So leise wie möglich öffnete sie die Tür. Eine Zeit lang stierte sie auf die Tränenden Herzen.
Die Wunderblumen mit der Zauberkraft, vor jeder Menschennot zu schützen, waren verblüht, einige Blätter aber noch grün und fest. Wie im Sommer stand der Tontopf, auf dem Otto für seine kleine Schwester in verschnörkelten Blockbuchstaben »Königin Victoria« gemalt hatte, auf dem Blumenhocker mit den gelben Kacheln. Victoria zählte bis zehn. Sie war sicher, sie würde bei der Zehn, genau wie immer, Ottos Stimme hören. »Du musst beim Wünschen zum Himmel schauen, Vicky, Gott ist schnell gekränkt«, hatte er immer gesagt. Und sie am Ohr gezupft. Ganz leicht nur, wie ein Kind vom Wind.
Die Welt blieb still. Nur ein Rabe krähte. Victoria nahm den Blumentopf mit den rot leuchtenden Buchstaben hoch. Einen Moment hielt sie ihn über ihrem Kopf. Dann schleuderte sie ihn vom Balkon.

7
Die Entscheidung
Frankfurt 1914

Immer mehr Familien mussten den Tod von Ehemännern, Söhnen und Brüdern bekannt geben. Gleichzeitig kam es zu der ersten Verknappung von Papier. So konnte die Traueranzeige für den am 11. Oktober gefallenen Kanonier Otto Wilhelm Samuel Sternberg erst zwei Monate später im Frankfurter »General-Anzeiger« erscheinen. Drei Tage danach wurde sie in der »Frankfurter Zeitung« veröffentlicht. Obwohl es im ersten Kriegsjahr noch durchaus üblich war, konnte sich Johann Isidor nicht entschließen, die ihm von der Inseratenabteilung des »General-Anzeigers« vorgeschlagene Zeile »Gottes Wille ist geschehen …« über den Text setzen zu lassen. Er begnügte sich mit dem zeitgemäßen Bekenntnis deutscher Patrioten zu Wilhelm II. Im »General-Anzeiger« stand Ottos Nekrolog zwischen zwei Anzeigen, in denen der Tod von Unteroffizieren beklagt wurde, die ihr junges Leben ebenfalls bei Ypern gelassen hatten. Auch in der »Frankfurter Zeitung« wurde die Traueranzeige der Sternbergs repräsentativ platziert – neben der eines stadtbekannten Professors der Universität, der allerdings fünfzigjährig in seiner Heimatstadt ein wenig glanzlos an den Folgen eines Fahrradsturzes gestorben war.

Mit den Worten »Er fiel auf dem Feld der Ehre als treuer

deutscher Sohn für seinen geliebten Kaiser und sein geliebtes Vaterland« wurde der achtzehnjährige Otto aus einem Leben voller Rätsel verabschiedet, für deren Lösung ihm nicht die Zeit geblieben war. Unterschrieben war die Anzeige von seinen »liebenden Eltern Johann Isidor Sternberg und Frau Betsy geborene Strauß«, die der Leserschaft versicherten, ihr unvergessener Sohn würde auf immer »lebendig in ihren Herzen« bleiben. Die drei »dankbaren Geschwister« wurden namentlich genannt.

»Dankbar wofür?«, fragte Erwin. »Dass eine einzige Sekunde gereicht hat, ihn auf immer tot zu machen? Oder dass er so blöd war, sich freiwillig zu melden?«

Die Trauerstimmung im Haus verwehrte es dem Vater, den Sohn, der nun sein Stammhalter war und dessen Realitätsbewusstsein und Spitzfindigkeit ihn künftig noch mehr irritieren sollten, als es Ottos Phantastereien und Absenzen getan hatten, zu maßregeln. Ohnehin waren Johann Isidor und Betsy über den Anlass von Ottos Tod hinaus bestürzt. Sowohl der Setzer beim »General-Anzeiger« als auch der von der »Frankfurter Zeitung« hatten ohne Rückfrage mit den Auftraggebern hinter Ottos Namen das in Todesanzeigen gängige Kreuz gestellt. Bei den jüdischen Lesern hätte diese Gepflogenheit der bürgerlichen Trauerriten den Eindruck erwecken können, Otto – eventuell sogar die gesamte Familie Sternberg – wäre zum Christentum konvertiert.

Schon aus diesem Grund nahm sich Johann Isidor vor, am nächsten Freitagabend in die Synagoge in der Friedberger Anlage zu gehen, um für seinen erstgeborenen Sohn das traditionelle Totengebet zu sprechen. Zu seinem Erstaunen tat er dies, was sonst in assimilierten Familien kein selbstverständlicher Brauch ist, ein ganzes Jahr lang. Trotzdem sprachen ihn mehrere Männer – sowohl in der Synagoge als auch im Postkartenverlag und in der Bank – noch nach Wochen auf das Kreuz in der Traueranzeige an. Selbst Doktor Meyerbeer, der jetzt Betsys Zustand wegen öfters in die Rothschildallee kam, machte eine unpassende Bemerkung.

Von beiden Zeitungen wurden je zwei Kopien beschafft – eine für das Familienlogbuch mit dem feinen Goldschnitt, das die belesene Frau des Hauses seit der Begegnung mit Thomas Manns »Buddenbrooks« nun schon vier Jahre lang führte. Sie gewährte nur ihrem Mann Einsicht und wäre nie auf den Gedanken gekommen, dass die Zwillinge jedes Wort der Chronik gelesen hatten. Die zweite Anzeige wurde für den Rundbrief an die Verwandtschaft mit der Bitte um Weiterleitung auf ein cremefarbenes Stück Büttenpapier geklebt. »Ich hab keine Kojech, es der gesamten Mischpoche einzeln mitzuteilen«, erklärte Johann Isidor seiner Frau. Dieser eine Satz und noch mehr der Umstand, dass er bei der Sprache seines Vaters Zuflucht nahm, was er sonst nur in Momenten höchster Erregung tat, waren der einzige Hinweis auf seinen wahren Seelenzustand. Johann Isidor Sternberg, der seit dem Tag der Mobilmachung und der Balkonrede seines Kaisers für den Sieg der deutschen Sache gebetet und der gefleht hatte, man möge es auch ihm gewähren, den süßen Tod fürs Vaterland zu sterben, haderte mit dem Schicksal.

»Ich hatte nicht einmal richtig Zeit, um meinen Jungen kennenzulernen«, seufzte er am Abend desselben Tages, als er das Licht seiner Nachttischlampe löschte und in einem unbewachten Augenblick eine winzige Kammer seines Herzens öffnete.

»Nur achtzehn Jahre«, erwiderte Betsy. Im Schutz der

Dunkelheit nahm sie Revanche für die großen Männerworte in ihrer Ehe. Nie würde Johann Isidor erfahren, dass seine Frau, die ihm auf immer Gehorsam und Gefolgschaft geschworen hatte, jede Nacht um eine Tochter betete – eine Tochter, von der niemand erwartete, dass sie mit drei Jahren Zinnsoldaten über das Parkett marschieren und mit achtzehn ihr Leben auf dem Feld der Ehre ließ.
Eine Traueranzeige durfte Victoria behalten. Jettchen klebte sie auf ein Stück Pappe; in Blockbuchstaben schrieb sie »Unserem unvergessenen Otto«, den Namen der Zeitung und das Erscheinungsdatum unter den Ausschnitt. Ihre Großnichte verzierte das Werk mit einem Magen David in roter und Zeichnungen von zwei Chanukkaleuchtern in grüner Tusche. Die Collage stellte sie zu Füßen des Puppenjungen in feldgrauer Uniform. Der war eigens zur Bewachung der kostbaren Devotionalie aus der Verbannung heimgeholt worden. Beim Eintreffen der Todesnachricht war er in Ungnade gefallen und in einen grünen Beutel gestopft worden, der noch ein halbes Jahr zuvor für die Aufbewahrung von Ottos Turnzeug gedient hatte.
Victoria war begeistert gewesen, ihren Namen in der Zeitung zu sehen. Als ihr Vater ihr die Anzeige zeigte, vergaß sie für einen peinlichen Moment, in dem ihre Mutter gleichzeitig vorwurfsvoll den Kopf schüttelte und die Hände wrang, dass im Hause Sternberg nicht mehr gelacht wurde. Sie machte gar einen kleinen Freudensprung, hätte um ein Haar im Esszimmer den Stuhl des Familienoberhauptes umgerissen und gebrauchte ein unpassendes Wort, das sie erst am Vortag vom zwölfjährigen Bruder ihrer Schulfreundin Mariechen gelernt hatte.
Erst am Tag darauf, durch eine Bemerkung von Erwin, wurde Victoria klar, dass ihr geliebtes Tantchen nicht in der

Anzeige erwähnt worden war. Jettchen saß im Schaukelstuhl am Fenster, ein aufgeschlagenes Buch auf ihrem Schoß. Victoria berührte ihren Kopf so behutsam und zärtlich, als wüsste sie um die Zerbrechlichkeit einer alten Frau, die nicht weiter als bis zum Abend zu schauen wagt. »Du wirst«, seufzte die sechsjährige Trösterin, »nie in der Zeitung stehen. Du hast ja nur Töchter, und Mädchen können nicht im Krieg sterben.«

»Sie haben mich sterben lassen«, sagte Jettchen. Sie war so aufgewühlt, dass ihre Haut brannte wie in ihren Mädchentagen. Bilder voller Schmerz rasten auf sie zu. Die zierlichen, liebenswürdigen Töchter mit spitzenbesetzten Schürzen und Schleifen in der Farbe ihrer Augen liefen mit einem Strauß Gänseblümchen auf die Mutter zu, doch drehten sie in dem Moment ab, da Jettchen ihre Arme ausbreitete. »Nein«, flüsterte sie und wehrte die Bedrängnis der Erinnerungen mit Händen ab, die nicht mehr zuzugreifen verstanden, »nicht noch einmal.«

»Otto«, kreischte der Papagei. Er hackte mit dem Schnabel an die Stäbe seines Käfigs.

Jettchen begann zu weinen, doch ihre Güte ließ die Trauer nicht zu. Sie rieb die Tränen aus ihren Augen, als sie Victorias erschrockenes Gesicht sah. Die Sechsjährige spürte als Einzige, wie sehr sich ihre geliebte Tante vom Familienleben ausgeschlossen fühlte, seitdem Trauer das Haus Sternberg regierte. »Du darfst nicht weinen«, beruhigte sie Victoria, »du hast ja mich. Und Otto«, fügte sie hinzu. Sie war verwirrt, als sie den Namen aussprach, den jeder im Haus zu nennen vermied, und deutete erschrocken auf den Papagei. »Der«, sagte das Kind. »Ich hab doch nur ihn gemeint.«

An diesem Tag beschloss Jettchen, ihren zwei Töchtern nur

das zukommen zu lassen, wozu sie vom Gesetz verpflichtet war, und das übrige, beträchtliche Vermögen ihrer Großnichte Victoria Sternberg zu vermachen. »Hat dein Papa einen Notar?«, fragte Jettchen, denn sie war trotz ihrer Jahre und der Enttäuschungen, die ihr Herz zerrissen hatten, eine resolute Frau, die nicht zögerte, wenn es galt, einen Entschluss in die Tat umzusetzen. »Hat dein Papa denn keinen Notar?«, wiederholte sie.

»Er ist doch immer erkältet«, wunderte sich Victoria. »Ich glaube, deshalb darf er auch nicht Soldat werden. Warum lachst du denn?«

»Ohne dich und Josephas Kartoffeln aus Nauheim«, begriff Jettchen, »wäre das Leben doch keinen Pfifferling wert. Komm, wir zwei beiden Hübschen gehen in die Stadt und verjubeln unseren letzten Groschen.«

»Dürfen wir denn das?«

»Ich kenne ganz andere Leute, die das tun.«

Zum ersten Mal seit dem Eintreffen der Todesbotschaft zogen Tante und Nichte ihre Ausgehkleider an. Bei der einen wippten eine moosgrüne Samtpelerine und die schwarz schillernde Hutfeder aus dem Salon der bekanntesten Darmstädter Putzmacherin, bei der anderen der Lodenmantel – erst in der Vorwoche von der geschickten Mutter mit einem Stück eines weinroten Plaids an den Ärmeln und am Saum verlängert. Sie tauchten, wie im Baden-Badener Märchensommer, in eine Welt ein, die weder die Beschwernisse des Alters noch den erhobenen Zeigefinger für die Jungen kannte, keine Tränen von Frauen in nachtschwarzen Blusen und nicht den Tod derer, die das Banner der Hoffnung in die Schützengräben getragen hatten. Schon auf der Höhenstraße, beim Blick zurück die letzten der blütenfrohen Geranien auf dem eigenen Balkon noch in Sicht, begann der Zauber zu wirken. Jettchen, die in ihrer Jugend keine Darmstädter Premiere ausgelassen hatte, summte die Melodie von »Schenkt man sich Rosen in Tirol« aus dem »Vogelhändler«; sie erinnerte sich Wort für Wort an die Texte der Lieder und erzählte ihrer aufmerksam lauschenden Nichte, die bisher nur mit dem deutschen Märchenschatz und mit erbaulichen Bibelgeschichten ernährt worden war, wie die Christl von der Post um ein Haar den falschen Kurfürsten geheiratet hätte. Die fröhliche Chronistin war so hingerissen von den Bildern und Melodien, die sie in ihrem Gedächtnis entdeckte, dass sie um ein Haar wieder geweint hätte.

»Du kannst dir nicht vorstellen, wie glücklich ich damals war. Das Hoftheater war eine Pracht. In Darmstadt verstand man zu leben. Unser Ernst Ludwig hat ja eine Enkelin von Königin Victoria geheiratet.«

»Das hat Otto auf meinen Blumentopf geschrieben, doch der ist vom Balkon gesprungen. Ganz viel früher war das, als ich noch klein war.«

»Lass das nur nicht deine Mutter hören, mein Kind. Ihr fehlt es in den entscheidenden Dingen an Phantasie.«

»Dir auch?«

»Ach Vickylein, wenn man alt wird, fehlt es einem eher am Verstand.«

Im Schlenderschritt spazierten sie die Berger Straße hinunter. Einige Geschäfte waren weihnachtlich geschmückt, nicht wie im Vorjahr mit bunten Kugeln, Lebkuchenkringeln und putzigen Holzengeln aus dem Erzgebirge, sondern nur mit vereinzelten Tannenzweigen, gerahmten Bildern aus alter Zeit und Puppenhäusern, in denen es immer Väter, Söhne und Brüder gab. Und einen Napfkuchen auf dem Tisch. Am Merianplatz kicherten sich

Tante und Nichte vor einer Bäckerei die Kehle rau. Im Schaufenster thronte einsam ein Zweipfundbrot aus Pappmaché. Es hatte einen Bart aus Watte, stand aufrecht auf einer kleinen Kiste und war mit einem dreieckigen Hut aus Zeitungspapier ausgestattet, in den der Bäcker mit dem Galgenhumor der Zeitbewussten einen Tannenzweig gesteckt hatte. Von dem baumelte die Nachbildung einer Granate.

Langsam wie Schulmädchen, die auf dem Nachhauseweg trödelten, weil die Pünktlichen immer den Mittagstisch zu decken hatten, spazierten sie durch die weitläufige Friedberger Anlage. Selbst im Weihnachtsmonat lungerte noch der Altweibersommer herum. Es gab Bäume mit einer Krone aus vergilbten Blättern, Gänseblümchen wuchsen auf dem Rasen. Eichhörnchen mit flammend roten Schwänzen bereiteten sich fröhlich auf die Entbehrungen des Winters vor. Kleine Jungen, die von nichts wussten, spielten Klicker und stritten sich mit hohen Stimmen, ob ein einfacher Tagessieg denn Ruhm auf Lebenszeit bedeutete oder nur eine gewonnene Schlacht. Griesgrämige alte Männer, die Zukunft ahnten, saßen fröstelnd auf den Bänken und zogen schweigend an Zigarettenstummeln.

Abwechselnd an einem Hefestückchen knabbernd, das mit Sacharin und einer Mischung aus Vollkornmehl und gemahlenen Hülsenfrüchten gebacken und dünn mit Kunsthonig bestrichen war und trotzdem die Seligkeit der satten Zeiten auf die Zunge zauberte, gelangten die Lebensschwänzer auf Zeit zur Konstabler Wache. Dort sahen sie zum ersten Mal wachsgesichtige Feldgraue mit Kopfverbänden und grob gezimmerten Krücken. Im »General-Anzeiger« hatte gestanden, die Verwundeten würden schnelle Genesung in den vielen Lazaretten finden, die seit Kriegsausbruch in Frankfurt eingerichtet worden waren, und es dränge sie sehr, wieder zu ihren Kameraden an die Front zurückzukehren. Die Soldaten standen rauchend vor einem Karren, in dem ein heißes Getränk verkauft wurde. Die Feindeskugeln hatten ihnen Aufschub vom Sterben gewährt, doch ihre Augen waren schon tot.

»Die armen Kerle«, schauderte Jettchen, »so jung und schon gezeichnet. Für immer und ewig.«

»Hat Otto auch einen Verband um seinen Kopf gehabt?«

»Ich glaube nicht. Bei den meisten geht es ganz schnell.«

»Ich mag den Krieg nicht«, raunte Victoria verschwörerisch und schloss die Augen. »Aber unsere Lehrerin hat gesagt, dass sie uns den Mund mit Seife auswäscht und dass uns der Teufel holt, wenn wir so etwas Böses sagen.«

»Wo will die denn die Seife hernehmen? Die ist ja jetzt schon knapp.«

»Fräulein Schäfer ist doch eine Hexe aus Frankreich«, rief Victoria furchtlos. »Sie ist eine Spionin und hat vergiftete Zähne. Das weiß doch jeder.«

Sie hüpfte kurz in den Himmel und sofort wieder zurück. Der alte Lodenmantel mit dem neuen weinroten Saum wirbelte um ihre Beine. Die kühne Springerin hatte leichtes Spiel gehabt, die mütterliche Erlaubnis für einen Stadtbesuch an einem ganz gewöhnlichen Donnerstag zu erlangen. Seit Ottos Tod fragte Betsy ihre Kinder nur noch selten nach den Schulaufgaben und nach der Zeit der beabsichtigten Rückkehr von ihren Unternehmungen. Auch bestand sie weniger energisch als im Herbst früherer Jahre auf Lebertran und dem morgendlichen Gurgeln mit Salzwasser, auf den verhassten langen Wollstrümpfen und der verpönten Unterwäsche aus juckender Wolle. Besonders an den Tagen, da ihre Kinder sie schon seufzen hörten, ehe sie sich an den Frühstückstisch setzte, und der Vater früh aus dem Haus gegangen war, ließ die Mutter die Zügel schleifen. Es war, als hätte sie niemals auf Prinzipien und Disziplin beharrt, als wäre sie nie energisch und streng gewesen und immer zum Nachgeben bereit. Diskutierte diese Mutter mit den geröteten Augen, die nachts einen nicht fertig gestrickten grauen Schal aus der Schublade holte und an ihren Hals drückte, mit Erwin oder las sie Clara die Leviten, fanden die Gespräche oft ein abruptes Ende. Das machte alle Beteiligten verlegen. Dann kam es vor, dass sich Betsy an die Stirn griff und immer häufiger an die Brust und dass sie fragte: »Wozu auch?« Oder sie sagte mit einer Stimme, die nicht zu ihr zu gehören schien: »Meinetwegen« und: »Von mir aus« – alles Begriffe, die zuvor nicht in ihrem präzisen Wortschatz gestanden hatten. Selbst ihre Jüngste, der sie abends noch immer Geschichten von fleißigen Heinzelmännchen und artigen Glückskäfern vorlas, die fröhliche Sommerfeste mit bunten Lampions feierten, registrierte die Veränderungen des mütterlichen Gemüts. Sie sah auch, dass der Körper der Mutter anschwoll und dass die sich oft wie eine alte Frau bewegte, doch sie wagte noch nicht einmal Jettchen oder Josepha nach dem Grund zu fragen. Trotzdem lernte die Sechsjährige rasch, die Möglichkeiten der neuen Situation zu nutzen.

Auch an diesem nie mehr zu vergessenen Nachmittag hatte die flexible Taktikerin nicht gezögert, sich aus dem Füllhorn zu bedienen, das Fortuna denen entgegenhält, die den Augenblick der Entscheidung zu ehren wissen. Zärtlich wie ein Krabbelkind und mit dem Lächeln des Unschuldsengels, der sie nicht mehr war, seitdem sie den Glauben an die Wunderkraft der Tränenden Herzen ver-

loren hatte, hatte sie ihre Arme um den Hals der Mutter geschlungen. Große Tochterliebe hatte ihr Victoria beteuert, und zum Abschied hatte sie ihr einen schmatzenden Kuss auf die Stirn gedrückt. Bereits im Treppenhaus – zwischen dem ersten Stock und dem Parterre – hatte das schlaue Füchschen das fügsame Tantchen, das nicht beizeiten gelernt hatte, bittenden Kinderaugen zu widerstehen, über ihren ungewöhnlichen Wunsch aufgeklärt.
In der Töngesgasse stand in einem Geschäft für Kunst und gehobenen Schulbedarf, das noch einen ansehnlichen Vorrat an solider Vorkriegsware bot, seit drei Wochen ein auffallend prächtiger Griffelkasten im Schaufenster. Selbst eine Mutter, die weder den Groschen ehrte noch die seit Seneca gültigen Erkenntnisse der Pädagogik, hätte ihren Kopf geschüttelt, wenn ihr Kind die Hand nach einem so kostbaren Griffelkasten ausgestreckt hätte. Victoria hatte von der ausgefallenen Preziose durch Mariechen erfahren, für die allerdings nicht die geringste Aussicht bestand, das erlesene Stück aus der Vorkriegszeit auch nur mit dem kleinen Finger zu berühren. Victoria war überwältigt, als sie ihre Nase an die Schaufensterscheibe presste. »So etwas Schönes habe ich noch nie gesehen«, hauchte sie; sie ließ ihre Tante fühlen, wie laut ihr Herz klopfte.
Der Schiebedeckel des länglichen, auf einem grünen Samtdeckchen gebetteten Kastens war sorgsam bemalt und lackiert; bunt gewandete Kavalleristen zogen ins Manöver, voran Wilhelm II. in Uniform. Der Kaiser saß, einem Denkmal gleich, auf einem Schimmel. Auch das Pferd – den Kopf erhoben, die Augen groß – war ein künstlerischer Glücksgriff. Selbst Jettchen entflammte, als sie das Prachtstück sah. Von Minute zu Minute steigerte sich ihr Verlangen nach schlauem Handel und Besitz. Der kluge

Ladeninhaber gab sich zögernd. Ehrfürchtig leise wies er darauf hin, dass es sich bei dem ausgefallenen Schreibgerät um ein Erbstück handle. »Eine in ganz Hessen bekannte Adelsfamilie hat es mir zu treuen Händen übergeben«, erklärte der, dem es nicht um »das Geschäftliche« ging, sondern »um das Vertrauen, dass mir die hohe Familie entgegengebracht hat«.

Er hatte graues Haar und, wie Jettchen fand, die viel auf ihre eigene Menschenkenntnis gab, ehrliche Augen. Sie bot wesentlich mehr, als der Händler erwartet hatte, ebenso viele gute Worte. Da der Wert der Mark erheblich geschwunden war und bereits Münzen aus Eisen, Zink und Aluminium im Umlauf waren, schlug Victorias einfallsreiche Tante schließlich vor, sich von einem ihrer schmalen goldenen Armreifen zu trennen. Der zögernde Handelsmann nickte endlich Einverständnis. Mit gütigem Lächeln verpackte er das schöne Stück; er lobte Jettchens guten Geschmack und ihr künstlerisches Verständnis. Am Abend lobte er die Kartoffelsuppe, obwohl er nicht gern Kartoffelsuppe aß, und erzählte seiner überraschten Frau, es wäre für ihn ein besonders guter Tag gewesen.

Jettchen streckte ihm zum Abschied ihre Rechte entgegen und hielt Victoria an, einen Knicks zu machen. Nicht einen Augenblick kam ihr der Gedanke, ein Griffelkasten mit dem Bildnis des Kaisers, der in die Helligkeit künftiger Siege ritt, könnte vielleicht in einer Familie, die soeben für diesen Kaiser ihren Hoffnungsträger hatte hergeben müssen, nicht willkommen sein. »Man muss«, resümierte das zufriedene Jettchen auf dem langen Heimweg, »die Feste feiern, wie sie fallen.«

»Ich hab gedacht«, befand ihre wortklauberische Vertraute, »dass nur Soldaten fallen.«

»Dir wird später keiner was vormachen, mein Kind! Du bist ja klüger als ein Junge.«
»Aber nicht klüger als Otto«, entschied die Treue.
Die fröhlichen Weltenwanderer waren so begeistert von ihrem Ausflug und der großartigen Beute, dass sie sich bei der Heimkehr noch nicht einmal die Zeit nahmen, nach Art des Hauses ihre Straßenschuhe gegen Filzpantoffeln auszutauschen. Wie ein marodierender Landsknecht stürmte Victoria in die Küche, das atemlose, erhitzte Jettchen, noch in Pelerine und Hut, hinter ihr.
Die Hüterin des Heims war gerade dabei, das Brot, das ausgerechnet zwei Wochen vor Weihnachten so knapp wie die Kartoffeln zu werden drohte, für das Abendessen einzuteilen. Sie stand in einer weißen Schürze, das große gezackte Messer in der Hand, mit dem Rücken zur Tür und versuchte, einer widerstrebenden Josepha, die abwechselnd auf den Holztisch klopfte und leicht mit dem Fuß aufstampfte, klarzumachen, dass der Rest von der nahrhaften Leberwurst ausschließlich für den Hausherrn zu sein hätte. Johann Isidor hatte an Gewicht verloren und klagte häufig über Magenschmerzen. Nach ihrem vermeintlichen Sieg verteidigte Betsy ihre Ansicht, Erwin und Clara könnten sehr wohl abends Brennnesseltee statt Milch trinken und, ohne Schaden zu nehmen, die mit ungeschälten Pellkartoffeln gestreckte Wurst essen. Der Metzger in der Burgstraße bot sie neuerdings als »fein gewürzte Wurstware« an. Josephas Empörung steigerte sich. »Unser Erwin wächst doch noch«, erregte sie sich, »soll der Bub denn nicht groß und stark werden?«
»In unserer Zeit sind es eher die Schwachen, die mit dem Leben davonkommen. Die Schwachen und die Drückeberger.«

»Schau doch mal«, drängelte Victoria, »schau doch mal, was Tante Jettchen mir gekauft hat.«
Sie zupfte ihre Mutter am Ärmel und scharrte ungeduldig mit den Füßen, holte voller Erwartung den neuen Griffelkasten aus dem weichen Seidenpapier, schob den Deckel vor und langsam wieder zurück. Der Lichtstrahl der flackernden Kerze, die seit Kurzem jeden Abend angezündet wurde, um Strom zu sparen, fiel als sanfter Schein auf den schönen Kopf des kaiserlichen Schimmels.
»Das Pferd galoppiert ganz schnell, wenn ich es ihm sage«, versicherte die Phantasievolle. »Hopp, Pferdchen, hopp.« Sie klatschte in die Hände, summte sich in Stimmung. »Maikäfer, flieg, der Vater ist im Krieg.«
Victoria merkte zu spät, dass die Welt aus den Fugen geraten war. Das Gesicht ihrer Mutter war feuerrot geworden, ihre Lippen bebten, die Stirn war feucht. Wie in Trance schob Betsy den Brotlaib gegen ein gefülltes Wasserglas. Es fiel auf den Steinboden. Der Lärm war gewaltig. Überall lagen Scherben. »Oh«, stöhnte Jettchen, als sie sich bückte, um die erste aufzuheben.
»Lass das!«, herrschte sie Betsy an. Sie schob Jettchen in Richtung der Tür, schlug wütend mit dem Brotmesser auf den Rand einer kleinen Metallschüssel und riss ihrer verblüfften Tochter, die ob des groben, kräftigen Griffs ins Torkeln geriet, den Griffelkasten aus der Hand. Einen furchterregenden Moment sah es für Victoria so aus, als würde diese neue, ungerechte, tobende, Kinder quälende Mutter Jettchens kostbares Geschenk, genau wie zuvor das Glas, auf den Fußboden schleudern. Dann war der Sturm vorbei. Mit der gewohnten Umsicht der sorgsamen Hausfrau stellte Betsy den Kasten auf den Küchentisch.
Sie stöhnte, weil sie der Schmerz zerriss, ließ sich auf den

Küchenstuhl fallen und starrte mit Augen, die für Victoria immer fremder und bedrohlicher wurden und drachengrün funkelten, an die Küchendecke. Aus ihrer Brust schien die Luft zu entweichen; sie atmete pfeifend, bemerkte es, hielt inne und bedeckte, scharlachrot vor Scham, mit den Händen ihr Gesicht, doch am Beben der Schultern erkannte Victoria, dass ihre Mutter weinte. Es war, seit dem Tag, da der Todesbrief von der Front in der Rothschildallee 9 eingetroffen war, das zweite Mal, dass dies in Gegenwart ihrer sechsjährigen Tochter geschah.

»Ich wollte nicht, dass du böse bist«, sagte Victoria verschüchtert. »Es ist doch nur ein Kasten mit einem blöden, blöden Pferd.«

Sie merkte, dass ihre Mutter sie nicht verstanden hatte, denn Betsy zog das Brot zu sich heran und umklammerte es wie ein Kind, das gestürzt ist und getröstet werden muss. Mit einer weinerlichen Stimme, die ihre Tochter noch mehr erschreckte, als es zuvor die Tränen getan hatten, stieß sie hervor: »Ich hab' diesen Krieg nicht gewollt. Nie. Und ich will auch nicht noch einen Sohn kriegen, der mir eines Tages schreibt ›Ich freue mich auf meine Feuertaufe‹ und der dann totgeschossen wird wie ein Hase und der nicht einmal ein Grab hat.«

»Wie ein Hase«, flüsterte Victoria.

»Nicht«, sagte Josepha. Sie streichelte, was sie noch nie getan hatte, denn sie war immer eine gewesen, die die Grenzen und Schranken zu achten wusste, einen Moment Frau Betsys Kopf. »Nicht jetzt. Nicht vor dem Kind«, sagte sie leise.

Josepha schaute sich um; sie genierte sich ihrer Kühnheit, band zerstreut ihre Schürzenbänder auf und wieder zu, holte einen Lappen aus der steinernen Spüle, um den feuch-

ten Boden aufzuwischen, begriff, dass sie zuvor die Scherben aufsammeln musste, doch ihre Hände waren noch nicht ruhig genug für die Arbeit. Victorias Augen fielen ihr auf – trotz der Tränen, die noch in ihnen leuchteten, war die Botschaft zu erkennen. Josepha spürte, dass die Tochter die mütterliche Fähigkeit geerbt hatte, das Gras wachsen zu hören. Es machte sie beklommen, dass sie ihr nicht zulächeln durfte. Die Sechsjährige, die vorgab, sie würde nicht merken, wie sich der Leib ihrer Mutter zu wölben begann, und die diese ahnungslose Mutter im festen Glauben ließ, der Storch mit dem roten Halsband und den Babys im Schnabel wäre noch ein Teil ihrer Glaubenswelt, hatte bei Betsys Ausbruch keinen Moment bezweifelt, dass nicht von Erwin die Rede gewesen war.
Der neue Griffelkasten, den sie, ohne dass es ihre Mutter erfuhr oder danach fragte, fortan in die Schule mitnahm, brachte ihr Glück. Schon in der darauffolgenden Woche wurden ihre eifrigen Bemühungen um die Schönheit der Sütterlinschrift vom ungeliebten Fräulein Schäfer mit einer Eins belohnt. Die Arbeit, auf dickem weißem Papier geschrieben, das die Kinder hatten von zu Hause mitbringen müssen, war als Weihnachtsgeschenk für die Eltern gedacht und enthielt eine zeitgemäße Botschaft: »Wer trocken Brot mit Lust genießt, dem wird es gut bekommen. Wer Sorgen hat und Braten isst, dem wird das Mahl nicht frommen.« Die Angabe des Dichters mit dem langen Namen war den Kindern freigestellt worden. »Johann Wolfgang von Goethe« hatte die fleißige Victoria in Blockbuchstaben von der Tafel abgemalt, ihr aufmüpfiger Bruder mit Bleistift und winziger, verstellter Schrift an den Rand gekritzelt: »Ein Frankfurter Bub, der nie gedient hat.«

Es war das erste Jahr, dass im Wohnzimmer kein üppig geschmückter Weihnachtsbaum mit Posaunen blasenden Engeln und vergoldeten Nüssen stand. Der Herr des Hauses hatte dies angeordnet. Seine Kinder trauten sich nicht, ihn nach dem Grund zu fragen. Frau Betsy ahnte die Zusammenhänge, doch sie sagte nur: »Ach.« Am nächsten Tag sagte sie: »Mein Vater wird sich freuen.«
Wie viele jüdische Familien, denen gerade in der Kaiserzeit das Bekenntnis zu Deutschland und die Assimilation an ihre christliche Umwelt mehr bedeuteten als die eigene Herkunft und Tradition, hatten Johann Isidor und Betsy auch die Illusion von Emanzipation und Gleichheit. Zwar hielten sie die hohen jüdischen Feiertage ein und manchmal auch den Sabbat, sie hatten ihre Söhne zur Bar-Mizwa geschickt und alle vier zum jüdischen Religionsunterricht. Weil es immer so gewesen war, fasteten sie an Jom Kippur und ekelten sich vor Schweinefleisch. Abwechselnd versicherten sie einander, der Gedanke, zum Christentum zu konvertieren, würde ihnen nie kommen. Auch wünschten sie sich, schon weil sie die Entfremdung zwischen Jettchen und ihren christlich verheirateten Töchtern erlebten, jüdische Schwiegersöhne. Trotzdem sehnten sie sich in ihren Tagträumen nach einer Welt, in der die Frage nach der Konfession nur mit »evangelisch« oder »katholisch« beantwortet wurde.
Sie schämten sich nicht ihrer Herkunft, doch wenn sie ihre Söhne in die Synagoge schickten, wurden die ermahnt, den Kopf erst dort und nicht etwa schon auf der Straße zu bedecken und nirgendwo »unangenehm aufzufallen«, denn »das fällt ja auf uns alle zurück«. Sie hätten gern nichtjüdische Freunde gehabt, aber der Traum scheiterte früh. Trotzdem machten sich Johann Isidor und Betsy oft Ge-

danken, ob nicht wenigstens ihren Töchtern der Sprung in eine Gesellschaftsschicht gelingen könnte, der die Ängste einer Minderheit so fremd waren wie die Essgewohnheiten der Indianer.

Zu Pessach wurden die Matzen ins Haus geschafft, ohne dass es die Nachbarn sahen. Zu Weihnachten füllte Josepha die Gans mit Maronen.

Die Hausfrau, die in ihrem Vaterhaus gelernt hatte, einen süßen Karpfen zuzubereiten, den Kren aus Roter Beete und Meerrettich zu mischen, den Mohnzopf für den Sabbat zu flechten und am Freitagabend den Segensspruch für die Kerzen zu sprechen, schob das Blech mit Lebkuchen in den Herd und drohte Victoria mit dem strafenden Nikolaus, wenn sie ihr Zimmer nicht aufräume.

Im Salon, noch keinen Meter von den Sabbatleuchtern der Großeltern entfernt, lagen Pfeffernüsse und Bethmännchen in einer Schale mit Tannendekor. Am Heiligabend hatten die Kerzen an einem Weihnachtsbaum gebrannt, der bis zur Decke reichte. Unter ihm arrangierte die Hausfrau, die es auch auf den Nebengleisen ihres Lebens ästhetisch liebte, die Geschenke zu einem Stillleben, das selbst ihrer kritischen Tochter Clara ein bewunderndes »Ah« zu entlocken pflegte.

»Für unser Personal, das soll sich doch nicht ausgeschlossen fühlen, nur weil es in einem jüdischen Haushalt arbeitet«, erklärte Frau Betsy, als ihr Vater sie unglücklicherweise einmal im Dezember aufgesucht hatte. »Und die Kinder sollen sich ja auch nicht zurückgesetzt fühlen, wenn ihre Schulkameraden Weihnachten feiern.«

Unangenehm deutlich befragte der gutmütige Verständnisvolle seine zu Traditionsbewusstsein erzogene Tochter, wohin ihr Weg ging und was sie sich vom Ziel versprach.

»Du solltest«, empfahl er ihr beim Abschied, »beizeiten ein goldenes Kalb bestellen, mein Kind. Die werden bestimmt knapp, wenn noch mehr von uns so denken wie du. Und dann werden sich deine armen Kinder furchtbar ausgeschlossen fühlen.«

Aufgebracht suchte Betsy Trost bei ihrem Mann, doch Johann Isidor goss auch noch Öl in den Schwelbrand. Er kniff seine Gattin derb in die Wange, lachte so anzüglich, als hätte sie ihm einen Männerwitz erzählt, und sagte: »Ich bring's einfach nicht fertig, dem alten Knaben übel zu nehmen, dass er die Wahrheit ausspricht.«

Mit dem gefälligen Satz von der Rücksicht auf die nichtjüdischen Angestellten war sich Madame Sternberg mit unzähligen Gleichgesinnten einig. Juden, die es nach Assimilation drängte, belächelten ihre orthodoxen Glaubensbrüder und eine Religion, die sich weigerte, sich der modernen Zeit anzupassen; sie waren stolz auf die Freiheit, zu der sie selbst gefunden hatten, und sie wünschten sich blondes Haar und blaue Augen und träumten vom Zutritt in eine Gesellschaftsschicht, die selbst ihren Hausdienern den Umgang mit Juden untersagte. Ungeniert schielten die, die es in eine Welt drängte, die sie nicht haben wollte, in die Kirchen. Mit Lust zitierten sie Heinrich Heines Wort, die Taufe sei »das Entreebillett zur europäischen Kultur«, doch den wenigsten war bewusst, dass er nach seiner Taufe auch gesagt hatte: »Jetzt bin ich als Jude und Christ verhasst.«

Die deutschen Juden, die an das glaubten, was ihnen ihre Illusionen vorgaukelten, nannten ihre Kinder Siegfried, Sigismund und Dietlinde. Sie steckten sie in Trachtenkleider und Matrosenanzüge und zeigten ihnen gerührt die bronzene Germania vom Niederwalddenkmal. Am

Sedanstag sangen sie mit den Kleinen aus vollem Herzen »Der Kaiser ist ein lieber Mann« und ließen sie zu Weihnachten mit den Hausangestellten in die Kirche gehen, damit sie die Krippe bewunderten. Kamen Eltern zu Besuch, die noch die Speisegesetze einhielten und Sohn und Tochter an ihre Ursprünge erinnerten, ließen die Assimilierten geniert den Schinken verschwinden und fragten so unauffällig wie möglich nach dem Tag ihrer Abfahrt. Jeder, der sich dem geliebten deutschen Vaterland an die Brust warf, war der festen Überzeugung, dieses Vaterland würde seine jüdischen Bürger nie mehr ausgrenzen und sie für immer an sein Herz drücken – Hauptsache, die Juden entledigten sich der eigenen Wurzeln und passten sich ihrer nichtjüdischen Umwelt an.

Ab dem 9. November 1914 indes, da Johann Isidor vom Soldatentod seines Erstgeborenen erfahren hatte und aus einem Zwang heraus, den er sich bis zu seiner eigenen Todesstunde nicht zu erklären vermochte, jeden Freitagabend in die Synagoge ging und dort Ottos gedachte, änderte sich das Leben im ersten Stock der Rothschildallee 9. Die Posaunenengel vom Weihnachtsbaum wurden verschämt auf den Speicher gebracht, die Kinder nicht mehr zum Singen von Weihnachtsliedern ermutigt. Aus der Verbannung erlöst wurde der achtarmige Silberleuchter, den Johann Isidor zu seiner Bar-Mizwa bekommen hatte. Fortan wurde der Leuchter wieder zu Chanukka mit Kerzen bestückt. Das Chanukkafest fällt in die Weihnachtszeit.

»Und erinnert an den Sieg der Makkabäer gegen die Hellenen, die den Juden ihren Glauben mopsen wollten«, erklärte Erwin der verwirrten Josepha. »Mein Vater hat nur ein paar Jahre lang vergessen, dass das geschehen ist. Jetzt tut ihm das Missverständnis schrecklich leid, und er will ein neuer Mensch werden. Und wir müssen auch neue Menschen werden und wollen jetzt immer unsere eigenen Feste feiern. Du brauchst uns also zu Weihnachten keine Gans mehr zu braten.«

»Als ob es noch Gänse zu kaufen gäbe! Hör endlich auf, dich über eine alte Frau lustig zu machen, du frecher Bengel!«

»Ich mach' mich nicht über dich lustig, Josepha. Ich suche nur einen Menschen, der sich mit mir wundert.«

»Und da kommst du ausgerechnet zu mir. Ich wundere mich schon lange über nichts mehr.«

Betsy erfuhr nie, was bei ihrem Mann den Sinneswandel bewirkt hatte, der sie gleichermaßen verwirrte und ängstigte. Selbst wenn sie ihn nachts stöhnen hörte, dämmerte ihr nicht, welche Gespenster ihn heimsuchten. Zu keinem Zeitpunkt ahnte sie, dass er sich zu Sünden bekannte, die sie sich noch nicht einmal vorstellen konnte. »Du solltest wieder Bullrich Salz nehmen«, riet sie ihm nach den Nächten seiner Qual, »das hat dir immer so gut geholfen.«

»Eine gute Idee«, stimmte Johann Isidor ihr dann zu, und beide schauten sie beim Sprechen aneinander vorbei und zum Fenster hinaus.

Er war nicht an den Leiden des Körpers erkrankt. Es waren Seele und Gewissen, die ihm die Ruhe nahmen. Immer wieder stellte sich der Gepeinigte die gleiche Frage: War Ottos Tod die Strafe Gottes für einen Vater, der seinen Sohn nicht zu glauben gelehrt hatte? Tag für Tag las er aus Betsys geröteten Augen den gleichen Vorwurf: Er war ein Vater, der einen Achtzehnjährigen auf dem Altar der eigenen patriotischen Ideale geopfert hatte. War er Otto überhaupt je Vater gewesen in mehr als dem Wort? Hatte er ihn gekannt, geliebt, ihn den Vaterstolz fühlen lassen, der ihm gebührte?

Johann Isidor Sternberg war es, als stünde die Anklage gegen ihn auf jeder Hauswand, als wäre sie an jeden Baum genagelt. Er hatte seinen Sohn stets nur ermahnt, getadelt, gemaßregelt, von ihm Respekt und Gehorsam gefordert. Nie hatte dieser Vater ohne Liebe die Enttäuschung verborgen, dass sein Stammhalter nicht so werden würde wie er, so fleißig, strebsam, ausdauernd und erfolgreich, der Mann, vor dem alle den Hut zogen, weil er eine gesegnete Hand für das Leben hatte. Strafte nun Gott einen Vater, der nicht beizeiten erkannt hatte, dass Gleichgültigkeit und Anmaßung Sünde sind?

Die Reue des Gebrochenen war gewaltig. Das Gelöbnis, noch einmal seinen Weg zu gehen, kam von einem Mann, der sich nicht scheute, den Kopf zu senken. Erwin aber, klüger, empfindsamer und schon mit vierzehn Jahren reifer, als sein gefallener Bruder es hatte werden dürfen, durchschaute bereits den ersten väterlichen Versuch, an ihm die Vergehen wieder gutzumachen, die er an Otto begangen hatte. Was denn Erwin nach der Schule machen wolle, hatte dieser neue Vater der guten Vorsätze wissen wollen. »Und nach dem Krieg«, rasch hinzugefügt.

»Maler vielleicht«, erwiderte Johann Isidors zweitgeborener Sohn. Er schaute nicht hoch von der Kartoffel, die er gerade in sechs gleiche Scheiben zerteilte und mit Zwiebelsauce benetzte.

»Handwerk hat ja immer goldenen Boden«, lobte der perplexe Vater. Im Stillen lobte er auch sich, denn er hatte sein Erstaunen nicht gezeigt.

»Ich meine nicht einen, der Wände anstreicht«, erläuterte

Erwin. »Ich denke eher an einen Maler, der die Wände mit Bildern bedeckt.«

»Wie Rembrandt?«

»Wie Rembrandt. Nur ein bisschen moderner.«

»Pardon«, entschuldigte sich der Vater. Er wurde nicht rot. Auch war er sicher, dass er nicht wie ein Vater wirkte, der sich vor seinem halbwüchsigen Sohn zum Narren gemacht hat, doch er spürte den Schmerz. Es würde sehr lange dauern, ehe er mit seinen Kindern ebenso unbefangen würde reden können wie mit seinen Kunden und Geschäftspartnern.

Auch als Ehemann war der angesehene Herr Sternberg, der seinen Kindern allzeit die Moral der Rechtschaffenen predigte und ihnen in jeder Lebenslage soldatische Disziplin anempfahl, vom rechten Weg abgekommen. Wie ein ganz gewöhnlicher Mann, der weder Würde und Anstand noch die Rücksichtnahme auf den eigenen Stand und die eigene Familie kennt, war er der Sünde erlegen. Den Jüngling, der er nie gewesen war, hatte der melancholische Grauhaarige gesucht, hatte noch einmal die Kraft seiner Lenden spüren und für den Augenblick einer Männerseligkeit vergessen wollen, was ihm der Ehrgeiz und das Streben nach Anerkennung und Macht zu früh genommen hatten.

Das Lachen einer Unbeschwerten hatte er hören, Leidenschaft erleben wollen. Feste Brüste wollte der Gestrauchelte fühlen, ein Strumpfband aus dunkelrotem Samt am Oberschenkel sehen und keinen Verband aus weißem Mull ums Sprunggelenk. Neben einer Frau hatte er liegen wollen, die kein Haarnetz trug, um die Frisur zu schützen, und die ihren Mann noch im Bett mit den Lateinnoten seiner Kinder traktierte. Statt von den unziemlichen Forderungen der Waschfrau und den ungehörigen Bemerkungen eines impertinenten Metzgers hatte Johann Isidor, während das Wunder währte, die Schmeicheleien einer leidenschaftlichen jungen Frau gehört. Sie beteuerte ihm ihre Liebe bis ans Zeitenende und glaubte an Märchen. Ihre Augen waren Sterne und kirschrot die Lippen, und keiner hatte ihr weisgemacht, die Hingabe an einen Mann wäre der Frauen Pflicht.

Nicht das kurze Abenteuer hatte der Berauschte gesucht, der die Ehe gebrochen. Er hatte nur den belebenden Augenblick der Bestätigung spüren wollen, der einen alternden Mann zu seinen Anfängen zurückführt, doch waren die Besuche bei der jungen Heilfrau zur Gewohnheit geworden. Zu Beginn fanden sie jeden Mittwochnachmittag statt, immer nach der Konferenz mit den leitenden Angestellten in Sternbergs Postkartenverlag.

»Komisch«, witterte Betsy, nachdem sie die Schweigezeit der Klugen eingehalten hatte, »die Konferenzen haben doch früher nicht so regelmäßig stattgefunden.«

»Du ahnst ja nicht, was bei uns los ist, seitdem wir die humoristischen Karten in unser Programm aufgenommen haben. Ich muss dir unbedingt mal welche mitbringen. Du lachst dich kaputt.«

»Bestimmt«, versicherte die Gattin.

Nach neun Monaten wurde ihrem Ehemann die Rechnung zugestellt. Im Juni 1908 war er Vater von zwei gesunden Töchtern geworden. Die beiden Mädchen waren im Abstand von nur drei Wochen geboren worden, doch mit Anna, der Älteren, war der leibliche Vater juristisch nicht verwandt. Er war, weil er klug zu disponieren verstand, noch nicht einmal zum Unterhalt verpflichtet. Die Kindesmutter war auf seinen Vorschlag eingegangen, den Namen Sternberg nicht am Standesamt anzugeben, solange er seinerseits ausreichend für sie und ihre kleine Tochter sorgte. Das tat er. Johann Isidor Sternberg war ein redlicher Kaufmann. Es war nicht nötig, ihn mit schriftlichen Verträgen zu binden. Er hielt sich an mündliche Abmachungen und zahlte mit der Großzügigkeit und Zuverlässigkeit, für die er bei jedermann geschätzt war. Nach Annas Geburt stellte er seine Besuche auf knappe Visiten um. Sie fanden nur noch alle drei Monate statt.

Es war Victoria, das ehelich geborene Kind, das an seinen Nerven zehrte. Weshalb der scharfe Schmerz, warum das Schuldgefühl, wann immer er diese kecke, vorlaute, charmante Tochter auch nur anschaute? Und die Zwillinge? Nie wusste er, was sie dachten und weshalb sie einander und nicht ihn ansahen, wenn er mit ihnen sprach. Es gab auch Tage, an denen er sich so sehr im Gestrüpp seiner Emotionen verirrte, dass er, der die Ehe gebrochen, Betsy seine Untreue verübelte und Ottos Tod als Strafe Gottes für die Sünde des Ehebruchs empfand.

Als Johann Isidor vor der Last seiner Verzweiflung aus der Wohnung zu flüchten begann, vertraute er sich einem alten Mann an, dessen Namen er noch nicht einmal kannte. Er reichte Johann Isidor noch nicht mal zur Schulter, war dürr und hatte einen schneeweißen Bart, augenscheinlich einer der Frommen, die keinen Gottesdienst versäumen. Der Alte trug zu jeder Jahreszeit einen schwarzen Mantel und einen schwarzen Hut mit breitem Rand. Er sprach wenig, doch er hatte Augen, aus denen Johann Isidor die Bereitschaft zum Zuhören las, nach der es ihn verlangte wie einen Durstenden nach Wasser. Jeden Freitag nach Sonnenuntergang saß er neben dem, von dessen Herkunft und Leben er nichts wusste, in der Synagoge an der Friedberger Anlage.

Den schweigsamen Fremden hörte er atmen, schnaufen und beten. Las er im Gebetbuch, bewegte der alte Mann die Lippen wie ein Kind, das eben erst die Buchstaben kennengelernt hat. Beim Beten schaukelte sein zerbrechlicher Körper nach vorn und wieder zurück. Der wohlhabende Herr Sternberg beneidete den ärmlich Gekleideten, wie er noch keinen Mann beneidet hatte, denn der Fremde war im Haus Gottes kein Verlorener wie er selbst, er war nicht ein flüchtiger Gast, der nur zufällig die Haustürklinke seiner Gastgeber hinuntergedrückt hat. Der ehrfürchtig betende Mann mit den Augen der Anteilnahme verstand, was einer, der an Gott glaubt, zu verstehen hat. Johann Isidor aber starrte in sein Gebetbuch, ohne dass für ihn die hebräischen Buchstaben einen Sinn ergaben. Er hörte den Gesang und die Gebete, doch er war ein Tauber geworden, der von nichts mehr wusste – auf dem Weg in die gehobene Gesellschaft hatte er verdrängt, was er als Kind gelernt hatte. Dann und wann hoben der alte Mann und sein bekümmerter Nachbar zur gleichen Zeit den Kopf. Nachdem sie das Gebet für die Gestorbenen gesprochen hatten, lächelten sie einander zu – ein wenig scheu wie Kinder, die sich fremd sind und denen ihre Mütter Freundschaft befohlen haben, aber doch mit Einverständlichkeit. Es war in einem solchen Moment, dass sich Johann Isidor dem Alten offenbarte.

»Wenn Er Sie hat strafen wollen für eine Sünde«, fragte der Weise, »wieso beschützt Er dann nicht die Söhne von den Leuten, die nicht sündigen?«

»Aber ich weiß nicht, was ich tun soll.«

»Meine Frau«, fiel dem Alten ein, »sagt immer, man muss den Kopf ebenso gut ausfegen wie die Küche.«

»Und das hilft Ihnen, wenn Sie Sorgen haben?«

»Manchmal ja und manchmal nein. Es kommt darauf an, ob der Allmächtige den Besen hält.«
»Und wann tut er das?«
»Ich glaube, wenn er merkt, dass ich selbst schon mit der Arbeit begonnen habe.«
Zwei Wochen vor Beginn des neuen Jahres fasste Johann Isidor den Entschluss, wenigstens das Kapitel seines Lebens neu zu schreiben, das noch zu redigieren war. Er schrieb an Frau Friederike Emilie Haferkorn und setzte sie von seiner Absicht in Kenntnis, sie außer der Reihe aufzusuchen. Im Freundeskreis wurde die Empfängerin des Briefes Fritzi genannt, von den Geschäftsleuten in Sachsenhausen, der Lehrerin ihrer Tochter, vom Hausarzt, der Hausmeisterin und ihrer Zugehfrau »Frau Haferkorn«. Keiner außer der Lehrerin, in deren Klassenbuch die Angaben zum Familienstand ja zu stimmen hatten, wäre auf die Idee gekommen, dass die schöne, blonde Frau von sechsundzwanzig Jahren nicht verheiratet war.
Wer sie kannte, und das waren viele, denn sie mochte Menschen und die Menschen mochten sie, hielt Fritzi für eine bedauernswerte, ungewöhnlich tapfere Witwe, deren Mann ausgerechnet am Kap der guten Hoffnung den Seemannstod gefunden hatte. Den Lebensunterhalt für sich und ihre kleine Tochter verdiente die couragierte Witwe – auch dies wurde nicht angezweifelt – mit Heimarbeit. Die hübsche Mär wurde Fritzi leicht gemacht: Sie war erst nach der Geburt ihrer Tochter in die Textorstraße gezogen und hatte weitsichtig alle Brücken abgerissen, die in ihre Vergangenheit führten. Zudem war sie eine Frau, die nicht gern zurückschaute, sondern lieber nach vorn. In dieser Beziehung glich sie Tante Jettchen, der sie einmal eine Bordüre für königsblaue Samtgardinen verkauft hatte.

Ehe das Fräulein Haferkorn nämlich an einem kalten Winterabend dem Sturm und Drang seines Brotherrn nachgegeben hatte, war es Verkäuferin in der Posamenterie Sternberg in der Hasengasse gewesen – vom Chef in jeder Beziehung geschätzt. Dank ihrer frühen Fruchtbarkeit und seines Verantwortungsbewusstseins hatte Fritzi es seit sieben Jahren nicht mehr nötig, für ihren Lebensunterhalt zu arbeiten. Ein gutmütiger Malermeister, der wenig redete, aber auch nicht viel fragte und schon gar nicht, wer der Vater ihres Kindes war, wollte sie heiraten; er wiederholte sein Angebot häufig, doch es drängte sie nicht zur Ehe. Fritzi ängstigte die Vorstellung, Annas spendabler Vater könnte in einem solchen Fall die Lust verlieren, seine Tochter weiterhin so gut zu versorgen wie seine ehelich geborenen Kinder.
Die kleine Anna war ein fügsames, höfliches und nachdenkliches Mädchen, ebenso hübsch wie ihre Halbschwester in der Rothschildallee und, genau wie sie, früh gereift, nur nicht so vorlaut und zungenflink. Bei seinen Besuchen entdeckte ihr Vater, ohne dass er ihre Mutter darauf hinwies, bei der Kleinen Victorias dunkle Augen und in ihnen den gleichen Ausdruck von Melancholie, Ottos scharf geschnittene Nase und seinen eigenen dunklen Teint. Annas Ähnlichkeit mit den Kindern, die ihm Betsy geboren hatte, war offensichtlich und für Johann Isidor, obwohl er sich lange wehrte, sich dies einzugestehen, auch bewegend. Anders als die vielen Männer, die dem kurzen Abenteuer, der Leidenschaft des Moments nicht widerstehen können, zweifelte er nie an seiner Vaterschaft. Als Babys sahen sich Victoria und Anna frappierend ähnlich. Alle zwei hatten sie Locken und Grübchen, sie zahnten zur gleichen Zeit und sprachen beide mit zehn Monaten ihr erstes Wort.

Später stolperte Annas Zunge, genau wie einst die der kleinen Clara, über das Wort »Kirsche«. Ihren Vater nannte sie »Onkel Johann«. Sie knickste, wenn er kam, und sie knickste, wenn er ging, beantwortete jede Frage, die er an sie richtete, redete allerdings nie mit ihm, wenn sie nicht musste. Selbstverständlich kannte sie seinen Nachnamen nicht.

Der liebevolle »Onkel« verwöhnte seine heimliche Tochter mit Geschenken, die ihre Mutter ihr nie hätte kaufen können, hätte sie einen Mann aus dem eigenen Stand geheiratet. Johann Isidor hatte selbst Freude an seiner Großzügigkeit. Er ließ Anna Obst und Süßigkeiten aus einem Geschäft im Oeder Weg schicken, aus einem Teil der Stadt also, in den seine Betsy nie kam. Ein Bote, der nicht imstande war, zwei zusammenhängende Sätze zu sprechen, überbrachte teure Kleider, gelegentlich gar welche aus Paris und Wien. Johann Isidor ließ sie in die Posamenterie anliefern. Seine ehemalige Verkäuferin hat es nie bereut, dass sie ihren Chef erhört hatte. Seinerseits war er Fritzi dankbar, dass sie ihrer Tochter ausschließlich von dem bedauernswerten Seemannsvater erzählte, den ihr ein Sturm entrissen hatte.

Die anstehenden Verhandlungen mit Fritzi bereiteten Johann Isidor enorme Sorgen; er stellte sich auf Bitten und Tränen ein, zweifelte an sich selbst, suchte Hilfe bei Doktor Meyerbeer und widersprach nur noch selten, wenn Betsy abends auf Baldriantee bestand. Zu seiner Verblüffung aber gab es keine von den Schwierigkeiten, die jeder Mann erwartet, wenn er einer Frau die endgültige Trennung vorschlägt. Auch blieben die Vorwürfe aus, von denen er fand, ein Mann, der sich so betragen hatte wie er, hätte sie verdient. In Gedanken an ihren potenten, gutmütigen

Malermeister, zu dem sie sich seit der Silvesterfeier im Karnevalsclub noch sehr viel mehr hingezogen fühlte denn zuvor, sagte Fritzi Haferkorn gewinnend schlicht: »Es kommt darauf an, was Sie mir bieten.«
Der Vater ihres Kindes hatte sie soeben gefragt, ob es ihr recht wäre, wenn er bei entsprechender Zahlung die Verbindung zu ihr und der kleinen Anna abbrechen würde. »Zumindest derzeit«, fügte der vorsichtige Taktiker hinzu. Bekümmert verwies er auf den Umstand, dass es ohnehin nahezu unmöglich geworden war, gute Kinderkleider, Obst und Süßigkeiten zu beschaffen, und zudem wäre es für ihn sehr schwierig geworden, in die Textorstraße zu kommen. »Man wird ja nicht jünger«, sagte er, als er den Schweiß von der Stirn rieb.
»Ist schon gut«, beruhigte ihn Fritzi, »sie hat genug Bananen gegessen. Und wenn sie aus ihren Kleidern hinauswächst, kann man ja den Saum herauslassen.«
Eine Stunde später stellte sie sich auf die Zehenspitzen und gab Johann Isidor Sternberg den Abschiedskuss. Sein Angebot hatte sie überwältigt. Der redliche Handelsmann hatte nicht nur eine Summe festgesetzt, die bis zum Ende von Annas Schulzeit reichen würde. Er hatte auch glaubhaft versichert, er wolle Fritzi gegen die von den Fachleuten bereits konstatierte Inflation absichern. Noch im Februar sollte ihr ein Grundstück in Schotten übertragen werden, von dessen Existenz Frau Betsy nichts wusste. Drei Stunden später sagte Fritzi dem Malermeister zu, ihn bald zu heiraten. Sie feierten das Ereignis mit einer Flasche »Feldgrau« von der Frankfurter Feist Sektkellerei. Johann Isidor hatte ihn Fritzi im vergangenen Jahr zu Weihnachten geschenkt, sie jedoch die Gabe für eine besondere Gelegenheit reserviert. Anna trank aus einem Puppenglas.

Auch Johann Isidor empfand den Tag als einen besonderen. Zwar war er zu klug und zu ehrlich, um sich weiszumachen, er hätte sich von der Sünde befreit, aber zum ersten Mal seit sieben Jahren war es ihm möglich, ohne Scham und ohne Selbstvorwurf an Betsy zu denken. Den, der in den Schoß der Familie mit einem gereinigten Gewissen zurückkehrte, drängte es nach Hause. Der eisige Wind war beißend. Er trieb ihm Tränen in die Augen und blies ihm in die Nase. Trotzdem waren seine Schritte lang und kraftvoll, waren die eines Mannes, der nicht zaudert und niemanden fürchtet.

Wie alle reuigen Sünder hatte auch Johann Isidor das Bedürfnis, diejenige, an der er gesündigt hatte, lächeln zu sehen. Das Blumengeschäft neben seiner Posamenterie war jedoch geschlossen, ebenso die Chocolaterie, in der es vor dem Krieg die von Betsy geliebten Pistazienwürfel mit Pflaumen in Arrak gegeben hatte. Ein Buchladen bot »aktuelle Lektüre für die deutsche Jugend« an. Der treu sorgende Vater kaufte ein hübsch bebildertes Buch mit dem Titel »Der kleine Kanonier« für Victoria und die Hefte »Unsere Flieger« und »Der große Krieg« für die Zwillinge.

Im Weggehen sah er eine Porzellanschale, die ihm ausnehmend gut gefiel und ihm als künstlerisch vollkommene Huldigung für die erschien, in deren Händen das Schicksal der Nation lag. Aus einem Kranz kleiner roter Rosen leuchteten die Bildnisse von Wilhelm II. und dem österreichischen Kaiser Franz Joseph I. – die Männer, für die sein achtzehnjähriger Sohn freiwillig in den Tod gegangen war.

Johann Isidor kaufte die Schale, obwohl sie sechzig Mark kostete und ihm für ein Geschenk zu einem Anlass, von dem er ja nicht würde sprechen können, ein wenig überteuert erschien. Er nahm sich vor, Betsy noch vor dem Abendessen das Präsent zu überreichen, freute sich auf ihr Gesicht und seine zufriedene Stimmung. Eine gefrorene Wasserlache, noch nicht einmal so groß wie eine Frauenhand, bestimmte es anders.

Johann Isidor hatte zu viel Kraft gebraucht, um die Zukunft der kleinen Anna wie ein Ehrenmann zu regeln und sein Gewissen zu reinigen. Er achtete, als er das Geschäft verließ, nur noch auf seine innere Stimme und nicht mehr gründlich genug auf den festen Halt, den das Leben erfordert. Auf der Berger Straße, in Höhe des Merianplatzes, stürzte er ausgerechnet vor der Metzgerei, in der Betsy jeden Freitag einkaufte. Seine Glieder blieben unversehrt, nur der Mantel hatte einen hässlichen Fleck am Ärmel. Auch sein Stolz hatte gelitten. Ein hübsches junges Mädchen mit dicken Zöpfen, höchstens so alt wie Clara, half dem Gestrauchelten so vorsichtig auf die Beine, als wäre er ein Greis und ginge am Stock. »Mein Opa ist vorige Woche auch so bös' gefallen«, tröstete das ahnungslose Kind.

Am schlimmsten hatte es die teure Porzellanschale getroffen. Das Geschenk des reuigen Sünders für seine verständnisvolle, ihm in Treue verbundene Ehefrau war in drei Teile zerbrochen. Obwohl er die Unlogik seines Zorns sofort erkannte, verfluchte er sämtliche deutschen Kaiser. Und die österreichischen dazu.

»Du siehst nicht gut aus«, sagte Betsy beim Abendessen. »Du wirst doch nicht etwa Fieber bekommen. Oder hast du Ärger gehabt?«

»Nicht mehr als sonst«, antwortete er.

8
Ein jeder nach seiner Kraft

Frankfurt, 1. Januar bis 31. Dezember 1915

Das Jahr 1915 begann bei den Sternbergs mit den wohltuenden Hoffnungen, die den ersten Tag des Jahres vergolden, und einem falschen Leberkäse. Der nahm sich, obgleich mit einem Sträußchen Petersilie und einem kleinen Schornsteinfeger aus Pappe garniert, auf der Fleischplatte des Rosenthalservices wie eine Stallmagd in Seidenschuhen aus. Der Frankfurter »General-Anzeiger«, der sich in satter Zeit nur im Ausnahmefall mit Küchenthemen abgab, hatte in seiner Ausgabe zum zweiten Advent das Rezept für den Leberkäse-Ersatz veröffentlicht. Benötigt wurden hundert Gramm Leberwurst, zwei Bündel durch den Fleischwolf gedrehtes Wurzelwerk, eine Tasse gut gequollener Grieß, zwei Esslöffel Margarine, Pfefferersatz und »Zwiebel, Majoran und Bohnenkraut entsprechend den Vorräten«. Dazu gab es Sauerkraut und Klöße aus schwarzem Brot. Der Bäcker hatte seine Patenterfindung mit Graupen gestreckt und Josepha sie die ganze Woche lang gehortet. Die Gemüsebeilage war, weil in Frankfurt ein ungeschriebenes Gesetz am Neujahrstag, im »General-Anzeiger« nicht eigens empfohlen worden. Es war nur euphemistisch vermerkt worden, Sauerkraut wäre »derzeit ein wenig knapp«.

Josepha hatte den Kohl bei ihren Nauheimer Verwandten

gegen zwei altmodische Hüte eingetauscht – einen blauen Strohhut von Frau Betsy und ihren eigenen marineblauen Filzhut in Topfform. Sie selbst hätte ihn noch nicht einmal mehr aufgesetzt, um auf dem Wochenmarkt Zwiebeln einzukaufen, warf jedoch ihrer Cousine beim Abschied vor, sie hätte sich für »ein so gutes Stück« nicht erkenntlich genug gezeigt.

Das Sauerkraut – mit Wacholderbeeren, die es noch bei einem Frankfurter Gemüsehändler in der Vogelsbergstraße gab, und Lorbeer aus den eigenen Vorräten – duftete schon beim Kochen nach Frieden und Behaglichkeit und der schönen Bürgertradition, auf die so lange Verlass gewesen war. Als sie die dickbäuchige Schüssel ins Esszimmer trug, in der einst das Gemüse für sieben Personen serviert worden war und die sie nun noch nicht mal mehr zur Hälfte hatte füllen können, erklärte Josepha mit dem Hausfrauenstolz derer, die nicht gewillt sind, sich kampflos widrigen Umständen zu beugen: »Wer am Neujahrstag in Frankfurt kein Sauerkraut isst, der hat das ganze Jahr über kein Geld. Das wissen selbst die Eingeplackten und die Dahergelaufenen.«

Den kleinen Witz machte sie jedes Jahr am 1. Januar, exakt um zwölf Uhr mittags, doch 1915 lachte der Hausherr nicht, wie es sich für einen gehört, der seinem Personal eine Freude machen will. Er starrte trübsinnig auf seinen Teller und erwiderte: »Was in Kriegszeiten absolut nicht von Bedeutung ist, Josepha. Es kommt nicht mehr drauf an, ob wir Geld haben oder nicht. Es kommt einzig und allein darauf an, was man für sein Geld kaufen kann, und dafür brauchen wir schon heute ein Vergrößerungsglas.«

Für gewöhnlich äußerte sich Johann Isidor nicht im Familienkreis zur aktuellen wirtschaftlichen Lage, doch war er nicht nur melancholisch, sondern auch indisponiert. Sauerkraut hatte er selbst in seinen gesunden Zeiten schlecht vertragen, und nun rumorte der Schatz aus Bad Nauheim bereits in seinem Darm, als das Kraut noch auf dem Teller lag. Der Hausherr seufzte, gab jedoch umgehend vor, er hätte sich räuspern müssen. Er hatte absolut nicht beabsichtigt, Josepha zu rügen. Ihr errötetes Gesicht und die fest geschlossenen Lippen zeigten ihm an, wie gekränkt sie war. Johann Isidor spürte ein unangenehmes Brennen in der Kehle; er genierte sich sehr. Um die Verbindlichkeit bemüht, die dem Feiertag angemessen war, lächelte er seine Köchin an. Sie stand an der Tür, die wuchtige Gemüseschüssel an ihren Bauch gedrückt. »Was mag uns das neue Jahr bringen?«, fragte sie ihr Dienstherr.

»Wahrscheinlich wird die Welt noch mehr wackeln, als sie es jetzt schon tut«, erwiderte Josepha düster.

»Bravo, Kassandra!«, applaudierte Clara. Ihr Bruder stand auf und wedelte mit der Serviette. Victoria stopfte die ihre in den Mund, um nicht zu kichern. Ihre Mutter sah sie an und sagte rügend: »Sitz grade!«

Josephas düstere Prophezeiung war kein bisschen falsch. Zur Mitte des Monats berichteten die Zeitungen, dass weite Teile von Süd- und Mittelitalien durch ein Erdbeben zerstört worden waren. Es hatte dreißigtausend Tote gegeben. Das Familienoberhaupt verkündete die Tragödie beim Essen. »Das ist Gottes Strafe dafür, dass die Schurken auf der falschen Seite kämpfen«, bilanzierte Erwin.

Ein jeder Kinderfreund hätte an seinem gutmütigen Gesicht ablesen können, dass er nicht meinte, was er sagte, und dass er nur einmal mehr seinen vorlauten Bubenwitz hatte ausprobieren wollen, doch sein Vater bezeichnete die Bemerkung als einen »menschenverachtenden

Affront« und wies seinen Sohn mit theatralischer Gebärde vom Mittagstisch. Es gab an diesem Donnerstag ausgerechnet Backobst mit Mehlklößen, die der Entehrte besonders gern aß, doch Josepha entschädigte ihren Hätschelbuben in der Küche – mit einer doppelten Portion vom Backobst. Außerdem waren Erwins Klöße die einzigen, die sie mit Zimt bestreute. Sein Vater, begütigte Josepha löffelschwenkend, sei zu bedauern. Er hätte »zu viel um die Ohren«.

»Und zu wenig im Hirn«, schimpfte Erwin.

Einige Tage darauf fielen seine Schwestern in Ungnade. Vom 18. bis 24. Januar war die »Reichswollwoche« angesetzt worden. Die Beteiligung an der Sammlung zugunsten des Militärs wurde in den Betrieben, auf Hausfrauenabenden und in den Schulen als eine »vaterländische Pflicht« bezeichnet. Ohne Rücksprache mit ihrer Mutter lieferte Clara in der Sammelstelle auf der Scheidswaldstraße zwei Paar von den verhassten Wollschlüpfern ab, dazu die passenden Hemdhosen. Victoria, die sie begleitete, spendete für die »armen frierenden Soldaten« ihren brandneuen, aus einer Wolldecke geschneiderten Morgenrock und die langen braunen Wollstrümpfe, die ihr noch mindestens ein Jahr gepasst hätten. Auf die gleiche Art entledigte sie sich einen Tag später des Leibchens aus weißem Leinen, an dem die demütigende Fußbekleidung befestigt wurde.

Ihre schwangere Mutter, in großer Sorge, ob die Kohlenvorräte bis zum Frühjahr ausreichen würden, und froh über jedes Stück warmer Unterwäsche, das noch im Schrank ihrer Kinder zu finden war, erfuhr vom Alleingang ihrer Töchter aus deren eigenem Mund. Sie weinte drei Taschentücher nass, und noch um Mitternacht musste ihr Tante Jettchen Schafgarbentee aufbrühen.

Betsy nahm sich vor, Clara fühlbar dafür zu bestrafen, dass sie ihre unschuldige kleine Schwester zu dem Frevel angestiftet hatte, eine karitative Idee für eigene Zwecke zu missbrauchen. Am nächsten Tag erfuhr sie allerdings, dass der Einfall, sich auf diese Weise von den ungeliebten Teilen ihrer Ausstattung zu trennen, von Victoria stammte und Clara die Verführte war.

Das Kriegsgeschehen sorgte auch bei Erwin für eine einprägsame Erfahrung. Als immer mehr Lehrer ihrer Pflicht an der Front statt am Katheder nachkommen mussten, wurden der Kunst- und der Geschichtsunterricht des Kaiser-Friedrichs-Gymnasiums zusammengelegt. Es lag in der Natur der Zeit, dass ab dann der Zeichenunterricht nicht mehr im gleichen Maße wie zuvor auf die Schönheit in der Natur und die Romantik in der Malerei abgestellt wurde. Im Januar 1915 hatte der Schüler Sternberg dreieinhalb Wochen mit der Zeichnung des Panzerkreuzers »Blücher« zugebracht. Noch vor der Fertigstellung seiner Arbeit war er für seine exzeptionelle Fähigkeit gelobt worden, technische Details wirklichkeitsgetreu darzustellen. Oberstudienrat Dr. Gisbert Hartmann, ein Mann von fast siebzig Jahren, den der Krieg aus seinem idyllischen Ruhesitz in Bensheim an der schönen Bergstraße zurück ins Schulleben beordert hatte, sprach gar von einer »durchaus denkbaren Zukunft als Marinemaler«. Da – am 24. Januar – war die »Blücher« bei einem Seegefecht zwischen deutschen und britischen Schlachtkreuzern an der Doggerbank versenkt worden. Mit betrübtem Gesicht und in niedergeschlagenem Moll befahl Oberstudienrat Hartmann seinen Schülern, aus »Gründen der Pietät« die Arbeit an der »Blücher« einzustellen.

Erwin berichtete zu Hause von den Vorkommnissen und

mutmaßte, da bereits allerorten vom bevorstehenden U-Boot-Krieg die Rede war: »Wahrscheinlich lässt uns Grizzly nur noch Schiffe malen, die ohnehin schon unter Wasser sind.« Diesmal wurde er nicht vom Tisch verwiesen, obgleich seinem Vater der Verlust der »Blücher« sehr naheging. Die deutsche Kriegsmarine war durchaus nicht allein des Kaisers Stolz.

Der Februar brachte bessere Nachrichten. Am 2. des Monats wurden Niederlagen der Briten in Mesopotamien gemeldet, am 5. das Scheitern der russischen Offensive in der Bukowina, und am 27. war zu erfahren, dass die Russen schwere Verluste in den Karpaten erlitten hatten. Auf allen Schulhöfen wurde gejubelt. Victoria kam mit einer Zeichnung nach Hause, in dem der Zar als »Nikolaus Saurüss, Mordbrenner und gewesener Henkersknecht« steckbrieflich gesucht wurde. Sie hatte das Kunstwerk für ein dünn mit Kümmelmargarine bestrichenes Brot erstanden. Tante Jettchen lobte ihre Geschäftstüchtigkeit. Von ihrer Mutter wurde das Kind getadelt. Allerdings nur mit halber Kraft. Der 28. Februar, der bei den Sternbergs das Kriegsgeschehen aus dem Bewusstsein verdrängen sollte, warf seine Schatten.

In einem Brief, der am Vortag von einem Boten im Kontor der Posamenterie Sternberg abgegeben wurde, hatte Frau Friederike Haferkorn Johann Isidor wissen lassen, dass die Überschreibung seines Grundstücks in Schotten auf ihre Person nicht reibungslos verliefe. Ob sie ihn aufsuchen solle und wo? Frau Fritzis einstiger Chef und Liebhaber erkannte, dass sofortiges Handeln geboten war. Morgens um acht startete er mit einer Mietdroschke, deren Fahrer er mit zehn Pfund Mehl und einem kleinen Kasten Zigarren hatte entlohnen müssen, in die Heimat seiner

Kindheit. Seiner Frau sagte er, er hätte eine wichtige Unterredung in Mainz und wäre frühestens am späten Abend zurück.

Es war der Tag, der Doktor Meyerbeer das Fürchten lehrte. Der Arzt, ausschließlich auf die schweren fiebrigen Erkrankungen der Jahreszeit eingestellt und mit vier Fällen von Ruhr konfrontiert, erfuhr mittags um zwölf von der bevorstehenden Ankunft des jüngsten Kindes im Hause Sternberg. Für einen lähmenden Moment, der ihm noch lange Kummer bereitete, hatte Meyerbeer das Bedürfnis, sich auf der Stelle und für immer in Luft aufzulösen. Er steckte in den typischen Nöten der Zeit. Obwohl als Arzt von den Behörden bevorzugt behandelt, war er seit Tagen nicht mehr an Benzin für seinen Adler gekommen. Fahrradfahren hatte er nicht gelernt, und weite Wege – besonders solche, die nicht in einem Tempo zu bewältigen waren, das den Kräften eines rheumatischen älteren Herrn entsprach – waren ihm eine Pein.

Als Josepha – in Schürze und Filzpantoffeln, mit offenem Haar und vollkommen außer Atem – in sein Behandlungszimmer stürzte und »Die Hebamme hat nicht kommen gekonnt, und der gnädige Herr ist nicht zu Hause nicht« schrie, war dem langjährigen Hausarzt der Sternbergs sofort klar, dass er den Weg von seiner Praxis in der Humboldtstraße zur Rothschildallee zu Fuß würde zurücklegen müssen.

Schlimmer noch: Als Hilfe würde er allenfalls eine unverheiratete, hysterische Köchin an seiner Seite haben, die keine Ahnung vom Kinderkriegen hatte.

Meyerbeer nahm sich noch nicht einmal die Zeit, seine Arzttasche zu kontrollieren. Zwar enthielt sie Brom, Belladonna, Jod und Aspirin, ein Mittel gegen Gallenkoliken, das selten wirkte, und eine zusammenklappbare Behelfsschiene, um ein gebrochenes Gelenk zu fixieren, Zinksalbe und Rizinusöl. Während er ohne Hut und mit offenem Mantel im Laufschritt der keuchenden Josepha nachrannte und befürchten musste, jeden Moment auf dem vereisten Bürgersteig hinzustürzen, wurde ihm bewusst, dass er sein Stethoskop vergessen hatte. Eine Geburtszange, von der ja inzwischen jedes Kind in Deutschland wusste, dass sie dem verehrten Kaiser zwar seinen verkrüppelten Arm eingebracht hatte, dass er dem nützlichen Gerät aber auch sein Leben verdankte, wäre in der Praxis Meyerbeer ohnehin nicht zu finden gewesen.

Doktor Adolf Meyerbeer, tüchtig, entschlussfreudig und von seinen Patienten als ein kluger Diagnostiker gelobt, war praktischer Arzt. Ein Kind hatte er noch nie ans Licht der Welt geholt. Die letzte berufliche Begegnung mit einer Schwangeren hatte in seinem fünften Studiensemester stattgefunden – aus einer Entfernung, in der er kaum den Hinterkopf des behandelnden Arztes hatte erkennen können. Trotzdem war ihm damals klar geworden, dass er sich eher entscheiden würde, Medizinmann bei den Indianern zu werden als Frauenarzt in Deutschland.

Doktor Meyerbeer hatte geplant, sich mit fünfundsechzig Jahren von seinem anstrengenden Berufsleben zurückzuziehen und sich endlich guten Gewissens seiner Briefmarkensammlung und seinem zehnjährigen Enkelsohn zu widmen. Der Krieg und Meyerbeers Auffassung von der Treuepflicht eines loyalen Staatsdieners ließen jedoch den Rückzug ins Private nicht zu. In einem Alter, in dem er selbst des Öfteren einen Kollegen konsultieren musste und er auch keine ruhige Hand mehr hatte, war Meyerbeer jede Nacht unterwegs.

In Frankfurt stand es bereits zu Anfang des Jahres 1915 nicht mehr gut um die medizinische Versorgung der Bürger. Es wurden immer mehr Lazarette eingerichtet, die Ärzte brauchten, und gleichzeitig stieg bei der Zivilbevölkerung, die schlecht ernährt wurde und die sich von Tag zu Tag mehr um ihre Familienangehörigen an der Front sorgte, der Krankenstand. Die jungen Ärzte waren beim Militär, die Alten häufig überfordert. Besonders die Hausärzte, die sich ja ihr ganzes Berufsleben lang als »Feld-, Wald- und Wiesenarzt« bezeichnet hatten und dies mit gutem Grund, litten an dem Dilemma, dass mit einem Mal von ihnen Kenntnisse gefordert wurden, die ehedem Sache der Spezialisten gewesen waren.

Als hätte Doktor Meyerbeer geahnt, was im Hause Sternberg auf ihn zukommen würde, hatte er Frau Betsy seit dem vierten Monat ihrer Schwangerschaft energisch und wiederholt geraten, in einem Hospital zu gebären. Mit Engelszunge hatte er darauf hingewiesen, dass viele Frauen neuerdings ihre Kinder nicht mehr zu Hause bekämen und dies meistens als angenehm und erholsam empfinden würden. Als Freund der Familie hatte »Onkel Adolf«, wie er von Victoria und selbst noch von den Zwillingen genannt wurde, sich sogar die Freiheit genommen, darauf hinzuweisen, dass Frau Betsy sich in einem »nicht alltäglichen Alter für eine Schwangerschaft« befände. Wann immer Madame Sternberg jedoch diesen gut gemeinten Rat hörte, faltete sie ihre Arme über dem sich rundenden Leib wie eine Frau aus dem Volke und konterte mit unangenehm lauter Stimme: »Wenn mein Bett gut genug war für vier Kinder, wird sich auch das fünfte damit zufriedengeben müssen.«

Meyerbeer grämte sich. Er fand, ein solcher Eigensinn

mochte Betsys vierzehnjähriger Tochter noch zu Gesicht stehen, einen Trotzkopf von dreiundvierzig Jahren, der es an der Galle hatte und keine Schlagsahne mehr zum Zwetschenkuchen vertrug, empfand er allerdings als Zumutung. »Besonders für den Arzt«, beschwerte er sich beim Abendessen bei seiner Frau. »Sie soll bloß nicht auf die Idee kommen, mich zu holen, wenn die Wehen einsetzen. Wer nicht hören will, muss fühlen.« Ausnahmsweise stimmte Frau Meyerbeer ihrem Gatten zu. Sie war ohnehin der Meinung, er würde sich für die Sternbergs aufreiben und die es ihm nie genug danken.
Erwins Lippen waren blau, und er zitterte, als er dem Arzt die Haustür aufhielt. Der Junge hatte eine Dreiviertelstunde auf der Straße gestanden und nach Meyerbeer Ausschau gehalten. Um den Helfer mit der mangelhaft gepackten Arzttasche war es ebenso schlecht bestellt. Er rang noch im Erdgeschoss nach Luft, als er schon die Gebärende im ersten Stock stöhnen hörte. Auch ihm war nach Stöhnen zumute. Er fühlte sich schwach und elend, sah, weil er nur den Bruchteil einer Sekunde die Augen zumachte, Professor Buchheim im weißen Kittel und mit wirrem Haar. Der rief warnend: »Meine Herren, glauben Sie nur nicht, dass der Rasen jeden Ihrer Fehler zudecken wird.« Der Patient, auf einer Trage im Hörsaal, hatte gewiehert, die Studenten keine Bewegung gewagt.
Der Hausflur war dunkel, das Treppenhauslicht funktionierte nicht. Mühsam zog sich Meyerbeer am Treppengeländer hoch. Mit bleischweren Füßen erreichte er die Diele, sah Clara, die mit weißem Gesicht in Richtung Küche hetzte, und stolperte über seinen linken Fuß. Nervös riss er an seinen Mantelknöpfen, Josepha ebenso hektisch an seinem Ärmel. Eine Tür wurde zugeschla-

gen. Eine Frau huschte durch den Flur. Da geschah das Wunder.
Doktor Adolf Meyerbeer, der weder Tod noch Teufel noch Wundbrand fürchtete, der aber von Anfang an die Geburtshilfe aus dem Repertoire seiner medizinischen Wohltaten ausgeklammert hatte, hörte eine Stimme, die er auf Anhieb erkannte. Schrill wie gesprungenes Glas war diese Stimme, zu herrisch, um im landläufigen Sinne angenehm zu sein, doch für Meyerbeer war das kraftvoll dröhnende Organ lieblich wie Engelsgesang. Es gehörte der Hebamme Fräulein Grete Neger.
Als er seinem Schöpfer für die Rettung aus Medizinernot und Albtraum dankte, streckte Meyerbeer tatsächlich seine Arme himmelwärts. Er schlug Erwin so kräftig auf die Schulter, dass dieser taumelte, nannte ihn einen Prachtbengel und streichelte beglückt seinen Mantel. Um ein Haar hätte er die immer noch heulende Josepha umarmt. Sofort danach vernahm er allerdings einen infernalischen Lärm – verursacht von einer Kreatur, von der der jubelnde Arzt noch nicht einmal hätte sagen können, ob es ein Mensch war oder ein Tier, das da schrie.
Schwester Neger hatte er selbst als die fähigste Hebamme in der ganzen Stadt empfohlen. Dass diese tüchtige Geburtshelferin, bei der sich Reich und Arm geborgen fühlten, die nie zweifelte und nie verzweifelte, nun entgegen Josephas Behauptung zur Stelle und, nach ihrem Stimmvolumen zu urteilen, in Tätigkeit war, erleichterte Meyerbeer so sehr, dass er laut wie ein Bierkutscher lachte. Er ließ sich dazu hinreißen, wie ein besoffener Seemann »O ho!« zu grölen, holte eine Bandage aus seiner Arzttasche und wischte sich den Schweiß von der Stirn.
Glücklich wie ein Schulbub am ersten Tag der Ferien war

er. Entspannt, höchstens ein wenig verwirrt hielt er Ausschau nach dem kreischenden Geschöpf. Nichts sah er und niemanden. Erst als sein Blick zum zweiten Mal in Richtung Wintergarten ging, entdeckte er Jettchens Papagei. Der hockte in seinem Käfig und sah aus, als würde er grinsen. Abwechselnd und höllenlaut krächzte er: »Otto ist ein lieber Bub« und »Otto ist tot.«

Doktor Meyerbeer war bestürzt und wütend. Er war von Natur aus ein empfindsamer Mann, und in der Psychologie war er seiner Zeit voraus; er hatte sich sein Leben lang nicht nur mit dem Körper beschäftigt, sondern auch mit der menschlichen Seele. Nun malte er sich mit Entsetzen aus, was es für eine Mutter bedeutete, fortwährend den Namen ihres soeben im Krieg gefallenen Sohnes zu hören. »Nicht mit mir, du Mistvieh«, drohte er in den Wintergarten hinein.

Drei Minuten später kam es zu einem grotesken Missverständnis. Der Papagei hatte gerade zum vierten Mal seit Meyerbeers Ankunft »Otto ist tot« geschrien und die Gebärende einen markerschütternden Schrei getan. Josepha war mit dampfendem Wasser im Einmachtopf ins Schlafzimmer geeilt, hatte ausgerechnet vor dem Wochenbett zu weinen angefangen und sich bekreuzigt.

Der ruhige, immer gefasste Arzt hatte an der Küchentür gestanden. Geduldig hatte er gewartet, bis Josepha aus dem Schlafzimmer zurückkam. Er hatte die Hände unter die Achselhöhlen gedrückt und wippte ein wenig mit seinem Körper. Betont leise, weil er, wenn wütend, grundsätzlich seine Stimme senkte, sagte er: »Machen Sie diesem Mistkerl klar, dass es nicht gut um ihn steht. Wenn er nicht sofort seinen verdammten Schnabel hält, landet er noch heute in der Bratpfanne.«

Statt die Decke über den Vogelkäfig zu stülpen, was den aufgekratzten Papagei unverzüglich zum Schweigen gebracht hätte, stürmte Josepha fort. Sie rutschte auf den Teppichfransen im Esszimmer aus, eilte mit bleichem Gesicht zu Jettchen, die mit der verängstigten Victoria im Salon saß, und wiederholte erschüttert die einzigen vier Worte von Doktor Meyerbeers Drohung, die sie in ihrer Aufregung behalten hatte. Victoria hörte die Köchin »Es steht nicht gut« in Jettchens Ohr raunen. Das Kind sah, dass die Oberlippe und die Schultern der geliebten Tante bebten, und erinnerte sich sofort und in allen Einzelheiten an den Tag von Ottos Tod. Damals hatte sie zunächst die Erwachsenen flüstern gehört, dann war das Gesicht ihrer Mutter fremd und steif geworden wie das einer Teepuppe. Josepha hatte »Das kann nicht wahr sein« geschrien, und Tante Jettchen war zwergenklein geworden und hatte wie ein ganz kleines Kind gejammert.
Als ihr Vater am späten Nachmittag nach Hause kam, fand er seine Tochter schluchzend auf Jettchens Schoß. Aus Victorias Mund vernahm er die Schreckensbotschaft. Auch er begann heftig zu zittern. Er musste sich an der Lehne des Schaukelstuhls festhalten, rief laut: »Nein« und verbarg sein Gesicht in den Händen. Jettchen, für einen gesegneten Moment von dem Desaster im Schlafzimmer abgelenkt, stellte Victoria auf die Beine. Trockenen Auges stand sie auf und presste ihren Körper an den des entsetzten Hausherrn. Auch Victoria hörte auf zu weinen. Als sie sah, dass ihr Vater sich beruhigt hatte, drückte sie geniert die Zunge durch ihre Zahnlücke und versuchte zu lächeln. Da war sie schon nicht mehr das jüngste Kind im Hause Sternberg.
»Kommen Sie«, rief Doktor Meyerbeer aus dem Schlaf-

zimmer, »wie lange wollen Sie denn noch untätig herumlungern?«

Bereits am Abend war Betsy stark genug, um ein Dankgebet zu sprechen. Ihr fünftes Kind war kein Sohn, den sie zu einem deutschen Mann zu erziehen hatte und den es eines Tages drängen würde, auf dem Feld der Ehre für sein Vaterland zu sterben. Die zufriedene Mutter drückte ihre dritte Tochter an die Brust. Ihr Lächeln war das einer jungen Frau, und sie wusste schon nicht mehr, dass sie das Kind nicht gewollt hatte. »Ein Prachtbaby«, sagte Fräulein Neger, eine Schmeichelei, die sie nur reichen Eltern gönnte. Arme Leute wurden allenfalls mit gesunden Kindern gesegnet und ermahnt, sie reinlich zu halten und nicht mit Schnaps ruhigzustellen.

Das jüngste Kind im Hause Sternberg war fünfeinhalb Pfund schwer und einundfünfzig Zentimeter lang. Es hatte die unschuldsblauen Augen aller Neugeborenen, doch bereits Haare, und zwar schwarze wie sein Vater. Die Stimme würde es spätestens in sechs Monaten mit dem Papagei des Hauses aufnehmen können. Bemerkenswert war, dass das Kind schon bei seiner Ankunft in einer Familie, die nicht mehr auf neues Leben eingestellt war, sich rücksichtsvoll und lobenswert energisch gezeigt hatte. Es hatte entschlossener und rascher ins Leben gedrängt als seine sämtlichen Geschwister; die Mutter hatte nur fünf Stunden in den Wehen gelegen.

Einen Namen bekam das Mädchen erst drei Tage nach seiner Geburt. Seine Eltern hatten sich überhaupt nicht mit der Frage beschäftigt, welche Namen sich in schweren Zeiten für Bürgersöhne oder Töchter aus gutem Hause eigneten. Weil ihr der Name seiner Kürze und Schlichtheit wegen schon immer gefallen hatte, schlug die Mutter der

Neugeborenen Anna vor. Ihr Mann öffnete den obersten Hemdknopf, ehe er abwehrte. Irritiert registrierte seine Gattin sowohl die fahrige Bewegung als auch den entschlossenen Zug um seinen Mund. Nur deshalb fiel ihr der von einer milden Herbstsonne gesegnete Sonntagnachmittag ein, als sie Johann Isidor von ihrer Schwangerschaft erzählt und er so seltsam reagiert und gesagt hatte: »Das kannst du doch nicht im Ernst meinen, meine liebe Fritzi.« Wort für Wort hatte Betsy in ihrem Gedächtnis behalten, jede Geste von damals und das verlegene Räuspern. Sie lächelte.

»Fritzi«, schlug sie vor, denn sie war eine Frau aus Lysistratas Geschlecht. Auch als Mutter von fünf Kindern war sie bereit, sich die Finger zu verbrennen, wenn es ihr geboten schien, mit dem Feuer zu spielen. »Nennen wir sie doch einfach Fritzi«, sagte sie, »ist so schön kurz und praktisch, der Name, er klingt irgendwie lustig.«

»Nein«, entschied Johann Isidor. Seine Stimme war eisenfest, die Augen ohne Furcht. Er war ein Mann und manchmal gar ein Held, der sich nicht scheute, mit offenem Visier in den Kampf zu ziehen.

Sie beendeten den Krieg, noch ehe sie den Bogen spannten, denn sie waren zwanzig Jahre verheiratet und wussten, dass es in Eheschlachten niemals Sieger gibt, nur Besiegte. Danach bewiesen sie den Takt und das diplomatische Geschick, die Mann und Frau fester zusammenschweißen als die zwei goldenen Ringe und die Treueschwüre am Hochzeitstag. Johann Isidor streichelte behutsam Betsys bloßen Arm und schaute ihr dackeltreu in die Augen. Sie lächelte und schwieg. In der schönen Einverständlichkeit der Klugen delegierten sie die Ehre der passenden Namenswahl für das Kind in der Wiege an Jettchen und Victoria.

Sowohl das Tantchen als auch ihre Großnichte brauchten Aufmunterung und Trost. Vor allem für Jettchen war der Beweis so nötig wie das tägliche Brot, dass das Familienleben der Sternbergs ohne sie wie eine Suppe ohne Salz sein würde, dass sie von allen geliebt und von jedem geschätzt wurde. Von dem Tag an, da sie den Namen für das Mädchen fand, das in Victorias alter Wiege am Daumen lutschte, hörte Jettchen endgültig auf, die Falten in ihrem Gesicht zu zählen und die Tage, die ihr im Leben noch blieben. Auch schlug sie nie mehr vor, sie wolle zurück nach Darmstadt ziehen, um mehr Platz für das Neugeborene zu schaffen.

Victoria litt zum ersten Mal in ihrem Leben an der Menschheitsgeißel Eifersucht. Beim Frühstück klagte sie über Halsschmerzen, beim Mittagessen über einen einäugigen Riesen, der sie vor dem Milchgeschäft in der Höhenstraße abgefangen und gedroht hatte, er würde ihre Korallenkette zu Pulver zerstampfen. Ab dem Moment, da sie mit Jettchen den Namen für ihre neugeborene Schwester fand, musste sie nicht mehr mit Josephas zeitgemäßer Götterspeise aus Sago, Schwarzbrotbrösel und Berberitzenmarmelade getröstet werden. Sie konnte den Anblick der Rivalin in den Armen ihrer Mutter ertragen, ohne sich an den Leib zu fassen und beim Sprechen in den Singsang eines Kleinkindes zurückzufallen. Bereits nach fünf Tagen brachte Victoria dem Baby ein gehäkeltes Jäckchen aus rosafarbener Angorawolle, dazu die passende Mütze. Beide waren drei Jahre zuvor in den Besitz ihrer Puppe Käthe übergegangen. Vor allem gab Victoria ihren Anfangsverdacht auf, die kleine Schwester wäre in Wirklichkeit ein Hexenkind, von Ottos Mördern ausgeschickt, um sie und die Zwillinge in einem pechschwarzen

Gespensterwald mit vergifteten Bethmännchen zu meucheln.
Zum Wohl der gesamten Familie Sternberg erwies sich Victoria bei der Namenswahl als klug und kompromissbereit. Ohne Widerrede verzichtete sie auf ihre beiden Vorschläge – Rapunzel und Rosenrot. Es war bei dieser denkwürdigen Konferenz mit ihrem Tantchen, der Victoria ja sehr viel mehr Weisheit zubilligte, als es die meisten Menschen taten, dass ihr Interesse für Geschichte erwachte.
»Alice«, schlug Jettchen vor, »unsere Alice, die unvergessene Gattin unseres geliebten Großherzogs Ludwig.« Ihre Nichte war, weil ja nicht aus Darmstadt und gerade in der ersten Klasse der Volksschule, zunächst nicht im Bilde, doch sie zeigte sich beeindruckt, als Jettchen ihr die Geschichte ihres Idols erzählte. »Sie war eine richtige Prinzessin«, schwärmte Jettchen, »und wunderschön. Sie war die Tochter der berühmten Königin Victoria und wurde im Buckingham Palace geboren. In elf Jahren hat sie ihrem geliebten Gatten sieben Kinder geboren. Sie war auch die Tante von Kaiser Wilhelm II.«
»Und hat sie ihm auch so einen schönen Griffelkasten gekauft wie du mir?«
»Ach, Kind, sie ist schon lange tot, unsere Alice, doch in unserer Erinnerung wird sie für immer leben.« Dass sich die beliebte Großherzogin von Hessen und bei Rhein bei der aufopfernden Pflege ihrer an Diphtherie erkrankten Kinder angesteckt hatte und im Alter von fünfunddreißig Jahren gestorben war, verschwieg das umsichtige Tantchen. Sie fand, das Leben hätte ihrer Großnichte ohnehin eine zu frühe Begegnung mit dem Tod zugemutet.
Alice Sternberg, die ihren Vornamen erst mit vier Jahren

auszusprechen lernte, wurde meistens Lilli genannt – keiner in der Familie wusste weshalb. Von ihrer sechsjährigen Schwester wurde das Baby, das trotz der kargen Ernährungslage wie ein Bauernkind gedieh und wie die Putten in den Gärten der Landschlösser aussah, herumgeschleppt, getröstet, ehe die erste Träne floss, gehätschelt und so innig geliebt, dass Betsy wieder an Wunder zu glauben lernte. Victoria bewachte den Schlaf der Kleinen mit der Aufmerksamkeit eines Hofhundes. Noch während das Baby gestillt wurde, hortete sie für die Kleine die eigene schmale Zuteilung an Plätzchen und Zuckerstückchen. Sie schaukelte ihre Schwester in der Wiege, bis es beiden schwindelte, versprach ihr, sie unter Einsatz des eigenen Lebens vor Franzosen, Briten und Russen zu beschützen, und sang ihr jedes Lied vor, das sie je gelernt hatte. Im Herbst, als Lilli schon mit einem Zahn lächelte und gelernt hatte, ihre Hände zum Bekunden eines zufriedenen Gemüts aneinanderzureiben, erklang eines Morgens um sieben – die Eltern waren noch im Schlafzimmer – Schwester Vickys neueste Errungenschaft. Der aktuelle Schlager stammte aus dem sich ständig erweiternden Repertoire vom älteren Bruder der Freundin Marie:

Ein Sekundaner, sechzehn Jahr, steht im Bezirks-Gedräng',
der Stabsarzt sagt ihm klipp und klar:
»Die Brust ist viel zu eng.«

»Für eine Kugel breit genug«, sagt da der junge Schneuz.
»Und so es Gott im Himmel will,
auch für ein Eisern' Kreuz.«

»Wenn das Mama hört, wackeln hier die Wände«, warnte Clara. »Kannst du diesem Kind nicht einmal ein richtiges Lied vorsingen, Vicky? ›Freude schöner Götterfunken‹, meinetwegen. Oder ›Was raschelt im Stroh‹?«
Die Frage war rhetorisch, denn Clara hatte weder Zeit noch Lust und schon gar nicht die Absicht, sich mit der musikalischen Förderung des Nesthäkchens abzugeben. Mit der Ankunft ihrer zweiten Schwester hatte sie sich immer noch nicht abgefunden. Jede Träne, die Alice vergoss, ihr Lachen und das Plappern, das alle anderen entzückten, bohrten sich als Pfeil in Claras empfindsames Gemüt. Mademoiselle Sternberg hatte nämlich äußerst präzise Vorstellungen, wie sich Ehepaare in mittleren Jahren zu verhalten hätten, und sie war der Meinung, ihre greisen Eltern hätten mit dem Baby die gesamte Familie lächerlich gemacht. »Immerhin sind sie ja alt genug für das erste Enkelkind«, beschwerte sich Clara bei ihrem Bruder.
»Sag nur, du hast in dieser Beziehung was vor?«, erkundigte sich Erwin, ohne dass nur der Hauch eines Lächelns ihm die Pointe verdarb, »Theo, ich höre was läuten.«
»Ja, glaubst du, ich bin so blöd wie unsere Mutter? In Zeiten, wo sie nicht weiß, wie sie drei Kinder satt bekommt, kriegt sie ein Baby.«
»Soviel ich weiß, war Alice eine Vorkriegsproduktion. Gerade noch, hat mir Josepha verraten.«
Clara mit der kecken Zunge war zu einer frühen Schönheit erblüht. Die in den Zeiten der Fülle ausrangierten Kleider ihrer Mutter waren vom Speicher geholt und von der langjährigen Hausschneiderin der Sternbergs für die älteste Tochter umgearbeitet worden. Es war noch keine zehn Jahre her, dass die Meisterin der flinken Nadel die kleine Clara mit dunklen Schulschürzen und den weißen Flügel-

kleidern für den Sonntagsspaziergang versorgt hatte. An der Fünfzehnjährigen, für die das gängige Wort Backfisch schon nicht mehr zutraf, wirkten Madame Betsys Roben, Röcke und Blusen aus den edlen Stoffen, die dem Zahn der Zeit so trotzten wie Stolz und Vorurteil in deutschen Bürgerhäusern, reizvoll und reizend. »Wie aus einem Pariser Salon«, fand die stolze Mutter.

Clara mit dem Seidenhaar, Liebling aller Lehrer und von den Lehrerinnen und Mitschülerinnen gerade deshalb nicht ganz so wohl gelitten, stand trotz der sorgsamen Bewachung ihres eifersüchtigen Zwillingsbruders mit ihren zierlichen Füßen bereits im Leben. Ab Oktober 1915 befand sie sich, sehnsüchtig nach einem Mieter ihres Vaters Ausschau haltend, ungewöhnlich oft auf dem elterlichen Balkon. Wann immer sich die Gelegenheit bot, an der Sünde zu schnuppern, und die Stoßgebete der Lebenshungrigen erhört worden waren, öffnete Amor, der sich weder um Krieg noch um die Moral der Vaterlandsverteidiger scherte, seinen Köcher.

Kurz nachdem sie das Objekt ihrer Begierde erspäht hatte, befand sich Clara im Hausflur. Sie stand unmittelbar unter der auf Vorkriegspappe montierten Verlautbarung, in der die Treppen-, Keller- und Speicherreinigung für die betreffende Woche geregelt und darauf hingewiesen wurde, dass auch in Kriegszeiten die Mittagsruhe einzuhalten sei. Bis vier Uhr müsste von Klavierspiel und Gesang Abstand genommen werden. Während ihre nichts ahnende Mutter sie bei dem nutzbringenden Näh- und Strickkurs im Prüfling vermutete, schloss Clara ihre katzengrünen Augen. Sie schürzte die vollen Lippen, stellte sich auf die Zehenspitzen und lernte beglückt die Freuden der ersten Liebe kennen.

Ihr Auserwählter hieß Theodorich Rudolf Berghammer; er war ein erfahrener Mann von einundzwanzig Jahren und der Familie Sternberg ja wohl bekannt, wenn auch schon seit Langem von Johann Isidor als nicht genehm eingestuft. Wie erinnerlich, hatte der junge Berghammer einst Claras ältesten Bruder in die schönen Dinge des Lebens eingeführt. Nun nahm sich Ottos altruistischer Freund, der sich endgültig von den frühen Liebkosungen seiner depressiven Stiefmutter frei gemacht hatte, dessen kleiner Schwester an.

Zeit für solche Freuden hatte der gut aussehende Theo vorerst reichlich – zwar war er zu Kriegsbeginn Bildberichterstatter gewesen, wurde dann jedoch zu jenen Aufgaben herangezogen, die mehr erforderten als einen klaren Durchblick und eine ruhige Hand. Der Soldat wider Willen war an der Westfront schwer verwundet worden und nach der im Krieg üblichen Odyssee in einem Gießener Lazarett gelandet. Von dort war Theo mit einer Lähmung im rechten Arm und ohne seinen linken Fuß entlassen worden.

Es sah vorerst nicht so aus, als würde er je wieder einen Fotoapparat halten können, geschweige denn eine Waffe, doch ein schönes junges Mädchen konnte er auch mit seiner Linken so fest umarmen, dass beider Herzen im Dreivierteltakt klopften. Bald machten sich die Verliebten los vom gemeinsamen Fundament ihrer Beziehung. Sie sprachen nur noch wenig von Otto und so gut wie nie von seinem Opfer für das Vaterland, das er ja immer sehr viel mehr geliebt hatte als sein Freund Theo. Der junge Berghammer hatte, wie jeder im Haus wusste, schon früh zum Sozialismus geneigt – er trug immer noch ein rotes Halstuch und keine Krawatte.

Obwohl die Gegenwart so wenig Zukunft bot, redeten Clara und Theo vom Glück und der Freiheit. Und manchmal auch von einem Brautpaar auf einem Schimmel. In der Dämmerung, wenn es im Hof wohltuend dunkelte und sie vor den Blicken geschützt waren, die jede junge Liebe gefährden, rezitierte Theo jene Gedichte von Heinrich Heine, die eine fünfzehnjährige Schülerin im Deutschunterricht nie zu hören bekam und die sie auch nicht verstand. Trotzdem hatte Clara feuchte Augen. Als im April im Vorgarten die Knospen des Fliederbaums aufsprangen und im Mai die erste Rose blühte und ein Duft durch die Stadt zog, der Heringsersatz und Kohlsuppen vergessen ließ, sprachen sie ausschließlich von ihrer Liebe und reimten seufzend Herz auf Schmerz.

In solchen Nächten las Clara in dem »Handbuch für Frauenheilkunde«, das sie nach Ottos Tod unter seiner Matratze hervorgezogen und zur späteren Verwendung unter ihrer Wäsche versteckt hatte. Ebenso wie einst ihm, machte es ihr Schwierigkeiten, die Zeichnungen zu deuten und die Fachwörter zu verstehen. In dieser erregenden Zeit sah sie sich mehrmals genötigt, von ihrem Bruder ein Schweigegelübde zu erpressen. »Sonst«, befürchtete die Listige, »könnte mir ja doch irgendwann herausrutschen, dass mein Brüderchen sich ernsthaft mit der Frage beschäftigt, ein zweiter Rembrandt zu werden.«

»Nein«, widersprach Erwin der Furchtlose, den außer der Malerei wenig auf der Welt interessierte, »ein zweiter Kandinsky, aber wahrscheinlich hältst du den für einen polnischen Juden und den Blauen Reiter für das Oberteil eines Pferdes.«

»Und was ist daran falsch?«, fragte Clara. Sie sah liebreizend aus in dem braunen Wollrock ihrer Mutter, den die

Schneiderin mit grüner Samtborte aus der Sternberg'schen Posamenterie verziert hatte. Selbst der eigene Bruder fand sie eine Augenweide.

Allein Erwin, der treue Paladin der Kindertage, den kein Mann je würde vom Platz in ihrem Herzen verdrängen können, kannte vorerst auch Claras zweites Geheimnis. Es war ihr nach erheblicher Mühe gelungen, trotz ihrer Jugend, aber wegen des exzellenten Rufes ihres Elternhauses, zweimal in der Woche im Krankenhaus der Israelitischen Gemeinde Frankfurt als Hilfskraft angenommen zu werden. Der in jeder Beziehung nützliche Näh- und Strickkurs leistete auch da gute Dienste, um Claras regelmäßige Abwesenheit von zu Hause zu erklären. Das jüdische Krankenhaus in der Gagernstraße, für junge Beine knapp zwanzig Minuten Fußweg von der Rothschildallee entfernt, war im ersten Kriegsjahr eröffnet worden. Das moderne Hospital, auf dem neuesten Stand der Technik, war in Frankfurt ein Synonym für den Fortschritt in der Medizin. Die Abteilung für die Verwundetenpflege musste ständig erweitert werden.

Zu Hause erwies sich Clara zur Verärgerung und Enttäuschung ihrer Mutter als erstaunlich ungeschickt und kränkend unwillig bei der Säuglingspflege. Die kleine Alice, die jubelte, sobald sie Victoria sah, heulte wie ein Wolf, wenn ihre älteste Schwester nur Anstalten machte, ihre Windel zu wechseln. Bei der Pflege von erwachsenen Männern hatte Clara indes die kompetenten, sanften, beruhigenden Hände, nach denen Deutschlands Helden lechzten. Viele von ihnen waren dem Tod nur um Haaresbreite entgangen; die Jüngsten hatte der Krieg buchstäblich aus dem Elternhaus gezerrt. Sie waren in ein schwarzes Meer von Schmerz, Angst und Verzweiflung gestürzt, und doch kehrten ihre Augen für einen Moment aus der Finsternis zurück, wenn Clara an ihrer Lagerstatt stand.

»Sie ist ein Engel«, bekam Johann Isidor Sternberg zu hören, als er seine Tochter, die er gut behütet unter der Aufsicht ihrer Mutter wähnte oder zumindest an einer Nähmaschine, als eine ungehorsame Schwindlerin entlarvte. Er musste gleichzeitig jedoch auch einsehen, dass sie eine Tochter war, der die Achtung eines stolzen Vaters gebührte.

Der Zufall hatte den jungen Engel zwar vor dem strengen väterlichen Auge bloßgestellt, aber wahrhaftig nicht in die Verdammnis gestoßen. »Man kann eben nicht Gutes tun und es vor denen geheim halten, die auch ihre Pflicht erfüllen«, hatte Johann Isidor in dem Gespräch bilanziert, das schließlich auch die Mutter der rührigen jungen Heldin ins Bild setzte.

Im zweiten Kriegsjahr war es nämlich auch Johann Isidor gelungen, sich durch wohltätiges Wirken als ein Deutscher zu fühlen, der seinem Vaterland treu diente. Der respektierte Handelsmann Sternberg, nicht mehr jung und nicht mehr gesund genug, um des Kaisers Rock zu tragen und den süßen Tod für sein Vaterland zu sterben, fühlte sich nicht länger vom Kreis der Opferbereiten ausgeschlossen. Er konnte endlich wieder zufrieden in den Spiegel blicken, und auf der Straße hielt er seinen Kopf hoch und streckte die Brust heraus. Er war ein führendes, hoch geschätztes Mitglied im Komitee zur Unterstützung jüdischer Kriegswitwen und Waisen geworden. In dieser Eigenschaft hatte er dem jüdischen Krankenhaus einen Besuch abgestattet und seine Tochter mit streng zurückgekämmtem Haar, Mittelscheitel und in einer blütenweißen Kittelschürze am Krankenlager eines fiebernden Gefreiten entdeckt, dem ausgerechnet sie zu suggerieren versuchte, das Leben sei auch mit einem Bein noch lebenswert.

Johann Isidor hatte Clara seiner Lebtag nicht mit umgebundener Schürze gesehen. Er hätte sein halbes Vermögen verwettet, dass sie nicht imstande war, einen Wasserkessel von einem Suppentopf zu unterscheiden oder einen nassen Fußboden trocken zu wischen. Sie mit geröteten Wangen am Bett eines Mannes vorzufinden, den Kopf geneigt wie die schönen jungen Helferinnen, die gerade bei den Zeichnern in den Zeitungsredaktionen Hochkonjunktur hatten, die grobe Männerhand in ihrer zierlichen haltend, war freilich ein Schock für einen Patriarchen, der alles von seiner Familie zu wissen glaubte. Trotzdem sagte er im Moment der Entdeckung kein einziges Wort. Er wurde nur ein wenig rot, als wäre er derjenige, der vom Weg der Redlichkeit abgekommen war. Als er mit seinen Gremiumskollegen den Schauplatz des überraschenden Geschehens verließ, hatte er Rückenschmerzen und hinkte.

Nach der Trennung von Fritzi Haferkorn und weil ihm sein Gewissen immer noch nicht die Ruhe gönnte, die ein Mann zum Vergessen seiner Verfehlungen braucht, war Johann Isidor sehr darauf bedacht, sich ebenso gründlich mit seiner Familie wie mit Deutschlands Lage zu beschäftigen. Ehe er Claras Zukunft neu bestimmte, vergingen sieben grüblerische Nächte. Am achten Tag erzählte er seiner Frau, wo er seiner Tochter begegnet war. Ehe Betsy auch nur dazu kam, ein missbilligendes Wort zu äußern, lobte er, was er zunächst nicht beabsichtigt hatte, ihre Selbstständigkeit und Initiative. »Sie hat begriffen«, sagte er mit dem Pathos, das seine Zwillinge hinter seinem

Rücken despektierlich als »Spießers täglich Brot« bezeichneten, »dass wir jetzt jede helfende Hand brauchen.«
Clara durfte – eine zufriedenstellende Erledigung der Schulaufgaben vorausgesetzt – also weiter im jüdischen Krankenhaus arbeiten. Die Situation war Johann Isidor sehr viel angenehmer, als ihm im ersten Schrecken bewusst geworden war. Es hatte ihn schon längere Zeit gewurmt, dass Betsy nicht, wie mittlerweile die meisten Ehefrauen seiner Freunde und Bekannten, ihren Beitrag zu Deutschlands Wohlergehen leisten konnte. Zunächst hatte sie die Schwangerschaft von jeder karitativen Betätigung ferngehalten, nun Alices Versorgung. Endlich konnte Johann Isidor, wenn die Rede auf den Einsatz der tapferen deutschen Frauen kam, die in der Heimat ebenso viel leisteten wie die Helden an der Front, mit Stolz auf seine fünfzehnjährige Tochter verweisen. Anders als viele Gleichaltrige zupfte Clara nicht Binden oder strickte Wollsocken für die Soldaten im Schützengraben. Sie putzte nicht den Kriegswaisen die Nase und half ihren trauernden Müttern die Fußböden schrubben und Betten frisch beziehen.
»Sie trägt die Last und Verantwortung einer erwachsenen Frau«, erzählte ihr Vater Doktor Meyerbeer.
»Da wird sie bald einen Doktor heiraten«, entgegnete der nüchtern.
Clara selbst beschrieb ihre Tätigkeit nie mit den hehren Worten der Zeit. Sie genoss die zwei Nachmittage, die sie im Krankenhaus verbrachte, aus übervollem Herzen. Montag und Donnerstag brachten ihr die lang ersehnte Freiheit – und eine berauschende Bestätigung ihrer Weiblichkeit. Von den Todgeweihten wurde sie ihrer Jugend wegen ferngehalten, den Genesenden verdrehte sie den bandagierten Kopf. Auch so mancher Arzt fand Zeit zu

einem kurzen Tagtraum, wenn der lächelnde Engel an ihm vorüberschwebte. Ein Poet mit Stethoskop statt gesatteltem Pegasus nannte Clara ein Licht in der Finsternis und bat um ihre Hand. »Wenn es der gnädige Herr Vater erlaubt.«

Der gnädige Herr Vater schüttelte den Kopf, als er von dem Antrag erfuhr. Noch weniger aufgeschlossen zeigte er sich, als seine Tochter ihm ihre Absicht mitteilte, entweder sichere er ihr zu, sie dürfe nach dem Abitur Medizin studieren, oder sie würde umgehend von der Schule abgehen. »Wenn du es möchtest, melde ich dich gleich morgen ab«, schlug Johann Isidor vor, »ein Mädchen in deinem Alter zwingt kein Vater mehr, in die Schule zu gehen. Das kostet nur Geld und bringt nichts. Einen Blaustrumpf, der noch dazu nach Karbol riecht und jeden Mann in die Flucht schlägt, wird es in dieser Familie nicht geben. Im Übrigen wird es dein Bruder sein, der seinen Doktor macht.«

Wenn er auch eine Aversion hatte, mit Frauen zu diskutieren, und er Clara zu häufig ihren Platz im Leben zuweisen musste, war Johann Isidor nicht unzufrieden. An guten Tagen meinte er gar, er würde lernen, Ottos Tod als das Opfer zu akzeptieren, das jeder deutsche Vater zu erbringen bereit sein musste. Zu Silvester gestattete sich der gute Deutsche gar einen Blick in die Zukunft. Noch immer gehörte er zu des Kaisers Getreuen, die nicht die Niederlagen zählten, sondern die kleinen Lichtblicke. Er vertraute den deutschen Offizieren und setzte auf den deutschen Mut. Johann Isidor Sternberg war überzeugt vom deutschen Sieg und dass der Krieg nicht mehr lange dauern würde.

Als Geschäftsmann hatte er allerdings genau zu kalkulieren gewusst. In der Zeit von Staatsschulden, Zwangsbewirtschaftung und Geldentwertung hatte er nicht mehr auf Gold gesetzt. Er vertraute allein dem Grundbesitz. »Noch unsere Kinder werden den Tag segnen, da wir die Rothschildallee gekauft haben«, sagte er, als Josepha die Terrine mit dem Silvesterpunsch in den Salon brachte.

Die Kinder standen, wie in den Bilderbüchern der alten Zeit, um den Ohrensessel, in dem der orakelnde Vater saß und eine Zigarre rauchte. Jettchen saß im Schaukelstuhl und nickte Zustimmung. Auch ihr Mann hatte ihr ein schuldenfreies Haus hinterlassen: Es würde den Krieg überdauern. An Betsys Brust steckte ein Schmetterling mit Augen aus Smaragden – ein Geschenk aus Pforzheim, von ihrem Vater eigens für sie angefertigt. Victoria war überzeugt, dass sie nie mehr so glücklich sein würde wie am 31. Dezember 1915. Zum ersten Mal durfte sie das neue Jahr um Mitternacht begrüßen, nicht am Morgen des 1. Januar.

»Ab heute«, sagte sie, »bin ich kein Kind mehr.«

»Großer Irrtum, Freifrau von Sternberg«, korrigierte sie ihr Bruder, »der Lebertran ist schon ausgeschenkt.«

Victoria deutete stumm und selbstsicher auf das Glas in ihrer Hand. Auch sie durfte Punsch trinken. Josepha, die Meisterin der Improvisation, hatte Tee aus einer Mischung von Brombeerblättern und Ebereschenblättern gebraut, ihn mit Sacharin gesüßt, mit Zimt und Nelken gewürzt und das Ganze mit einem Glas vom Arrak, der aus den Vorkriegsvorräten stammte und ausschließlich für Krankheitsfälle reserviert war, zu einem standesgemäßen Silvestertrunk gemacht.

In der Schale lag Stutzweck, das in Frankfurt an Silvester traditionelle Hefegebäck mit den zwei Köpfen, die das alte und das neue Jahr symbolisieren. In den Bäckereien wurde Stutzweck nicht mehr angeboten, was als ein ganz schlechtes Omen galt. Es gab kein helles Mehl, nicht genug Fett und Zucker und zu wenig Kohle für die Backöfen. Josephas Stutzweck war aus einer Mischung von schwarzem Mehl, Kartoffeln, Haferflocken und einem Eiaustauschmittel, das soeben erst zum Verkauf gelangt war. Gesüßt hatte die findige Köchin mit Kunsthonig und zwei Löffel Rübenkraut. Ihre Augen wurden jugendschön, als die Hausfrau sie lobte. Selbst Erwin hatte, als er den ersten Bissen nahm, nicht das Herz, sein Gesicht zu verziehen.

Um Mitternacht bestand der Hausherr darauf, dass Josepha mit ihm, Betsy und Tante Jettchen ein Glas Sekt trank. Es war Feist Feldgrau, die gleiche Marke, die er einst Fritzi Haferkorn überreicht hatte. Er erinnerte sich und konnte trotzdem lächeln.

»Ich hab's ganz fest im Gefühl«, sagte er und trank seiner Frau zu, als er von der Luther-Kirche den ersten Glockenschlag hörte, »1916 bringt die Wende.«

9

Ein Traum zerbricht

Frankfurt 1916/1917

Anders als ihre sämtlichen Geschwister hatte die kleine Alice nicht die markante Nase ihres Vaters. Die Eltern werteten das niedliche Stupsnäschen ihrer Jüngsten als ein ermutigendes Zukunftsomen. Plauderten sie, ohne dass sie vor Zeugen ihre Ambitionen hätten rechtfertigen müssen, sprachen sie recht ungeniert von einem möglichen Wechsel in die Gesellschaftsklasse, die von jüdischen Männern die Vermögensverhältnisse der Rothschilds verlangte und von ihren Töchtern eine entsprechende Mitgift, ehe sie mit ihnen verkehrte.

»Aber schwarzes Haar hat sie halt doch«, pflegte Betsy an dieser Stelle der Unterhaltung einzuwenden. Ihre Gewohnheit, zuallererst nach dem Haar in der Suppe zu suchen und sich dann mit der Zukunft zu beschäftigen, hatte sich im Krieg voll entwickelt.

»Vielleicht«, tröstete sie ihr Mann, »werden schwarze Haare eines Tages modern. Dann lassen sich die Blonden umfärben und unsere Tochter heiratet den Prinzen von Hessen.«

»Meinst du das im Ernst?«

»Denk mal nach!«

Trotz der miserablen Qualität der Kriegsseife glänzten Alicens Locken wie schwarzer Taft, und obwohl es selten Äpfel gab und schon lange keinen Zwieback mehr, hatte sie bereits vier Zähne. Alle waren wunderbar gerade gewachsen und so schneeweiß wie die Haut von Schneewittchen. Jettchen war überzeugt, es wäre wenigstens zum Teil der von ihr mit Liebe und Bedacht gewählte Name der englischen Prinzessin, der bei ihrer Nichte so Exzeptionelles zuwege gebracht hätte. Aus der berechtigten Furcht indes, ihren Liebling Victoria durch irgendwelche Lobpreisungen zu kränken, die nicht deren Person galten, hütete sich das diplomatische Tantchen, eine solche Vermutung auch nur anzudeuten.

Der Sternberg'sche Nachkömmling war nicht nur eine Kinderschönheit. Sein Gemüt wurde von allen, die das Baby mit seinem Lächeln verzauberte, als ein Sonnenstrahl in dunkler Zeit empfunden. Selbst Alices kritische Schwester Clara machte da keine Ausnahme und zum Glück für die gesamte Familie der Milchmann in der Höhenstraße auch nicht. Parkte die Einjährige in ihrem weiß lackierten Korbwagen vor seiner Ladentür, oder krähte sie, ihre Stoffpuppe schwenkend, auf Mutters Arm, schüttete der bei seiner übrigen Kundschaft als misanthropisch verschriene Geschäftsmann grundsätzlich mehr in Madame Sternbergs Kanne, als ihr zukam.

Alice vermochte sogar ihren Vater freundlich zu stimmen. Sobald sie von einem Sessel zum nächsten und an dem Tisch mit den Löwenfüßen vorbeikrabbeln konnte, sorgte sie durch schamlos kokettes Verhalten dafür, dass der Hausherr ihr allabendlich einen Platz auf seinem rechten Knie einräumte, wo er sie mit den aufregenden Klappdeckeln und der klimpernden Kette seiner goldenen Taschenuhr spielen ließ. Der Vater verübelte ihr noch nicht einmal, dass sie auf seine Hausweste aus billardgrünem Samt spuckte; er nannte sie auf gut Hessisch eine Wutz und streichelte ihr Kinn.

Auch für ihre Mutter war der Unschuldsengel Seelenbalsam. In dem Jahr, das auf Alices Geburt folgte, lernte Betsy, den Schmerz um ihren Ältesten so tief zu vergraben, dass sie wieder über ihre zwei jüngsten Kinder lachen konnte. Manchmal sang sie dem fröhlichen Baby die Lieder aus Humperdincks »Hänsel und Gretel« vor, die schon Victoria entzückt hatten, und gelegentlich kamen vom so lange Zeit nicht mehr angerührten Flügel die Musikstücke, die sie einst mit ihren lernunwilligen Zwillingen hatte einüben wollen. Betsys Wandlung war tatsächlich ein kleines Wunder, denn ihre Jüngste hatte sich ausgerechnet den Wintergarten als Klassenraum und den Papagei als Sprachlehrer ausgesucht. Ihr erstes verständliches Wort war also »Otto«. Seitdem übte Alice den Namen des Schmerzes mit der Ausdauer von Forschern, die glauben, sie hielten den Schlüssel zu einer unbekannten Welt in der Hand.
Zu Alices erstem Geburtstag wurde eine kleine Feier geplant, die selbstverständlich den schwierigen Umständen des Alltags Rechnung tragen würde. Doktor Meyerbeer und seine Frau sollten kommen und auch Theo Berghammer, der sich seit seiner Heimkehr von der Front gegenüber den Sternbergs so wohltuend höflich und hilfsbereit zeigte. Obwohl der bedauernswerte junge Mann seinen Fotoapparat nur mit Mühe halten konnte, hatte er wunderschöne Bilder von der kleinen Alice gemacht – und ein herrliches Porträt von Clara im Wintergarten, eine blühende gelbe Begonie im Hintergrund. Clara war unerwartet in dem Moment nach Hause gekommen, als Theo an der Wohnungstür geklingelt hatte.
Auch Schwester Grete Neger sollte zur Geburtstagsfeier eingeladen werden. Zum Erstaunen der Sternbergs war sie seit Alices Geburt der Familie freundschaftlich verbunden.

Der dankbare Hausherr hatte die tüchtige Hebamme nämlich auf ihren Wunsch hin nicht mit der Papierwährung entlohnt, für die sich die Menschen immer weniger kaufen konnten, sondern mit den allerorten begehrten Naturalien. »Und das äußerst großzügig«, pflegte Schwester Neger im kleinen Kreis zu berichten. Bei Vertrauten, die sie wesensverwandt dünkte, schaute sie gar himmelwärts, als erbitte sie Gott um Absolution, und danach fügte sie mit ihrem liebenswürdigen rheinischen Singsang hinzu: »Die Juden haben's ja.«

Unweit von Frankfurt vollzog sich ähnlich Unerwartetes. Im Februar, sieben Tage vor dem kleinen Fest zu Ehren der einjährigen Alice, kam es zu einem hässlichen, absolut nicht zu erwartenden Familienstreit in Bad Nauheim. Für diejenige, die den Krieg nicht begonnen hatte, sollte er ebenso fatale Folgen haben wie die Schüsse von Sarajevo. Hatten jene zu einem Weltbrand von nicht voraussehbarem Ausmaß geführt, so blieben die Auswirkungen der Nauheimer Zimmerschlacht ausschließlich auf die Wohnung im ersten Stock der Frankfurter Rothschildallee 9 beschränkt. Zunächst war das Bad Nauheimer Duell lediglich als ein herzerwärmender Beweis für die Loyalität der Josepha Krause gegenüber der Familie zu werten, für die sie mehr als fünfzehn Jahre gekocht, gebraten und gebacken hatte, mit der sie lachte und litt und die sie längst als ihre eigene empfand.

Josepha war es nach den üblichen diffizilen Verhandlungen mit ihrer sauertöpfischen und allerorten als neidisch verrufenen Schwägerin Paula gelungen, einen Satz Bowlengläser gegen einen Sack Kartoffeln und eine Herrenjacke aus echtem schottischen Tweed gegen Mehl, Zucker und drei Dosen selbst eingemachter Leberwurst einzutauschen. Mamsell Krause, der Betsy prinzipiell die Auswahl des Tauschguts überließ, war mehr als zufrieden gewesen – mit dem Geschäft an sich und mit ihrem Verhandlungsgeschick.

Eine väterliche Cousine hatte zu Claras dreizehntem Geburtstag die Bowlengläser mit der Bemerkung »Für deine Aussteuer, mein Kind« angeschleppt. Sämtliche Sternbergs hatten sich Mühe geben müssen, die Contenance zu wahren. Das Geburtstagskind, damals schon und immer noch allergisch gegen alle Beiträge für die Aussteuer, hatte gar im Badezimmer geweint. Die Gläser – aus hässlichem dickem grünen Glas und mit gedrechselten Henkeln, an die man nur schwer mit dem Küchenhandtuch herankam – würden nie benutzt werden. Im Hause Sternberg wurden, wie Josepha zu betonen pflegte, ausschließlich »reine Getränke in allerbester Qualität« ausgeschenkt.

Während Josepha nun in Bad Nauheim Kaffee trank, dem ihrer Meinung nach zu viel Zichorie zugesetzt war, und ein Quarkhörnchen aß, wie sie es schon als Fünfzehnjährige hätte besser backen können, wies die Schwägerin ausdauernd auf die herrschende Kartoffelfäule hin. Ein paarmal betonte sie, sie könnte es um der Familie willen gar nicht verantworten, sich überhaupt noch von Kartoffeln zu trennen. Ein Kennerauge wie das von Josepha vermochte jedoch auf Anhieb festzustellen, dass die unbedarfte Kleinbürgersfrau, die ihr gegenübersaß und schon an der dritten Tasse von dem Zichoriengebräu suckelte, ganz vernarrt in die scheußlichen grünen Gläser war.

»Wenn ich bei dir keine Kartoffeln kriegen kann, muss ich es halt bei den Rindermanns versuchen«, pokerte die schlaue Josepha. »Dann«, machte sie klar, wobei sie energisch mit ihrer Rechten auf das linke Bein schlug, »muss ich allerdings auch die schönen Gläser und die gute Jacke wieder mitnehmen. Was soll ich denn sonst machen?« Die schlaue Füchsin verschwieg selbstverständlich, dass Herr Sternberg, der ja wusste, was sich gehörte, die Jacke nicht mehr trug, weil sich eben kein guter Deutscher im dritten Kriegsjahr noch in der Wolle von feindlichen schottischen Schafen zeigen mochte.

»Meinetwegen«, seufzte die künftige Besitzerin der grünen Bowlengläser, »dann zieh in Gottes Namen ab mit den Kartoffeln. Du redest ja einen Menschen total besoffen. Wie immer. Kein Wunder, dass dein Posaunist damals das Weite gesucht hat.«

Es hatte Schwägerin Paula nie gereicht, das letzte Wort zu behalten. Sie bürstete kopfschüttelnd die Krümel vom Tisch, rümpfte die Nase, als wittere sie alles Unheil der Welt, und setzte dann vollkommen übergangslos zu einer Tirade gegen die Juden an, wobei sie geiferte, es wären jüdische Händler, die die Preise hochtrieben, und das täten sie ausschließlich zulasten der fleißigen Landbevölkerung. Der Hassgesang endete so abrupt, wie er begonnen hatte – mit der Behauptung, die Juden seien alle feige und würden sich samt und sonders vor dem Militär drücken. »Oder sie gehen hin, und es gelingt ihnen, dass man sie nicht an die Front schickt«, wütete Paula. Sie war als junges Mädchen schon dafür berüchtigt gewesen, sich mit ihren eigenen Worten in Rage zu reden, und sie hatte seitdem nichts verlernt.

Josepha war nur für einen Moment perplex, gedemütigt, sprachlos und handlungsunfähig gewesen. Dann brodelte es in ihr wie in einem überhitzten Suppentopf. So langsam, wie es ihr möglich war, ging sie in den Flur mit den markanten Kleiderhaken aus Wildgeweih. Dort stülpte Sternbergs Köchin ihren Hut auf den Kopf, nahm die spitze Hutnadel heraus und kam zurück in die gute Stube. Sie war nun ganz ruhig. Nur ihre Augen funkten Feuer. Bedächtig, ohne ein Wort zu sagen, nahm sie den kleinen Sack Mehl hoch, der an der Tür stand, stellte ihn auf den Tisch neben die Kaffeekanne und schlitzte ihn mit der Hutnadel auf. Mit der sicheren Hand, die Frau Betsy immer bewunderte, weil sie ein randvolles Glas hochzuheben vermochte, ohne auch nur einen Tropfen zu verschütten, schüttelte Josepha ihrer Schwägerin Paula das feine weiße Mehl auf das schwarze Witwenkleid, das sie schon seit sieben Jahren trug.

»Und für so eine Schlampe, wie du es bist, hat unser Otto sein Leben hergegeben«, brüllte die Rächerin. Sie stampfte aus dem Zimmer. Mit Schritten, die den Holzboden erbeben ließen, mit den Kartoffeln, die sie für ihren Hätschelbuben zu Kartoffelpuffern reiben und für seinen empfindlichen Vater zu Brei zerstampfen würde, und mit der edlen Tweedjacke, die keiner in Schwägerin Paulas Familie je tragen würde.

Weil sie den einzigen Zug bekommen musste, der am Abend noch nach Frankfurt fuhr, blieb Josepha nicht mehr die Zeit, die Jacke anderswo gegen die nahrhaften Schätze von der Wetterau einzutauschen. Sie saß im Zug und dachte an den Geburtstagskuchen für Alice, den sie nun nicht mehr würde backen können; sie starrte zum Fenster hinaus, ohne dass sie auch nur eine Telegrafenstange oder einen Kirchturm sah. Obwohl ihr nicht übel war, hatte sie das Bedürfnis zu würgen, denn sie konnte nicht fassen, was geschehen war. Für Josepha Krause, die jede Nacht betete, der verdammte Krieg möge zu Ende sein, ehe ihr Erwin zu den Soldaten musste, war es die erste persönliche

Begegnung mit der Form von Hass, den die Welt Antisemitismus nennt. Noch kannte sie das Wort nicht.
Abends um zehn war sie wieder zu Hause. Die Uhr in der Diele schlug gerade zum letzten Mal an. Erwin kam mit einem Buch von der Toilette, obgleich sein Vater ihm wiederholt verboten hatte, dort zu lesen. Er legte seinen Finger auf Josephas Lippen, um sie an ihr Schweigegelübde zu erinnern, und sie drückte ihn so fest, als wäre er aus Amerika heimgekehrt. Betsy, immer feinfühlig und diskret, aber auch alarmiert und angespannt, merkte sofort an Josephas verstörtem Gesicht und der aus Bad Nauheim zurückgekehrten Tweedjacke, dass etwas Gravierendes passiert sein musste. Sie bestand darauf, dass ihre Köchin eine Tasse Kamillentee trank, und flößte ihr zwanzig Baldriantropfen ein. Fragen stellte die Frau des Hauses nicht. Noch nicht einmal, als der Geburtstag von Klein Alice unmittelbar bevorstand.
Sowohl Doktor Meyerbeer samt Gattin, die nun jede Chance wahrnahm, außer Haus an Gebackenes zu kommen, als auch Schwester Grete Neger hatten zugesagt. Schweigend, niedergeschlagen und missgelaunt stellte Josepha ein Gebäck her, das ein neu herausgekommenes Kriegskochbuch großsprecherisch »Schwarzbrotapfelschaum« genannt hatte. Es schmeckte, das stellte sie fest, als sie die Krümel aus der Kuchenform kratzte und kostete, vorwiegend nach der ersten Wortsilbe.
Schließlich, vierzehn Tage nach Alices Geburtstag, als niemand mehr von dem Schwarzbrotapfelschaum übel sprach, weil seitdem das Schwarzbrot noch knapper geworden war als zuvor, war es der Hausherr, bei dem Josepha ihrem verwundeten Herzen Luft machte. Als dies geschah, war Johann Isidor, wofür er sich noch lange Jahre

schämen sollte, weil Aufmerksamkeit zur rechten Zeit ihm vielleicht den richtigen Weg gewiesen hätte, nicht ganz bei der Sache. Der Plan, mit einem »massiven Materialeinsatz« die Franzosen bei Verdun »ausbluten« zu lassen, war soeben in die Tat umgesetzt worden. Erstmalig wurden deutsche Flugzeuge in geschlossenen Kampfgeschwadern eingesetzt.

Es lag in der Natur eines besorgten deutschen Patrioten, dass er an diesem Kampf um Gedeih und Verderb mehr Anteil nahm als an einem Gespräch, in dem es um die Querelen ging, die seine Köchin mit ihrer Verwandtschaft gehabt hatte. Johann Isidor war nicht der Mann, dem es gegeben war, den banalen Dingen des Alltags sein Ohr zu leihen. Auch nach Josephas beredter Klage ging ihm nicht auf, weshalb zum ersten Geburtstag seiner jüngsten Tochter ein Backwerk auf der Tortenplatte gelegen hatte, das in Friedenszeiten noch nicht einmal als ein solches erkannt worden wäre. Als Josepha von der überraschenden Tirade ihrer Bad Nauheimer Schwägerin berichtete, schaute Johann Isidor zwar seine Köchin mit der Aufmerksamkeit an, die ihrer Person gebührte, doch unmittelbar darauf blätterte er wieder in der Zeitung. Die kollektive Diffamierung der jüdischen Frontsoldaten, von der Josepha ihm soeben berichtet hatte, hielt er keineswegs für ein Menetekel, sondern für den berühmten Einzelfall.

»Ich würde mir nicht so viele Gedanken machen, Josepha«, sagte ihr Brotherr begütigend, »ich meine, wir sind uns doch beide einig, dass es Wichtigeres auf der Welt gibt als das bösartige Geschwätz dummer Weiber. So etwas hat es leider immer gegeben.«

Josepha hatte ihre Zweifel. Allerdings gab die Entwicklung zunächst dem Herrn des Hauses recht. Das Kaiserreich stand vor einer gewaltigen Belastungsprobe. Die Ernährungslage in der Heimat, schon 1914 durch den enormen Bedarf an der Front nicht mehr gut und spürbar von der britischen Seeblockade getroffen, war 1915 zusehends schlechter geworden. Im Verlauf des Jahres 1916 mangelte es dann an allen Dingen des täglichen Bedarfs, vor allem an den Grundnahrungsmitteln.

Johann Isidor fürchtete nicht so um sein eigenes Wohl und schon gar nicht um das seiner Familie. Das kaufmännische Geschick, der Weitblick und die Risikobereitschaft, die ihm in Friedenszeiten Besitz und Wohlstand gebracht hatten, kamen ihm auch im Krieg zugute. Er scheute sich nicht, das staatlich kontrollierte Verteilungssystem zu unterlaufen und sich am Handel auf den illegalen Märkten zu beteiligen. »Gott«, sagte er zu seiner Frau und beschenkte sie mit einem Pfund Butter, einem Pfund Schmalz und drei Köpfen Weißkohl, »hilft nur noch denen, die sich selbst helfen.«

Die besitzende Klasse schritt auf dem Schwarzmarkt zur Selbsthilfe, die Armen hungerten. Von Tag zu Tag mehr. Der Grat vom treu sorgenden Ernährer der Familie zum berüchtigten Kriegsgewinnler war winzig. Obwohl er in seinem Haus auch nicht den kleinsten Scherz über Wilhelm II. durchgehen ließ und er seiner achtjährigen Tochter Victoria so anschaulich von der Reichsgründung in Versailles erzählte wie andere Väter von Dornröschens Schloss, gelang es dem kaisertreuen Bürger Sternberg, um seiner Familie willen alle Skrupel zu unterdrücken. Umso mehr bedrückte ihn, dass immer mehr von der nachlassenden Kampfmoral der Nation zu hören war.

Geschickte Journalisten, die durch die eng geknüpften Maschen der Zensur zu schlüpfen wussten, deuteten wieder-

holt an, dass an der Heimatfront nicht mehr von Kriegsbegeisterung und Patriotismus die Rede sein könne. In Frankfurt war das besonders zu spüren. Die Frankfurter, von Lokalpoeten als ein ehrlicher, knorriger Menschenschlag besungen, der aus seinem Herzen keine Mördergrube mache, übertrafen knurrend ihren Ruf. Seit der Mobilmachung und der siegesfrohen Ankündigung auf deutschen Eisenbahnwagen »Weihnachten sind wir wieder zu Hause« waren zwar nur eineinhalb Jahre vergangen, aber der Hunger, die Zwangsbewirtschaftung und die Hilflosigkeit der Ämter hatten die Menschen klarsichtig gemacht. Vor allem die Frauen, denen man den Ernährer genommen hatte und die zu Hause nicht wussten, wie sie ihre Kinder satt bekommen sollten, reagierten mit Wut und Hohn, wenn sie vor den Geschäften Schlange standen und mit leeren Taschen nach Hause kamen. Vom Kriegsernährungsamt wurden sie mit unglaublichen Ratschlägen bedacht – beispielsweise, man solle durch »zweitausendfünfhundert Kauakte für dreißig Bissen in dreißig Minuten selbst für eine bessere Nahrungsverwertung sorgen«. Erwin zeichnete ein wiederkäuendes Riesenmonster mit einem winzigen Kuchen auf einem schwarz-weiß-roten Teller und dem Eisernen Kreuz an der Brust. Er klebte die Karikatur an das Küchenbuffet. Selbst sein Vater lächelte. »Sag nur, dass du immer noch Maler werden willst, mein Sohn.«
»Ja«, erwiderte der designierte Stammhalter mutig.
Es gab Brotmarken, Brotbücher und festgesetzte Preise für Getreideprodukte, aber immer weniger Mehl und Brot. Eine Reichsverteilungsstelle für die Kartoffelversorgung wurde gegründet, doch gelangten kaum noch Kartoffeln in die Großstädte. Die Landwirtschaft war schon bald nach Kriegsbeginn nicht mehr voll funktionsfähig gewesen – die

Bauern und Knechte wurden zum Militär eingezogen, die Pferde für das Heer beschlagnahmt, doch auf den Höfen war niemand mehr da, um einen Pflug zu reparieren oder einen Schlauch zu flicken. Die polnischen Wanderarbeiter standen nicht mehr zur Verfügung, junge Mädchen und schwangere Frauen verrichteten Männerarbeit. Die Versorgung mit Milch, Butter und Eiern brach zusammen. Fleisch verschwand direkt auf dem Schwarzmarkt und mit der Wurst die Moral; obgleich das Verfüttern von Zuckerrüben an das Vieh verboten wurde, klappte auch die Versorgung mit Zucker nicht mehr. »Ersatz« wurde das meistgebrauchte Wort in deutschen Küchen. Es gab Honigersatz, Ersatzkaffee, Butterersatz, Kakao-, Käse- und Fischersatz.

»Bald gibt es auch Ersatzmäntel und Ersatzköpfe«, mutmaßte Josepha.

»Es gibt aber keinen Ersatz für die, die uns genommen wurden, ohne dass wir ihnen Lebewohl sagen durften«, notierte Johann Isidor am zwanzigsten Geburtstag seines ältesten Sohns. Er hatte begonnen, Tagebuch zu führen. Doktor Meyerbeer, der Seelenkenner, hatte es ihm geraten.

»Es hat schon ganz anderen Leuten als Ihnen geholfen, mit sich selbst zu reden.«

In den Schulen wurde auch den Lehrerinnen der unteren Klassen nahegelegt, über Treue und Ausdauer, über die Tugend der Genügsamkeit und über die Redlichkeit des Soldatenherzens zu referieren. Victoria kam bekümmert nach Hause. Als Hausaufgabe sollte sie sechs Sprichwörter zum Thema Sparen aufschreiben, doch ihr fielen nur drei ein. »Und die kennt doch jeder«, sorgte sich die Individualistin.

»Wer erwirbt, tut viel; wer spart, tut mehr«, half ihr die pädagogisch begabte Mutter.
»Der spart zu spät, der nichts mehr hat«, empfahl Josepha.
»Mit Kuchen kann man Brot sparen«, sekundierte Tante Jettchen; sie wurde für den unzeitgemäßen Frevel durch einen entsetzten Blick der Hausfrau gescholten.
»Das ist der schönste Spruch von allen«, entschied Victoria. »Mein Tantchen ist so klug wie der Kaiser.«
»Es gibt doch noch Normalität«, stellte der Familienvorstand aufatmend fest, als seine Frau am Freitagabend die Kerzen in den silbernen Leuchtern entzündete und er den Hefezopf anschnitt, den sie geflochten hatte – zwar aus dunklem Mehl und mit gemahlenen Trockenerbsen als Streckmittel, aber doch nach dem Rezept der frommen Pforzheimer Großmutter. Auf dem weißen Damasttischtuch standen die farbigen Römer. Seit Ottos Tod feierte die Familie wieder den Sabbat. Victoria kannte bereits die Segenssprüche für das Brot und den Wein, die kleine Alice klatschte, sobald sie die hebräischen Worte hörte.
Äußerlich war auch der Küche nichts von den Malaisen der Zeit anzumerken. Der Herd glänzte, die blau-weiß karierten Gardinen waren rein und gestärkt, die Fenster ohne eine einzige Schliere. Der Kupferkessel und die Kuchenformen wurden wöchentlich auf Hochglanz poliert, das Salatbesteck und die Eierlöffel aus Horn in ein schützendes Filztuch gehüllt. In der Speisekammer standen eine Ballonflasche mit Ebbelwein vom Vorjahr und zwei randvolle Rumtöpfe, die schamlos nach Sommer und dem süßen Leben der Sorgenfreien dufteten. Trotzdem schärfte der Hunger auch im ersten Stock der Rothschildallee 9 seine Klauen. Schmalhans, bis dahin bei der oberen Gesellschaftsklasse eher ein theoretischer Begriff aus dem

deutschen Sprichwortschatz, wurde auch bei der Familie Sternberg Küchenmeister. Außer der kleinen Alice, die juchzend an jeder harten Brotkruste kaute, als wäre sie ein Stück vom Schlaraffenland, wussten alle, was das Wort Kartoffelfäule bedeutete.

»Ein Königreich für eine Kartoffel«, deklamierte Erwin. Er las gerade »Richard III.«.

»Und früher waren wir so dumm zu sagen«, erinnerte sich Jettchen wehmütig, »Kartoffeln gehören in den Keller und nicht auf den Teller.«

»Dummheit und Stolz wachsen aus dem gleichen Holz«, zitierte die reuevolle Josepha, wenn sie im Kartoffeltopf einen zähen, mit Zwiebeln und der Haut von Blutwurst gewürzten Brei rührte, das ein aktuelles »Kriegskochbuch für die sparsame Hausfrau« als »Hessischen Graupentopf« bezeichnet hatte. Trotz Betsys Bekundungen, Josepha hätte mutiger und loyaler gehandelt, als es die meisten Menschen in ihrer Lage getan hätten, machte diese sich immer wieder Vorwürfe, dass sie so unwiderruflich das nahrhafte Band zu der Bad Nauheimer Sippschaft zerschnitten hatte.

Die Kartoffelkiste im Keller war leer; es bestand keine Aussicht auf einen Wintervorrat. Der Gemüsehändler Mayer in der Wiesenstraße, bei dem die Sternbergs fünfzehn Jahre lang die besten Kunden gewesen waren und der für Madame Sternberg bis zum traurigen Ende immer eine Sonderüberraschung aus einem verborgenen Winkel geholt hatte, hatte mangels Ware seinen Laden geschlossen – entsprechend dem Sprachusus der Zeit »vorubergehend«. In Sachen Kartoffeln musste auch der Hausherr passen. Es war unmöglich, sperriges Gut auf dem Schwarzmarkt zu kaufen und es unbeobachtet nach Hause zu schaffen. Johann Isidors inzwischen dünn gesäte oberhessische Ver-

wandtschaft beantwortete selten seine Briefe, und wenn, beklagte sie die eigene Misere, eine Erfahrung, die die meisten Großstadtbewohner in dieser Zeit machten.
Lediglich einige Zeitungen verkannten den Ernst der Lage und wagten noch eine lose Zunge. Sie veröffentlichten eine Zeichnung, auf der eine frech grinsende Kartoffel mit einem Papierhelm auf dem Kopf zu sehen war, dazu ein Gedicht von einem gewissen Hans Fallada:

»Durchhalten!
Droh'n uns're Feinde auch noch so viel
uns mit der Hungersnot Graus.
Wir machen die letzte Kartoffel mobil.
Wir Deutsche, wir halten es aus.«

Selbst Johann Isidor, der ausschließlich seine Kinder scharf und furchtlos zu kritisieren vermochte und der es sonst eher empfehlenswert fand, diplomatisch die Zunge zu halten, empfand die Zeichnung als geschmacklos und den Vers als »sehr unpassend in einer so schweren Prüfung«. Die deutsche Kartoffel eignete sich tatsächlich nicht mehr zum Objekt der Satire. Sie wurde, als sich die Ernährungslage dramatisch zuspitzte, durch die Kohlrübe ersetzt, mancherorts auch als Steckrübe, Wruke oder Dotsche bekannt.
Kohlrüben galten laut Behördenlatein und den Verfassern von Kochbüchern, die unmöglich das glauben konnten, was sie schrieben, als das Allheilmittel in der deutschen Küche. Sie wurden dem Brotteig zugesetzt und den Kindern als Apfelmus eingeredet, ließen sich zu Gemüse, Suppen und Klößen verarbeiten, wurden gekocht, getrocknet und gedünstet. Zeitschriften, die noch 1915 – zum Zorn der Hausfrauen – Rezepte veröffentlicht hatten, in denen Butter,

Schmalz, Sardellen, Safran und Zitrusfrüchte empfohlen wurden, brachten nun Rezepte für Gemüseaufläufe, fleischlose Eintöpfe, Grießklöße, Kinderbrei, Brotaufstrich und Gebäck aus Kohlrüben. Die phantasievollste Namengebung widerfuhr der »Kohlrüben-Bettelmann-Suppe«, aufzukochen mit Kümmelkörnern und Resten von Schwarzbrot, am zynischsten war die Bemerkung, die mit einem guten Schuss Essig gewürzten Kohlrüben würden den Geschmack von erfrorenen Kartoffeln übertünchen.
Für die hungernden Menschen, die laut amtlicher Verfügung pro Tag Anspruch auf fünfunddreißig Gramm Fleisch (einschließlich Knochen), ein Viertel Ei, fünfundzwanzig Gramm Zucker und zweihundertsiebzig Gramm Brot hatten, begann im November 1916 der Kohlrübenwinter.
Wer ihn erlitt, vergaß ihn nie; viele Menschen erholten sich weder physisch noch psychisch von den Folgen der Mangelernährung. Der Kohlrübenwinter wurde Synonym für Not und Hungertod.
Auch Johann Isidor Sternberg sollte ihn für immer in Erinnerung behalten, doch es war nicht sein Magen, der für ihn die Chronik verfasste. Es war sein Herz. Das kaisertreue, opferbereite Herz des Johann Isidor Sternberg brach am 9. November 1916, auf den Tag genau zwei Jahre, nachdem er erfahren hatte, dass sein achtzehnjähriger Sohn für sein Vaterland gefallen war. Im Oktober 1916 hatte der deutsche Kriegsminister eine statistische Erhebung »zum Anteil der Juden unter den deutschen Soldaten« angeordnet.
Johann Isidor Sternberg, ein Mann mit analytischem Verstand und trotz seines zur Sentimentalität neigenden Naturells ein Leben lang auf der Hut vor Attacken aus dem Hinterhalt, brauchte keine fünf Minuten, um die Sprache

der deutschen Bürokratie als eine Diffamierung der Juden zu entlarven. Es bedurfte jedoch nicht zu zählender schlafloser Nächte, bis Johann Isidors verwundete Seele tatsächlich imstande war zu fassen, was das geliebte Kaiserreich seinen jüdischen Bürgern angetan hatte. In den Tagen der ersten Ratlosigkeit und des lähmenden Schmerzes, die der Erkenntnis folgten, bedrückte es Johann Isidor am meisten, dass er nicht über das Messer zu sprechen vermochte, das ihm die Brust aufgerissen hatte. Er konnte seiner Frau nicht in die Augen schauen, ohne dass Zorn sein Gesicht entflammte und Hilflosigkeit seine Zunge austrocknete. Dem Blick seines Sohns wich er aus, als wäre dessen Vater derjenige, der schuldig geworden war. Wenn er allein war, kamen ihm die Tränen.

Endlich, an einem Freitagabend, konnte er sein erniedrigendes Schweigen nicht mehr ertragen. Er vertraute sich Betsy an. Der Tisch war abgedeckt. Es hatte als Sabbatmahl eine Suppe aus Brühwürfeln und für jeden ein Stück gebratene Leberwurst gegeben, die der Hausherr am Vortag bei einem Metzger in der Braubachstraße gegen eine Einmeterborte aus Brüsseler Spitzen eingetauscht hatte. Die Zwillinge hatten sich, einander zuzwinkernd, zurückgezogen, Jettchen las im Nebenzimmer gerade stimmenklar den Reim vor »Piff, paff, ein Gewehr! Der Russe lebt nicht mehr«, und Victoria lachte sehr.

Josepha faltete das weiße Tischtuch. Sie sagte »Gute Nacht« und wünschte an der Tür »Gut Schabbes«, als wäre sie zeitlebens jüdisch gewesen. Die Sabbatkerzen waren fast niedergebrannt, der Hausherr starrte in ihr verlöschendes Licht. Er räusperte sich, wie er es immer getan hatte, wenn er Bedeutsames zu sagen hatte, und prüfte, ob seine Weste richtig geknöpft war. Er schämte sich ein bisschen, dass er auf die Nägel seiner rechten Hand schaute, statt zu seiner Frau hin, doch er geriet rechtzeitig in die Balance. »Ich nehme an«, sagte er, »du hast schon von der Judenzählung gehört.«

»Was soll das denn heißen?«, wunderte sich Betsy.

»Man will wissen, wie viel Juden beim Militär sind. Oder gefallen. Das nennen sie Judenzählung. Das muss doch auch dir sofort klar sein, Betsy, was das für uns bedeutet? Oder verstehst du etwa das Wort nicht?«

Betsy Sternberg verstand es nicht. Und vielen anderen, wahrlich nicht nur den Frauen, erging es ebenso. Die angeordnete »Judenzählung« reagierte auf die immer öfter laut werdenden Vorwürfe von antisemitischer Seite, die Juden seien feige Drückeberger, die sich dem Dienst an der Front mit allen möglichen Ausreden entziehen und unverhältnismäßig oft vom Militär befreit werden würden.

Johann Isidor Sternberg, für den Vaterland das heiligste Wort seiner Muttersprache gewesen war, schonte sich nicht. Beim ersten Schlag, den ihm dieses Vaterland tat, erkannte er, dass seine Illusionen gewaltig und seine Vorstellungen von der Judenfreundlichkeit des kaiserlichen Deutschland töricht gewesen waren. Naiv wie ein Kind war er gewesen, ein romantischer Schwärmer, ein Vogel Strauß mit dem Kopf im Sand. Er hatte aus Loyalität zur Tradition und im ehrfürchtigen Gedenken an Vater und Mutter nie zum Christentum konvertieren wollen, doch die beiden Worte Assimilation und Emanzipation waren für ihn Wunderdrogen gewesen. Johann Isidor hatte besessen den uralten Traum der Juden in Deutschland geträumt, sie würden eines Tages von ihren nichtjüdischen Mitbürgern als Gleiche unter Gleichen akzeptiert werden. Des Kaisers Wort zu Kriegsbeginn »Ich kenne keine Parteien mehr,

ich kenne nur noch Deutsche« hatte diesen Besessenen in einen Rausch versetzt. Nach einem solchen Satz, wie ihn Kaiser Wilhelm II. vom Balkon seines Berliner Stadtschlosses gerufen hatte, hatte das Herz der deutschen Juden seit den Anfängen der Aufklärung gehungert.
Ab August 1914 hing die Balkonrede, vom Sekretär in der Sternberg'schen Posamenterie in Blockbuchstaben auf cremefarbenes Büttenpapier abgeschrieben, in einem silbernen Rahmen an der Wand des Herrenzimmers. Der Patriot Sternberg, der am Sedanstag und zu Kaisers Geburtstag sein Haus mit der deutschen Nationalfahne beflaggte und der in der Synagoge für das Wohl und das Kriegsglück seines Landesvaters betete, hatte bis zu dem Tag, da ihm das Gegenteil bewiesen wurde, keine Stunde gezweifelt, dass die Deutschen ihn ebenso liebten wie er sie.
Er war trotz seiner Illusionen ein Verstandesmensch. Ihm war es nicht gegeben, sich auf die Dauer selbst zu betrügen. Obwohl er sich zunächst gewehrt hatte, die aktuellen Beweise der judenfeindlichen Stimmung zur Kenntnis zu nehmen, hatte er nach und nach doch feststellen müssen, dass der Antisemitismus in Deutschland im gleichen Maße wuchs wie die allgemeine Not. Von Tag zu Tag wurde deutlicher, dass sich die hungernden Menschen nach altem Brauch einen Sündenbock für ihre Misere suchten und dass sie sich auf die Juden geeinigt hatten.
»Die älteste Geschichte der Welt«, war er sich mit Doktor Meyerbeer einig.
Mit einer Diffamierung, wie sie die Judenzählung war, hatte er trotzdem nicht gerechnet. Johann Isidor erfuhr von der angeordneten Aktion erst durch einen Kommentar in der »Frankfurter Zeitung«. Der Redakteur wandte

sich scharf gegen die Befragung nach der Religionszugehörigkeit im deutschen Heer. Der loyale deutsche Staatsbürger Sternberg saß, als er den Artikel las, entspannt in einem schweren Winchester-Sessel aus grünem Leder, davor stand der Laufstall seiner jüngsten Tochter. Sie spielte mit einem Stoffesel, der beide Augen verloren hatte. »Papa Otto«, jubelte Alice, als ihrem Vater die Zeitung aus der Hand fiel. Sie hielt ihm den erblindeten Esel hin und gurgelte: »Bäh!«
Ihr Vater sah weder das Spielzeug, noch war ihm die feine ironische Pointe des Schicksals bewusst. Seine Augen wurden starr, danach erstarrte sein Körper, schließlich seine Fähigkeit, Worte zu verstehen und zu deuten. Nach einer Weile blendeten ihn Tränen, von denen er zu spät merkte, dass es die seinen waren. Im ersten Schock nahm sich Johann Isidor vor, mit niemanden über das, was er gelesen hatte, zu sprechen, seine seelische Not vor jedermann zu verbergen. An dem Freitagabend, als sein Kopf zersprang und er erkannte, dass er sein Schweigen nicht länger würde ertragen können, und er seiner Frau eingestand, dass er nie wieder der Mann sein würde, der er gewesen war, weinte er zum zweiten Mal.
»Ich glaube, du solltest mit den Unsrigen sprechen«, riet die Kluge, als sie das Schlafzimmerlicht löschte. Betsy Sternberg hatte noch nie »die Unsrigen« gesagt, doch sie durchschaute, weshalb sie es nun tat. Auch ihr Mann wusste Bescheid, obwohl er mit einem gutmütigen Tadel sagte: »Was ihr Frauen auch immer für Ideen habt.«
Er befolgte Betsys Rat und nahm teil an einer Protestversammlung der Frankfurter Ortsgruppe des Centralvereins deutscher Staatsbürger jüdischen Glaubens. Der Centralverein in Berlin hatte am 1. August 1914 den viel beach-

teten Aufruf erlassen: »Glaubensgenossen, wir rufen Euch auf, über das Maß der Pflicht hinaus Eure Kräfte dem Vaterland zu widmen. Eilet freiwillig zu den Fahnen.« Der, dessen Herz so stolz geschlagen hatte, als sein Sohn zu den Fahnen gestürmt war, saß nach vorn gebeugt und fröstelnd in einer Ecke des Raums. Ihm war es, als müsse er allein sich für das peinigende Thema des Abends rechtfertigen. Er hörte die Reden derer, die sehend geworden waren und nun gegen die infame Unterstellung protestierten, die Juden in Deutschland wären feige Drückeberger, doch er wusste nicht, wie er, Johann Isidor Sternberg, von seinem lebenslangen Traum Abschied nehmen sollte, ohne zu sterben. Wie einem Herzen, das nichts anderes gelernt hatte, als das Vaterland wie den leiblichen Vater zu lieben, die Liebe zu Deutschland entreißen?
Der Beraubte fühlte, wie der Zorn ihn versengte, wie die Empörung seinen Glauben, die Hoffnung und die Liebe zu Tode würgte und ihn zu einem gebrochenen alten Mann machte, dem die Zukunft abhandengekommen war wie anderen Menschen ein Schal oder ein Taschentuch. Er dachte an den Kanonier Otto Wilhelm Samuel Sternberg, der achtzehn Jahre alt und keinen Monat älter geworden war und der nun zum zweiten Mal sterben musste. Diesmal hingerichtet vom Hass jener Landsleute, die den Juden vorwarfen, sie würden in der Stunde der Not ihr Vaterland nicht verteidigen und in der warmen Stube ihre Kriegsgewinne zählen.
Johann Isidor schloss seine Augen. Trotzdem erschien ihm Ottos Bubengesicht, schon gezeichnet von der Männergier nach Bewährung – und der Angst eines Kindes vor dem Verlassenwerden. Der Vater sah seinen Ältesten am Ostbahnhof stehen, Ausschau haltend wie ein erfahrener

Wanderer, der sich verirrt hat und der sich scheut, sich selbst einzugestehen, dass er vom Weg abgekommen ist. In der Klappe des lächerlichen Kindertornisters steckte ein schwarz-weiß-rotes Fähnlein, eins wie es die Jungen schwenkten, wenn sie unter den Bäumen in der Rothschildallee Krieg und Soldaten spielten. Zwar sah Johann Isidor zur rechten Zeit, dass sich sein Sohn aus dem Abteil lehnte und dass er den Mund aufmachte zu dem Abschiedsgruß, auf den ein Vater in der letzten Stunde, die beiden bleibt, Anspruch hat. Doch als der Zug anfuhr, hörte der Vater des Kriegsfreiwilligen Sternberg nur seine eigene Stimme. Sie rief »Leb wohl«, und die beiden Worte schmerzten im Hals, als wären sie mit Nadeln gespickt.

Die Erinnerungen betäubten Johann Isidor. Sie lockten den Taumelnden immer weiter in eine Hölle aus schwarzen Wolken und kochender Lava. Er fühlte, wie seine Arme schwer wurden und die Beine schwach. Der Kopf schwoll zum Ballon an, zu einem roten, Hohn johlenden Ballon, der beim ersten Windhauch, der ihn traf, platzen würde. Im allerletzten Moment gelang es Johann Isidor jedoch, seine Augen aufzureißen. Er sah den Sohn, der ihm noch geblieben war.

Zunächst hielt er den Jungen im grauen Anzug – die Ärmel der Jacke zu lang, die Hose zu kurz – für die Sinnestäuschung, die von den Menschen Besitz ergreift, wenn sie krank, ausgehungert und ausgebrannt sind, wenn sie die Beute von Hoffnungen werden, die aus den Klugen armselige Tölpel machen. Dann begriff er, staunend und zunächst unfähig, auch nur mit einem Blick auf seine verblüffende Wahrnehmung zu reagieren, dass es in diesem irrwitzigen Spiel der Sinne nur einen einzigen Irrtum gab: zu glauben, dass den eigenen Augen nicht zu trauen war.

Erwin, den sein Vater noch ein Kind dünkte, einen kecken, vorlauten Buben, einen frechen, blasierten Lümmel, der vom Leben keine Ahnung hatte, dieser verkannte Erwin löste sich aus einer kleinen Gruppe von Gleichaltrigen. Mit baumelnden Armen und rot glühendem Gesicht ging er auf seinen Vater zu. Er lief langsam, dieser selbstständige, aufmüpfige, gescheite Sechzehnjährige. Er tat so, als müsse er seine Schritte zählen, starrte auf seine schwarzen Stiefel wie einer, der sein Lebtag vom Leben geduckt worden ist, doch als er seinem Vater die Hand hinstreckte, hielt er den Kopf hoch.

Sie waren beide verlegen, unsicher, einander fremd und doch für immer aneinandergeschmiedet, denn der eine war der Sohn und der andere der Vater. Sie waren darauf bedacht, das rechte Wort zu sagen, es richtig zu betonen, jede Fehldeutung, jede Unterstellung zu vermeiden. Ein jeder gab acht, den anderen nicht zu verletzen, ihn nicht herauszufordern, den feinen Faden nicht zu zerschneiden, der sie miteinander verband.

Vater und Sohn hatten sich ihr Leben lang nicht zufällig getroffen. Die Berührungspunkte ihrer Begegnungen waren vorgegeben, waren auf die Wohnung, die Synagoge und gelegentlich auf das Wohnzimmer von elterlichen Freunden beschränkt. Die kleinen Kinder gingen mit den Eltern in den Zoo, fütterten sonntags die Enten im Weiher am Ostpark, zählten mit dem Herrn Papa die Einschüsse von der Blechfahne am Eschenheimer Turm und mit der Frau Mutter die Klicker, die sie beim Murmelspiel im Park gewonnen hatten. Und waren diese Kinder alt genug, um die Eltern nicht mit schlechten Manieren zu blamieren, durften sie mit ihnen zu einem besonderen Anlass ein Stück Frankfurter Kranz im Café Bräutigam essen und zur Weihnachtszeit mit der Mutter »Peterchens Mondfahrt« oder »Hänsel und Gretel« im Opernhaus anschauen. Konvention und Gewohnheit legten die Rollen von Bürgersöhnen und höheren Töchtern fest. Die Eltern führten das Wort, die Kinder hatten zuzuhören; der Vater befahl, die Kinder gehorchten.

»Wo kommst du her?«, fragte Johann Isidor, nachdem sie sich begrüßt und ein paar Minuten lang von der für November ungewöhnlichen Kälte gesprochen hatten.

»Von zu Hause«, antwortete Erwin. Er fuhr sich mit einem zerknüllten Taschentuch über die Stirn. Der Schreck war schon während der meteorologischen Erörterungen abgeebbt, nur die Lippen waren noch steif.

»Woher hast du von der Versammlung hier gewusst? Ich meine, wir haben doch nie über so etwas gesprochen.«

»Wir nicht«, sagte Erwin. Er traute sich tatsächlich, das erste Wort zu betonen. Ganz wenig, ohne zu provozieren, nur um der Wahrheit willen. »Aber ich bin schon seit zwei Jahren in der Jugendgruppe der Gemeinde. Da reden wir viel über solche Dinge.«

War sein Blick denn wie immer? Grinste er etwa wie bei Tisch, wenn Clara ihm Rückhalt signalisierte? Rebellierte dieser frühreife Knabe, und wenn er rebellierte, gegen wen? War er nicht immer verschlossener gewesen als sein Bruder, sich selbst genug? Und nun war er erwachsen geworden, ohne dass der Vater es gemerkt hatte. Die Zeit raubte einem nicht nur den Lebensmut, sie nahm einem Mann auch die eigenen Kinder.

»Es tut mir leid für dich, Vater«, sagte Erwin.

»Was meinst du?«

Johann Isidors Augen flackerten die Ratlosigkeit, der kein Vater von heranwachsenden Söhnen entkommt. Er aber erlebte es zum ersten Mal, dass ein Sohn ihn verwirrte und es wagte, den Vater in das tiefe schwarze Loch zu stoßen, das er mit der Kraft und der Unverfrorenheit ausgehoben hatte, die nur den Jungen gegeben ist. Otto war nie ein Rebell gewesen, er hatte nicht zu früh wissen wollen, was in der Welt geschah. Otto hatte seinen Platz im Leben gekannt. Er hatte seinem Vater nicht den Boden entzogen, auf dem er stand. Seine Pflicht – nicht mehr und nicht weniger – hatte Johann Isidors Ältester getan. Ohne viel zu fragen und ohne zu zögern. Otto war der Sohn gewesen, den sich ein Vater wünschte.

»Die ganze Sache mit der Judenzählung und so«, nahm Erwin das Gespräch wieder auf. »Es muss doch schlimm für dich sein. Du hast doch an Deutschland geglaubt. Wahrscheinlich denkst du jetzt noch, die Leute werden die Judenzählung verurteilen und uns vor den Dreckschleudern der Antisemiten verteidigen. Aber ich bin nie ein Optimist gewesen.«

»Um Himmels willen, du bist doch erst sechzehn. In deinem Alter hat man noch keine Meinung zu haben. Bringen sie euch die Schwarzseherei in der Jugendgruppe bei?«

»Nein, in der Gruppe habe ich nur das Denken gelernt. Und die Augen aufzumachen. Und zu sagen, was ich denke.«

»Das, mein Sohn, hast du schon immer getan. Weiß eigentlich deine Mutter, dass du in diese Gruppe gehst?«

»Nein, meine Schwester.«

»Welche? Du hast, glaube ich, drei?«

»Alice.«

Es war das erste Mal, dass Johann Isidor mit seinem zweiten Sohn, der seit zwei Jahren sein einziger war, einen Scherz wagte. Ihm fiel es auf, als sie beide zu gleicher Zeit lachten. Sie gingen, obgleich Erwin sich mit zwei Freunden aus der Gruppe verabredet hatte, um über Dinge zu sprechen, von denen Sechzehnjährige nicht wissen durften, dass es sie gab, gemeinsam nach Hause. Weil sie noch nicht gelernt hatten, miteinander zu reden, ohne dass der Vater die Regie übernahm, sprachen sie wenig. Sobald sie einander jedoch anschauten, spürten sie eine innere Wärme, die sie vorher noch nicht einmal erahnt hatten. Die Luft roch schon nach dem Schnee, der bald fallen würde. Wasserlachen waren zugefroren und spiegelglatt. Der Weg war mühsam, doch als der eine ausrutschte und vor dem Fallen bewahrt wurde, war es der Vater, der den Sohn in seinen Armen hielt.

»Donnerwetter«, sagte Erwin.

»Ist das der moderne Ersatz für danke?«

»Viel, viel mehr.«

Sie kamen einander nur in kleinen Schritten näher. In der ersten Zeit nach der überraschenden Begegnung bei der Protestversammlung beschränkten sie sich auf Blicke und auf angedeutete, nur von ihnen bemerkte Gesten, wenn vom Krieg, den Durchhalteparolen und den Niederlagen die Rede war. Ende November kam aus Wien die Nachricht, dass der greise Kaiser Franz Joseph gestorben war und dass sein Nachfolger Karl sich um Frieden bemühen wollte. Als Johann Isidor das beim Abendessen seiner Frau erzählte, schloss er den Bericht mit dem Kommentar: »Das ist der Anfang vom Ende.«

Sein Sohn sagte: »Hoffentlich.« Beide schauten einander an, und nicht nur sie rätselten, was mit ihnen geschehen war.

Betsy begriff erst im März 1917 den tatsächlichen Umfang der Wahrheit. Als dies geschah, stand sie im Arbeitszimmer ihres Mannes. Sie hielt ein Staubtuch in der Hand und war am Grübeln, ob erfrorene Karotten so übel schmeckten wie erfrorene Kartoffeln, wobei sie gleichzeitig ein winziges Spinnennetz von der Längswand entfernen wollte. Da bemerkte sie die gravierende Veränderung. Die berühmte Balkonrede des deutschen Kaisers war verschwunden. Stattdessen befand sich in dem silbernen Rahmen ein Gedicht von einer Henriette Fürth, von der sie noch nie gehört hatte. Schon wegen der Überschrift »Judenzählung« las Betsy jedes Wort der drei Verse. In dem zweiten hieß es:

> »Nun zählt ihr uns. Wir wollen's nicht ertragen. Was taten wir, dass man uns das getan? Wie durftet ihr nach dem Bekenntnis fragen? Wir fragten nicht in jenen hohen Tagen: Fürs Vaterland ward's ungefragt getan.«

Diesmal war es nicht der Sekretär mit der schönen klaren Handschrift aus der Posamenterie Sternberg, der den Text abgeschrieben hatte. Es war, wie die verblüffte Mutter erkannte, ihr Sohn Erwin. Er war es auch gewesen, der das Gedicht der mutigen SPD-Politikerin Henriette Fürth entdeckt und seinem Vater auf den Schreibtisch gelegt hatte. Da hatte Johann Isidor Sternberg bereits seinen eigenen Weg bestimmt. Ein Patriot würde er sein Leben lang bleiben, denn ihm reichte die eine Enttäuschung nicht, um seine Liebe zu Deutschland zu Grabe zu tragen. Dem Land aber, das er auch künftig zu lieben entschlossen war, vertraute er nicht mehr. Wenn sich nun seine Augen mit Tränen füllten, so weinte er nicht mehr um des Kaisers Soldaten, die auf dem Feld der Ehre ihr junges Leben gelassen hatten, er weinte nur noch um den eigenen Sohn. Ab dem Tag, da er begriffen hatte, was die Judenzählung für die Juden in Deutschland bedeutete, betete er, Gott möge den Krieg beenden, ehe Erwin zum Militär musste.

Den gesetzestreuen, gehorsamen Staatsbürger Sternberg drängte es nicht mehr, seine Kraft für ein Land einzusetzen, das sich so bereitwillig der Hetze der Antisemiten ergeben hatte. Seine Familie war ihm wichtiger als dieses Vaterland. Er fragte sich oft, weshalb er sechsundfünfzig Jahre zu dieser Erkenntnis gebraucht hatte. Einmal fragte er Erwin.

»Wahrscheinlich weil du nicht so einen Vater gehabt hast wie ich«, wusste der Nachdenkliche, »einer, der bereit war, seine Fehler zuzugeben.«

»Danke«, sagte Johann Isidor.

»Für die Wahrheit dankt man nicht, sagt unser Lehrer.«

»In der Schule?«

»In der Gruppe. In der Schule sagen sie immer noch, dass es süß ist, für das Vaterland zu sterben.«

Je schlimmer die Not in Deutschland wurde, je größer die Katastrophen des Alltags, desto mehr handelte Johann Isidor auf den illegalen Märkten. Er sorgte sich nicht mehr um die Unbeflecktheit seiner eigenen Weste, wenn es galt, den Hunger vor der eigenen Tür fernzuhalten. Obwohl er nach der Übertragung des Grundstücks an Fritzi Haferkorn nicht mehr verpflichtet war, für sie und seine Tochter Anna zu sorgen, schickte er, sooft es ihm möglich war, einen Boten mit Brot und Fleisch, Fett und warmer Kinderkleidung in die Textorstraße. Gelegentlich fand sich eine Kinderzeichnung in seiner Geschäftspost – in einem Kuvert ohne Absender.

Nach und nach richtete sich Johann Isidor für die Dauer des Kriegs auf ein Dasein in einem Seelenpanzer ein. Ihm war die Neujahrsbotschaft 1917, mit der Kaiser Wilhelm II. die Truppen im Feld zu unvermindertem Kampf aufrief, kein zustimmendes Wort mehr wert. Er sah an den Hauswänden die Plakate, die zum Kauf von Kriegsanleihen mit dem Text lockten: »So hilft dein Geld dir kämpfen. In U-Boote verwandelt, hält es dir feindliche Granaten vom Leib«, doch er zeichnete keine einzige Kriegsanleihe. Als ein deutsches U-Boot den britischen Passagierdampfer »Laconia« versenkte, was sogar Josepha begeisterte, entschlüpfte ihm kein Wort des Jubels.
Nachdem die Fünf-Pfennig-Münzen aus Kupfer eingezogen und durch Aluminiumgeld ersetzt wurden, erzählte die nunmehr achtjährige Victoria, sie hätte ihre »guten Fünf-Pfennig-Stücke« unter der Matratze versteckt und einen ganzen Haufen von ihrer Freundin Marie dazu. »Ich habe ihr dafür mein Buch vom tapferen Kanonier gegeben«, berichtete die clevere Vaterlandsverräterin.
Ihre Mutter trat sie warnend unter dem Tisch, doch der Vater sagte: »Bravo, mein Kind. Du hast den Sternberg'schen Kopf.«
Das war das endgültige Eingeständnis des Johann Isidor Sternberg, dass er es aufgeben hatte, ein deutscher Held zu sein. Er war, als er seinen Platz im Leben neu bestimmte, zwar wehmütig und beschämt, und er kam sich wie ein Pferd ohne Reiter vor, er war jedoch zufrieden und gewillt, nur noch ein guter Ehemann und treu sorgender Vater zu sein. Dieser Wunsch wurde ihm erfüllt. Nur ein wenig anders, als er sich vorgestellt hatte.
Am 1. April wurde er zu der mutigsten Entscheidung seines Lebens befohlen. An diesem Tag, ursprünglich den

Narren und Spaßmachern zugedacht, wurden die Brotrationen im Deutschen Reich auf einhundertsiebzig Gramm pro Tag gekürzt. Aus verschiedenen deutschen Städten wurden Fälle von Hungertyphus und Cholera gemeldet. Die Kriegserklärung der USA an das Deutsche Reich stand unmittelbar bevor. Tante Jettchen, der man mit gutem Grund die traurige Nachricht vorenthalten hatte, erfuhr durch einen Versprecher von Josepha, dass sich der abgesetzte Zar, seine Darmstädter Gattin und seine sämtlichen Kinder in Haft befanden. Jettchen, die die Zarin als eine Schönheit aus Hessen hatte aufwachsen sehen, konnte mittags noch nicht einmal die winzige Portion gedünstete Kohlrüben mit Sauerampfersoße essen, die ihr zugedacht war. Johann Isidor bemerkte es nicht. Er war wider Erwarten nicht zu Tisch erschienen.
Obwohl in der Posamenterie keine neue Ware mehr angeliefert wurde und die Nachfrage nach lustigen Kriegspostkarten sehr gesunken war, behielt er die Gewohnheit bei, morgens zu seinem Tagewerk aufzubrechen. Er ging stets zuerst in den Verlag und dann in sein Kontor in der Hasengasse. Nachmittags kümmerte er sich um Besorgungen, für die nicht mehr die Geschicklichkeit einer energischen Frau erforderlich war, sondern Männermut und Kaltblütigkeit. Zum letzten Punkt des Programms kam er am 1. April nicht mehr.
Auf dem Silbertablett lag zwischen den Geschäftsbriefen an den Posamenter Sternberg ein Umschlag, der spontan seine Aufmerksamkeit erregte. Die Adresse, in Großbuchstaben und Bleistift geschrieben, deutete auf eine ungeübte Hand. Auf der Rückseite hatte der Absender nur seine Initialen vermerkt, eine Gewohnheit, die Schreibern von Bettelbriefen zu eigen war. Umso aufschlussreicher

war die Adresse. Der Briefschreiber wohnte in der Textorstraße. Johann Isidor riss das Kuvert auf. Da schon bebten seine Hände.
Fritzi Haferkorn, Amors Streich in lauer Nacht, die junge, fröhliche, unbekümmerte Frau, die sich so wunderbar mit den Wirrungen des Lebens zu arrangieren verstanden hatte, war tot. Der Malermeister Anton Wallerstadt, der vorgehabt hatte, Fritzi zu heiraten und der dies »leider verschoben hatte«, teilte dem »werten Herrn Sternberg« ihren Tod mit der Begründung mit, »Meine Verstorbene hätte das bestimmt so gewollt. Sie hat Sie sehr geschätzt.« Er selbst, schrieb er, müsse wahrscheinlich bald zum Militär. Seine Zurückstellung wegen Arbeit in einem kriegswichtigen Betrieb laufe Ende des Monats aus. »Sollte es Ihnen nicht möglich sein«, schrieb Meister Anton, »für Ihr Kind zu sorgen, sehe ich mich leider gezwungen, die kleine Anna ins Waisenhaus zu verbringen. Anders geht es nicht. Überlegen Sie sich das Ganze in Ruhe. Das Kind wird erst in zwei Tagen hier abgeholt. Sie brauchen auch keine Angst nicht zu haben, Anna in Ihr wertes Haus einzuführen. Die Fritzi hat keine ansteckende Krankheit gehabt. Nur eine Blutvergiftung. Sie wollte nicht zum Arzt. Ich wäre Ihnen sehr verbunden, wenn Sie zu den Kosten für das Begräbnis der teuren Verblichenen beitragen könnten. Auch der Herr Pastor sollte eine Zuwendung bekommen. Er hat sich viel Mühe auf dem Friedhof gegeben. Ein Maler in einem kriegswichtigen Betrieb verdient zu wenig zum Leben und zu viel zum Sterben.«
Zwei Stunden lang saß Johann Isidor Sternberg bewegungslos hinter seinem Schreibtisch. Sein Gesicht war zu einer Maske gefroren, der Hemdkragen durchgeschwitzt. Immer wieder starrte er auf das frisch gewachste Parkett

und wartete auf den Moment, da der Boden sich öffnen und den Weg zur Hölle freigeben würde. Er las den Brief, bis er ihn auswendig hätte aufsagen können, hielt ihn einmal dicht an sein Gesicht und hörte Fritzi lachen. Oder war es der Duft ihrer Lavendelseife, der ihn quälte? Er fühlte, dass ihn bald ein körperlicher Zusammenbruch lähmen oder ein barmherziges Feuer zu einem Gnom einschmelzen würde. Als die Lautlosigkeit ihn ertauben ließ und der Lavendelduft aus dem Zimmer schwand, sah er Betsy.
Ihr Gesicht war eine giftgrüne Fratze; ihr Mann begriff sofort, dass sie ihm nie verzeihen würde. Wenn Betsy Sternberg geborene Strauß, die stolze, wohlhabende Juwelierstochter aus Pforzheim, wenn eine solche Frau erfuhr, dass er die Ehe gebrochen und sie betrogen hatte, würde er auf immer ihr Gefangener sein, ein Hampelmann mit einer Bleikugel am Bein, eine Marionette an einer Schnur.
Johann Isidor hörte die Stimmen seiner Kinder – Kriegsgeschrei, das ihm die Sinne raubte. Victoria schnitt ihre Zöpfe mit einem Metzgermesser ab, Clara, sein Stolz in Schwesterntracht, riss ihre Haube vom Kopf und warf sie ihm vor die Füße. Wie ein Reiter, der sein lahmendes Pferd ermutigen will, klopfte ihm Erwin auf die Schulter. »Armer Papa«, tröstete der eben erst gefundene Vertraute und tätschelte seinen Kopf, als wäre er ein Schoßhund.
»Nicht mit mir«, wehrte sich der überführte Sünder, »so weit sind wir noch nicht.«
Er steckte den Brief des Anton Wallerstadt in seine Westentasche. Ein Mann von Ehre brauchte keine zwei Tage Bedenkzeit, um sich für die Anständigkeit und für sein eigen Fleisch und Blut zu entscheiden. Neunzig Minuten hatten gereicht, um ihm klarzumachen, dass eine Tochter von Johann Isidor Sternberg nicht in einem Waisenhaus

aufwachsen durfte. Anna Haferkorn, der er eines Tages seinen Namen zu geben hoffte, gehörte in das Haus in der Rothschildallee 9.
Mit schwarzer Tinte und auf Vorkriegspapier schrieb der redliche Handelsmann Sternberg an den honorigen Malermeister Wallerstadt. Er kondolierte ihm zu Fritzis Tod, dankte ihm für seine Fürsorglichkeit, sicherte ihm die Übernahme der Begräbniskosten und eine Spende für den Pastor zu. Abschließend teilte er ihm mit, er würde um vier Uhr nachmittags in der Textorstraße sein, um das Kind abzuholen. »Bitte packen Sie ihr alles ein, was sie mitnehmen will. Wenn möglich auch eine Fotografie von ihrer Mutter.«
Dann ließ Johann Isidor den Boten kommen, den er immer in die Textorstraße geschickt hatte; er übergab ihm das Schreiben, das seine Ehe für immer belasten würde, zur umgehenden Ablieferung. Um halb vier machte er sich selbst auf den Weg. Die Nachmittagsluft war frisch und belebend, als er über die Alte Brücke ging. Auf einem Kohlenschlepper sonnte sich ein schwarz-weißer Hund. Johann Isidor nahm sich vor, im Sommer mit seinen Töchtern an den Main zu gehen. Noch musste er sie im Geiste zählen, um die Übersicht zu behalten.
Anna stand vor dem Haus, in das ihr Vater immer mit tief heruntergezogenem Hut gekommen war, neben ihr ein alter brauner Lederkoffer, zugebunden mit einer goldenen Gardinenschnur aus der Posamenterie Sternberg in der Hasengasse. Johann Isidor war gerührt. Die Kordel erschien ihm wie eine Nabelschnur zu seiner Vergangenheit. Er wollte bereuen, doch er genoss die Erinnerung an den Abend der Sünde.
Die kleine Anna war bleich und sah wie die Kinder in den Märchenbüchern aus, die sich im Walde verirrt haben,

aber sie weinte nicht. In der Hand hielt sie eine Puppe in einem blauen Samtmantel mit pelzbesetzter Kapuze. Ihr Vater sah die Puppe und musste sich zusammenreißen, um nicht zu stöhnen. Er hatte die Puppe kurz vor dem Krieg in Paris gekauft, allerdings zwei davon. Die von Victoria hieß Madeleine und saß Arm in Arm mit dem Puppenjungen in Feldgrau auf ihrem Bett. Zu Johann Isidors noch größerem Schrecken trug Anna unter ihrem offen stehenden Mantel ein schwarz-rot kariertes Kleid mit weißem Spitzenkragen und Knöpfen in Form von Fliegenpilzen. Auch da hing das Gegenstück in Victorias Schrank. Es war für einen Vater, der ein so ausgeprägtes Gefühl für Gerechtigkeit hatte wie Johann Isidor, absolut zwingend gewesen, für seine beiden gleichaltrigen Töchter die gleichen Kleider und die gleichen Puppen zu kaufen.
»Wollen wir gehen?«, fragte Johann Isidor.
Anna nickte. Er sah, dass ihre Lippen bebten, und griff nach ihrer Hand. Der Weg von Sachsenhausen ins Nordend war weit, besonders für eine Achtjährige, die vor einer Woche den Tod ihrer Mutter erlebt hatte. Es gab aber so gut wie keine Droschken mehr für die Zivilbevölkerung, die Trambahnen fuhren nicht regelmäßig, und die ihm zur Verfügung stehende Zeit war für Johann Isidor zu knapp gewesen, um einen Transport zu organisieren. »Kannst du gut laufen?«, fragte er.
Noch antwortete das Kind nicht, doch es lächelte bereits. Ihr Vater glaubte, die Augen ihrer Mutter zu erkennen. Oder waren es die von Victoria? Er grämte sich, dass ihm nichts einfiel, um diese fremde Tochter zu trösten, die ihn mit dem Ernst einer Erwachsenen anschaute und die ihre Puppe so fest umklammerte, als könne die sie von allem Kinderleid erlösen.

Noch mehr grämte sich Johann Isidor, dass er Betsy nachgegeben und nie ein Telefon angeschafft hatte. Sie lehne es ab, hatte sie sich bei jeder Diskussion ereifert, die Kinder mehr als nötig der modernen Technik auszusetzen, und er hatte wie ein Schaf genickt und statt an Telefone an seine Umsätze und Ausgaben gedacht. Nun hatte er die Niete gezogen. Er würde seinen Fehltritt auf die altmodische Art gestehen müssen – nicht am Telefon mit schützender Maske, sondern von Angesicht zu Angesicht. An der Wohnungstür und mit einem achtjährigen Kind an der Hand! Er war ein Ehebrecher, der den Pranger, an den er sich zu stellen hatte, selbst bauen musste. Der Überführte versuchte, sich den ersten Satz des Dramas vorzustellen, aber ihm fiel noch nicht mal das erste Wort ein.

Obwohl der Koffer schwer war und er seine Schritte den Kräften einer Achtjährigen anpassen musste, liefen sie von der Textorstraße bis zur Alten Brücke nur eine halbe Stunde. Der Main wurde von einer fahlen Abendsonne bestrahlt. Das Gras am Flussufer war schon grün. Möwen saßen auf Pfählen, Schwäne dümpelten im Wasser. Es gab nicht genug Brot, aber eine alte Frau fütterte sie mit großen Brocken. Der Kohlenschlepper mit dem Hund war immer noch da.

»Gehen wir da rüber?«, fragte Anna.

»Ja, du hast doch nicht etwa Angst, ins Wasser zu fallen?«

»Aber nein. Ich war jeden Freitag in Frankfurt. Die Mutti hat immer in der Schirn eingekauft. Zu Weihnachten ganz viele Puppenwürstchen.«

»Siehst du, und jetzt kannst du immer in Frankfurt wohnen. Nicht nur am Freitag. Und eines Tages gibt es auch wieder Puppenwürstchen.«

Sie gingen über die Brücke. Er war erleichtert, dass Anna nicht mehr »Onkel Johann« zu ihm sagte. Das würde den nötigen Erklärungen ein wenig den Stachel nehmen. Es war bestimmt leichter für eine Ehefrau, ihrem Mann eine einmalige Verfehlung zu verzeihen, als die jahrelangen Besuche bei seiner unehelichen Tochter zu akzeptieren. Ein einbeiniger Soldat mit einem Zigarettenstummel im Mund bot winzige, aus hellem Holz geschnitzte Schafe zum Verkauf an.

Anna zeigte ihrer Puppe die Schafe und flüsterte ihr ins Ohr, sie brauche keine Angst zu haben. Ihr Vater kaufte zwei Stück. Ein Schaf steckte er in seine Manteltasche, das zweite hielt er ihr hin. Sie machte einen kleinen Knicks und sagte prompt: »Oh, danke sehr, Onkel Johann.« Erst auf der Frankfurter Seite des Mains sprach sie wieder. Sie erzählte Johann Isidor, dass ihre Puppe eine Blutvergiftung gehabt hätte, aber zu ihr sei der Doktor sofort gekommen. So brach Anna in der ersten Stunde ihres neuen Lebens dem Mann, den sie eines Tages Vater nennen würde, das Herz. Plötzlich kam Farbe in ihr Gesicht. Die Augen glänzten. »Schau mal, das ist mein Vater«, rief sie erregt.

»Wie kommst du drauf? Wer hat dir denn das erzählt?«

»Meine Mutti. Sie hat gesagt, mein Vater ist ein ganz tapferer Mann gewesen. Er war der tapferste Mann auf der Welt. Er ist ertrunken, weil er fünf Männer gerettet hat, als sein Schiff untergegangen ist. Er musste das tun, er war der Kapitän.«

»Deine Mutter war eine kluge Frau. Wir werden sie nie vergessen, wir beide.« Er stellte den Koffer hin und beugte sich zu Anna, roch zum zweiten Mal an diesem Tag Fritzis Lavendelduft und wusste, dass es so kommen würde.

»Zu Allerheiligen habe ich meinem Vater immer eine Kerze hier hingestellt. Darf ich das bei dir auch?«

»Ja«, murmelte Johann Isidor. Er flehte Gott um Beistand an. »Komm, wir wollen sehen, dass wir nach Hause kommen, ehe es dunkel wird. Sonst fürchtet sich deine Puppe.«

Das letzte Stück vom Weg, die kurze Höhenstraße, erschien ihm länger als die gesamte übrige Strecke. Er sandte abermals Stoßgebete zum Himmel, dass wenigstens seine Kinder nicht zu Hause sein würden und dass ihm Betsy und nicht Josepha die Tür aufmachen würde. Josepha konnte ihre Gesichtszüge nicht beherrschen, wenn sie zornig oder enttäuscht war. Betsy blieb immer eine Dame.

Es war das erste Mal an diesem 1. April 1917, dem Tag der Narren, dass Gott den einen Narren erhörte.

Betsy stand im Hof, in ihrem Einkaufsnetz vier Briketts. Sie sah ihren Mann mit einem Koffer in der rechten Hand und einem kleinen Mädchen an der linken, und sie witterte in Sekundenschnelle die Wahrheit, denn sie hatte selbst im schwindenden Tageslicht Victorias Puppe erkannt. Als die kleine Anna einen Schritt tat, sah Betsy, dass sie unter ihrem Mantel das gleiche Kleid trug, das ihr Mann kurz vor Kriegsausbruch Victoria aus Paris mitgebracht hatte.

»Ach«, sagte Betsy. Sie sagte nur dieses eine Wort. Noch fehlten ihr die, die sie sagen wollte.

»Ich hab es heute erst erfahren«, erklärte Johann Isidor, »wir konnten uns nicht anmelden.« Er ließ Annas Hand zu abrupt los. Das Kind stolperte, er musste es auffangen. »Das ist Anna.«

»Und ich wette«, sagte Betsy, »ich weiß, wie ihre Mutter heißt.«

»Hieß«, verbesserte Johann Isidor leise. Er nickte, als hätte

seine Frau schon die Frage gestellt, vor der ihm graute.
»Ach Betsy, ich bin so froh, dass du da bist. Ich habe dir verdammt viel zu erzählen. Ich weiß nicht, ob ein Leben ausreichen wird. Dein Mann ist ein ganz großer Taugenichts.«
»Nein, ein Schlemihl«, widersprach Betsy. Nun war sie es, die Anna an die Hand nahm.

› BONUSMATERIAL

Über die Autorin

Lesen Sie weiter

HEYNE ‹

Frankfurter Allgemeine Zeitung
Donnerstag, 28. Dezember 2006, Nr. 301/ Seite 39

„Merk dir alles, das kann dir niemand wegnehmen"

Stefanie Zweig bleibt sich treu

Afrika und Frankfurt. Der Schwarze Kontinent war, die Mainmetropole ist Stefanie Zweigs Heimat. Und weil die Schriftstellerin nur über das schreiben kann, was sie genau kennt, hat sie über Afrika und über Frankfurt geschrieben. Über ihre Kindheit in Afrika ein Buch mit dem Titel „Nirgendwo in Afrika", über Frankfurt zahllose Glossen in der „Abendpost-Nachtausgabe". Zeitweise jeden Tag erschien in dieser Zeitung eine ihrer kleinen Betrachtungen, sechs Mal in der Woche ein Bild von Stefanie Zweig, darunter aufmunternde Gedanken, klug-amüsante Alltagsüberlegungen. Und wenn ihr nichts einfiel, schrieb sie über ihren Dackel. Das kam bei den Lesern besonders gut an, weshalb an Weihnachten immer ein paar Geschenke für das Tier eingingen.

„Nirgendwo in Afrika" hat Stefanie Zweig angefangen, als es die „Abendpost-Nachtausgabe" und damit auch die Feuilleton-Chefin Stefanie Zweig nicht mehr gab. Das Blatt wurde 1988 wegen chronisch roter Zahlen eingestellt. Zweig versuchte es noch zwei Jahre mit Mini-Glossen bei der „Bild"-Zeitung, dann verlegte sie, die als Journalistin nebenbei sieben Kinderbücher geschrieben hatte, sich ganz aufs Bücherschreiben. Bücher über das, was sie genau kennt: Afrika und Frankfurt.

„Nirgendwo in Afrika", Stefanie Zweigs autobiographischer Roman über ihre Kindheit in Kenia, ihr erstes Buch für Erwachsene, ist mehr als ein Bestseller geworden. Sechs Millionen Auflage bisher, Übersetzungen in viele Dutzend Sprachen, eine Oskar-geehrte Verfilmung. Kurzum: ein modernes Märchen. Ein Bücherregal in Stefanie Zweigs Wohnung an der Rothschildallee ist vollgestopft mit Übersetzungen: „Nirgendwo in Afrika" in Englisch, Tschechisch, Französisch, Koreanisch. Oder war das Japanisch? Die Autorin hat längst den Überblick verloren.

Warum das Publikum sich auf ihre afrikanischen Jugenderinnerungen regelrecht gestürzt hat, kann sie sich immer noch nicht so ganz erklären. Die Exotik, vermutet sie. Das fremde Afrika, weniger das Los einer in die Emigration getriebenen deutschjüdischen Familie, habe die Leser gefesselt. Die Jugend auf der Farm Ol' Joro Orok im Hochland von Kenia war auf jeden Fall der Stoff ihres Lebens, und als die gewesene Journalistin Stefanie Zweig ihn damals niederschrieb, zögerte sie die Vollendung des Werkes hinaus, weil sie sich vor der Enttäuschung fürchtete, möglicherweise keinen Verlag finden zu können. Tatsächlich hat der erste Verlag, dem sie das Manuskript schickte, zugegriffen.

Die Sorge „Werde ich gedruckt?" brauchte sie nicht mehr zu quälen. Langen-Müller, ihr Hausverlag, weiß, was er an seiner Bestsellerautorin hat, das Cover des neuen Buches „Nur die Liebe bleibt" hat die Werbeabteilung auf große Papiertaschen drucken lassen, auf der Buchmesse verstauten Hundertschaften ihre Prospekte darin. Natürlich hat Stefanie Zweig eine dieser Taschen als Erinnerung aufgehoben. Afrika – in einem halben Dutzend Bücher hat sie diesen fremden Kontinent zum Schauplatz der Handlung gemacht. Im neuen Roman, dessen neun Kapitel allesamt von Eisenbahnfahrten handeln, dampft die Lokomotive von Breslau nach Hamburg, von München nach Genua oder von Leobschütz, ihrem oberschlesischen Geburtsort, nach Breslau. Fahrten ins Ungewisse, Fahrten in den Abgrund der deutschen Geschichte. Der alte Greschek, der getreue Freund der Familie, will der in Breslau zurückgebliebenen Ina Perls und ihrer Tochter Käthe Lebensmittel bringen. Doch die beiden wohnen nicht mehr im alten Haus. Stefanie Zweigs Großmutter und ihre Tante waren damals schon deportiert, vielleicht sogar schon in Auschwitz umgebracht worden.

Aber Afrika steht doch im Zentrum des Buches: Die Reise geht von Mombasa nach Nairobi, von Nakuru nach Ol' Joro Orok, von Nairobi nach Gilgil. Daß Stefanie Zweig sich in diesem fesselnden Buch nicht gegenüber früheren Afrika-Büchern wiederholt, liegt daran, daß sie so viel erlebt hat. Und daß sie sich an so vieles erinnert. Damals, auf der Farm in Kenia, wo es gerade mal drei Bücher gab – „Tausend Worte Englisch", „Afrika – dunkel lockende Welt" von Tanja Blixon und ein Nesthäkchen-Buch –, mußte das Erzählen das Lesen ersetzen. Geprägt von den Erfahrungen der erzwungenen Auswanderung sagte sich das Mädchen Stefanie: „Merk dir alles, das kann dir niemand wegnehmen."

Später, auf der englischen Nakuru-Government-Internatsschule, las sie alle greifbaren Bücher. Fast alle von englischen Autoren. Und als sie 1947 nach Frankfurt kam, wo ihr Vater Richter wurde, kannte sie von den deutschen Klassikern eigentlich nur Goethe. Schiller und die anderen Großen lernte sie erst auf der Herderschule kennen. Dagegen kamen Krieg und Nazis, die das Leben ihrer Familie entscheidend bestimmt hatten, im Unterricht und auch in den Köpfen der Schulkameraden nicht vor. Obwohl die Stadt damals in weiten Teilen noch zerstört war, wie man in ihrem Frankfurt-Buch „Irgendwo in Deutschland" nachlesen kann.

Karl Marx ist nach dem Abitur Stefanie Zweigs großer Lehrer geworden. Nicht der Theoretiker des Kommunismus, sondern Karl Marx, der Chefredakteur der „Jüdischen Allgemeinen", wo die junge Frau aus Frankfurt volontiert hat. Warum sie Journalistin geworden ist? Weil ihr Vater, als sie mit dem Beruf der Kindergärtnerin liebäugelte, fragte: „Willst du mit Fünfzig noch Ringelreihen spielen?" Und weil sie einfach eine Frau des geschriebenen Wortes war. „Meine Schwester kann nichts anderes als Lesen und Schreiben", hat ihr Bruder einmal über sie gesagt. Nach sechs Jahren kam sie zurück aus Düsseldorf, weil ihre Mutter nach dem Tod des Vaters eine Stütze brauchte. Die Jahre bei der „Abendpost" in Offenbach, wo sie ihre journalistische Karriere fortsetzen konnte, nennt sie im nachhinein „meine glücklichsten Berufsjahre".

Möglich, daß ihre Berichte, ihre Theaterkritiken und ihre schönen Glossen notwendige Vorübungen waren für ihre zweite, ihre große Karriere als weltweit gelesene Autorin. Vielleicht hat Stefanie Zweig aber auch einfach zu lange nicht gemerkt, daß sie eine große Geschichte zu erzählen hatte. Schon als Frankfurter Journalistin hat sie sich immer mal wieder überlegt, ob sie nicht als Freie arbeiten und nebenher noch Bücher schreiben sollte. Den Sprung ins Ungewisse hat sie, deren Familie im Dritten Reich gezwungenermaßen ins Ungewisse Afrikas sprang, nicht gewagt. Wie hätte sie auch ahnen sollen, daß das Zeug zu einer Erfolgsschriftstellerin in ihr steckte.

HANS RIEBSAMEN

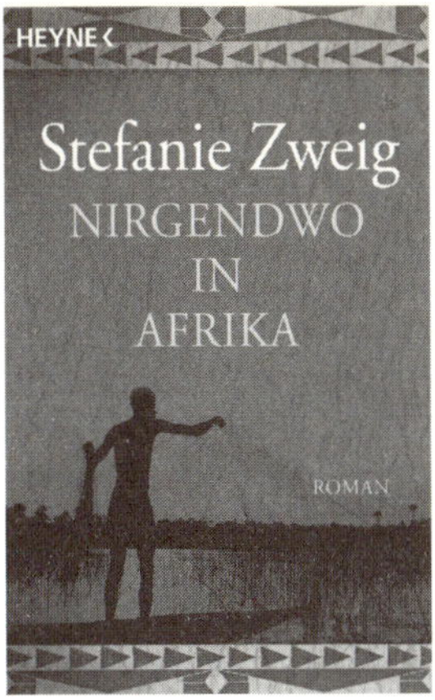

Nirgendwo in Afrika
978-3-453-81129-4

Irgendwo in
Deutschland
978-3-453-81130-0

Und das Glück
ist anderswo
978-3-453-81126-3

Nur die Liebe bleibt
978-3-453-40516-5

Leseprobe aus
Stephanie Zweig
»Irgendwo in Deutschland«

1

Am 15. April 1947 war der Eilzug mit einer Fahrzeit von nur knapp neunzehn Stunden trotz seines zweistündigen Aufenthalts am Kontrollpunkt zwischen der britischen und der amerikanischen Besatzungszone ungewöhnlich schnell von Osnabrück nach Frankfurt am Main gelangt. Die Reisenden in den Abteilen und Gängen rechneten nicht mit der eher als abrupt denn erlösend empfundenen Ankunft. Noch betäubt von der Kälte der Nacht und der ungewöhnlichen Wärme der Morgenstunden beraubten die Pappverkleidungen an den glaslosen Fenstern des Zuges sie ihrer Orientierungsfähigkeit, und die Sinne verweigerten ihnen einige Minuten lang die so lange ersehnte Gewißheit des Ziels.

Sie zögerten, Rucksäcke, Taschen und Koffer auf den Boden zu stellen und sich so den Gefahren auszusetzen, die bedauerlich typisch für die neue Zeit waren, die auf so empörende Art ohne die intakten Moralbegriffe der trotz allen Leids immerhin überschaubaren Kriegsjahre auskam. Schon gar nicht wollten die Glücklichen, die ihre Bequemlichkeit robust, aber durchaus auf eine Art erkämpft hatten, die sie als gerecht und zeitgemäß demokratisch empfanden, durch einen zu fruhen Aufbruch ihre Sitz- oder Stehplätze in den Gängen des Abteils aufgeben.

Nur die wegen ihrer körperlichen Konstitution beneideten Reisenden auf den Trittbrettern und Dächern des Zugs erkannten sofort, daß die verkohlten Balken in der offenen Halle, die lose herabhängenden Drähte, die in der Sonne funkelnden Scherbenhaufen zwischen den Gleisen und die

aus den Trümmern aufgeschichteten Steine tatsächlich das Herz des Frankfurter Hauptbahnhofs bildeten. Zunächst wagten es also nur wenige, den Zug zu verlassen. Fast so rasch kletterten die Männer mit Rucksäcken von den Dächern; die Frauen mit Kopftüchern und entschlossenen, rußschwarzen Gesichtern sprangen von den Trittbrettern. Sie alle hatten einen weitaus günstigeren Ausgangspunkt, um Frankfurt in Besitz zu nehmen, als die aus dem afrikanischen Exil heimkehrende Familie Redlich im letzten Waggon. Der war von außen verriegelt und mußte erst von einem auffallend wohlgenährten, zu langsamen Bewegungen in den Beinen und zu schnellen in den Kiefern neigenden amerikanischen Corporal geöffnet werden.
Walter in einem schweren grauen Mantel, den er drei Tage zuvor in London bei der Entlassung vom Militär als letzte Zuwendung der britischen Army erhalten hatte, stieg zögernd aus dem Zug. Er trug die beiden Koffer, die noch aus Breslau stammten und zehn Jahre zuvor den deutschen Boden verlassen hatten und ihn nun vor ihm berührten. Ihm folgte Jettel in einem Kleid, das sie sich eigens für die Rückreise in die fremde Heimat von einem indischen Schneider in Nairobi hatte nähen lassen. Sie hielt in einer Hand das in der langen Nacht durchnäßte Taschentuch und in der anderen die Hutschachtel, von der sie sich bei keiner Reise in den zehn Jahren ihrer Emigration in Kenia hatte trennen können.
Regina, deren vierzehnjähriger Körper Mühe hatte, ein für sie umgeändertes Kleid ihrer molligen Mutter auszufüllen, konzentrierte sich beim Aussteigen auf die Aufgabe, nicht wie ihre Mutter zu weinen, und sie schon gar nicht zu verärgern, indem sie den Anflug jenes hoffnungsvollen Lächelns in ihr Gesicht ließ, das ihr Vater von ihr erwartete. Sie trug ihren einjährigen Bruder Max, der den entscheidenden Moment der Ankunft in seiner neuen Heimat verpaßte. Er hatte sich von den Strapazen der Reise und den durch die ungewohnte Kost von Salatblättern zwischen Weißbrotschnitten hervorgerufenen Blähungen durch an-

haltendes Schreien befreit, das die ganze Nacht nichts von seiner Vehemenz verloren hatte. Nun schlief er, auf Reginas Bauch schaukelnd, mit dem Kopf an ihrer Schulter. Als der erste Hauch Frankfurter Luft sein Gesicht streifte, ballte er nur leicht die Faust, wachte jedoch nicht auf.

Die British Army war der Verpflichtung, einen Soldaten in die Heimat zu entlassen, umsichtig und verantwortungsvoll nachgekommen. Bei der Ankunft in Hoek van Holland waren die Redlichs mit einem Jeep bis Osnabrück gebracht und dort eine Nacht in einem Flüchtlingslager untergebracht worden – mit der Ermahnung, Kontaktaufnahme zu den feindlichen Deutschen nach Möglichkeit zu vermeiden.

In Osnabrück waren Walter, Jettel, Regina und das Baby, versehen mit den Rationen, die einem Soldaten als Proviant für einen Tag ohne besondere körperliche Anstrengung zustanden, in den geschlossenen Wagen gesetzt worden. Mitreisende waren ein englischer Major und ein kanadischer Captain, die beide den Zug mit je zwei Whiskyflaschen bestiegen und sehr bald die eine davon ausgetrunken hatten. Abgesehen von dem in regelmäßigen Abständen wiederholten Befehl »Shut up« an das »bloody baby« und der gelegentlich geäußerten Feststellung »Fucking Germans«, wenn Jettel zu laut schluchzte oder Max zu selbstbewußt für ein Kind auf der Verliererseite brüllte, kam es zu keinen weiteren Kontakten. Der Major und der Captain hatten den Zug bereits verlassen, als Walter sich zum erstenmal in Frankfurt umsah.

»Wir sollten hier abgeholt werden«, sage er, »das haben sie mir doch noch nach London geschrieben.« Es war, zehn Minuten nach Ankunft, sein erster Satz in der Stadt, die er als Heimat begehrte.

»Ich dachte, die Deutschen sind pünktlich«, erwiderte Jettel, »das war doch immer das Beste an ihnen.«

»In Afrika hat auch keiner den roten Teppich ausgerollt, als wir ankamen. Und hier können wir uns wenigstens verständigen. Laß uns Zeit, Jettel.«

»Die lassen sich Zeit«, schniefte Jettel. »Ich kann nicht mehr. Das arme Kind. Wie lange soll so ein unschuldiges kleines Kind solche Strapazen aushalten? Ich kann ihm gar nicht in die Augen gucken.«
»Mußt du ja nicht. Das arme Kind schläft nämlich«, sagte Walter. Regina starrte auf ihre Schuhe. Sie versuchte, sich darauf zu konzentrieren, weder Hunger, Durst noch die Angst zu spüren, die ihren Körper steif gemacht hatten, seitdem sie bei der Überschreitung der deutschen Grenze die ersten zerstörten Häuser und auf dem Bahnhof in Osnabrück die einbeinigen Männer auf Krücken gesehen hatte. Sie rieb ihr Gesicht an der warmen Haut ihres Bruders und widerstand der Versuchung, ihm jene paar Worte in der Sprache der Jaluo ins Ohr zu flüstern, die ihr Kraft gegeben hatten, den Kampf gegen die Angst aufzunehmen. Es war nicht gut, das Kind einer Mutter zu wekken, die ihre eigenen Augen nicht trocken halten konnte. Erst als Regina merkte, daß ihre Eltern aufgehört hatten, sich zu streiten, und beide in eine Richtung blickten, gestattete sie ihren eigenen Augen die Erlösung und schaute sich um.
Ihr Vater stand nicht mehr neben ihr; ihre Mutter hatte die Hutschachtel abgestellt, den rechten Arm vorgestreckt und rief laut: »Mein Gott, der Koschella. Was macht der denn hier? Der war doch auf unserer Hochzeit.«
Regina sah, daß ihr Vater rannte, vor einem Mann in einem grauen Anzug stehenblieb, einen Moment seinen Kopf schüttelte, beide Arme ausstreckte und plötzlich wieder fallen ließ. Es war der Fremde, der Walters Hand ergriff. Er hatte eine tiefe Stimme, und Regina hörte noch aus der Ferne, daß diese Stimme zu reisen gewohnt war.
»Walter Redlich«, sagte der Mann, »ich hab's nicht geglaubt, als man mir gestern sagte, ich soll Sie abholen. Ich kann immer noch nicht glauben, daß einer verrückt genug ist, in dieses Land zurückzukehren. Wo in aller Welt kommen Sie her? Ach was, ich weiß es ja. Die ganze Justiz redet seit Tagen nur noch von dem Verrückten, der die

Fleischtöpfe Afrikas im Stich läßt, um hier als Richter zu hungern. Du lieber Himmel, sagen Sie nur, das Baby gehört auch Ihnen.«

Regina beobachtete genau, wie der Mann ihrer Mutter die Hand reichte und diese mit einemmal das Lächeln der gestorbenen Tage im Gesicht hatte, als sie in Nairobi noch nichts von der Rückkehr nach Deutschland gewußt hatte. Danach versuchte Regina, dem Mann die Hand entgegenzustrecken, die Bewegung gelang ihr jedoch nicht, weil ihr Bruder, der immer schwerer wurde, von ihren Hüften zu rutschen begann. Sie bemühte sich sehr, gleichzeitig den Namen Koschella in ihrem Mund zu formen und den aufgeregten Reden ihrer Eltern und den hastig gesprochenen, immer ein wenig scharf klingenden Sätzen des Mannes zu folgen; und sie ließ sich zu lange Zeit mit der Grübelei, was das Wort Oberstaatsanwalt wohl bedeutete und ob es wichtig für sie alle wäre.

So beschränkte Regina schließlich die Freude, die ihre Eltern von ihr erwarteten, auf die regelmäßige Bewegung ihrer Beine und die Herausforderung, mit den Männern und ihrer Mutter Schritt zu halten. Ihr ging auf, daß ihr Vater so ganz anders lief als in Afrika. Sie hörte seine Schuhe und sah den Staub, den sie vor sich herstießen, aber er war dunkel und dicht, nicht mehr hell und durchsichtig wie in den guten Tagen der Wärme.

Die Gruppe verließ das Grau des Bahnhofs und trat in die Helligkeit des Frühlings, überquerte eine Straße, die von beiden Seiten von zerstörten Häusern gesäumt war und auf der alte Frauen hoch beladene Schubkarren schoben. Auf Pappkoffern und grauen Decken saßen kleine Kinder. Sie hatten die glanzlosen Augen, die Regina von den leprakranken Bettlern in den Markthallen von Nairobi kannte. Eine hellgelbe Straßenbahn klingelte in hohen Tönen. Ihre Türen standen offen; die Menschen, dicht aneinandergepreßt auf den Trittbrettern, wirkten wie die alten Bäume auf der Farm in Ol' Joro Orok, die der Wind hatte zusammenwachsen lassen. Auf den Schuttbergen

der toten Häuser wuchsen kräftige Büsche gelber Pflanzen. Die Vögel zwitscherten. Walter sagte: »Selbst die Vögel singen hier anders als in Afrika.« Koschella lachte und schüttelte den Kopf.
»Immer noch der alte Witzbold«, sagte er. Regina wurde von ihrem Vater in einen großen, sauberen Raum geschoben, der sehr dunkel war und nach der scharfen Seife roch, die sie an ihre Schule am Nakurusee erinnerte. Einen Moment lang vergaß sie, daß sie die Schule gehaßt hatte, und lächelte bei dem Gedanken, daß sie schon war wie ihre Mutter und die guten mit den bösen Erinnerungen verwechselte. Sie sah aber dennoch die Flamingos hochfliegen und mußte ihren Augen verbieten, in die rosa Wolke einzutauchen.
Hinter einem langen Tisch saß eine junge, sehr blonde Frau mit sehr roten Lippen. Ihr blaues Kleid hatte einen weißen Kragen. Ihr Kopf mit dem in gleichmäßigen Wellen gelegten Haar erreichte die höchste der gelben Rosen in einer blauen Vase.
Koschellas kräftige Stimme wurde noch eine Spur lauter, als er: »Oberstaatsanwalt Doktor Hans Koschella« sagte und nach einer kleinen Pause, die die Frau zu einem unwilligen Blick nutzte, hinzufügte: »Dies ist Amtsgerichtsrat Doktor Walter Redlich aus Nairobi. Ich habe gestern für ihn und seine Familie zwei Zimmer reserviert.«
Die Frau fuhr sich mit einem Finger durch die unterste Haarwelle. Obwohl sie kaum ihre roten Lippen bewegte, vernahm man sehr deutlich: »Bedauere. Das Hotel Monopol ist für Deutsche off limits.«
»Was soll das heißen? Das hätten Sie mir gestern sagen sollen, als ich die Zimmer bestellte.«
»Dazu«, sagte die Frau und lächelte so lange, bis die obere Reihe ihrer Zähne zu sehen war, »bin ich ja gar nicht gekommen, Herr Doktor Koschella. Sie haben die Zimmer bestellt und gleich aufgehängt.«
»Dann verweisen Sie mich an ein anderes Hotel. Glauben Sie, die Justiz kann es sich leisten, einen Richter aus Afrika

kommen zu lassen und ihm kein Quartier zu verschaffen? Wie stellen Sie sich das denn vor?«

»Es gibt keine Hotels in Frankfurt für Deutsche. Das müßten Sie doch wissen, Herr Oberstaatsanwalt. Sie sind alle von der amerikanischen Militärregierung beschlagnahmt.«

»Dann verlange ich sofort, Ihren Direktor zu sprechern.«

»Das Monopol gehört zu den Hotels, die direkt von der Militärregierung verwaltet werden. Wir haben keinen Direktor. Ich muß Sie auch darauf hinweisen, daß ich mich strafbar mache, wenn ich Deutsche in der Hotelhalle sitzen lasse.«

Doktor Hans Koschella sah eine Zeitlang die Frau und noch länger seine Uhr an. Er machte eine winzige Bewegung in Richtung des Babys auf Reginas Bauch; sie hielt ihm das Kind hin, das mit ihren Haaren spielte, damit er es streicheln konnte, aber er nahm die Hand zurück, schaute Walter an und sagte, nicht mehr so bestimmt wie zuvor, aber noch immer mit einer Stimme, die gewohnt ist, gehört zu werden:

»Tut mir entsetzlich leid, Redlich. Das ist irgendwie dumm gelaufen. Leider hab ich einen dringenden Termin und kann mich nicht weiter um Sie kümmern. Na, das werden Sie ja bald selbst erleben, daß man die paar Juristen, die heute noch arbeiten dürfen, ganz schön herumhetzt.«

»Aber was sollen wir denn machen?« fragte Jettel leise.

»Auf alle Fälle machen Sie sich keine Sorgen, Frau Jettel. Ihr Mann fährt am besten gleich zum Wohnungsamt und läßt sich eine Wohnung zuweisen. Er hat ja wohl die entsprechende Dringlichkeitsbescheinigung von der Justiz. Kommen Sie, Redlich, schauen Sie nicht so unglücklich drein. Ich begleite Sie zur Straßenbahn. Die Zeit nehm ich mir einfach. Und lassen Sie sich bloß von den Beamten dort nicht ins Bockshorn jagen. Die sind verpflichtet, Rückwanderer bevorzugt zu behandeln. Man darf heute nicht mehr zu zurückhaltend sein.«

Lesen Sie weiter: »Irgendwo in Deutschland« von Stefanie Zweig